COUPABLE

DU MÊME AUTEUR
CHEZ POCKET

LOUPO
BRUTALE
COUPABLE

JACQUES-OLIVIER BOSCO

COUPABLE

Robert Laffont

ISBN 978-2-266-28982-5
Dépôt légal : novembre 2019

À Nathalie

« La soif d'amour aspire à être assouvie, les larmes cherchent des larmes qui leur répondent. »

Leonid Andreïev, « Sachka Jégouliov »,
Jour de colère

« *The night is dark and full of terrors.* »

Melissandre, dans la série télévisuelle
Game of Thrones (inspirée des romans de
George R. R. Martin)

« *Love is evil*
L'amour est démon
Con is confidence
La duperie est confiance
Eros is sore
Éros est le mal
Sin is sincere
Le péché est sincère »

Marilyn Manson,
« Deep Six »,
The Pale Emperor

« […] Inapte à la vie en communauté […] possibilité de schizophrénie […] impulsive et asociale […] agressive dans son rapport à l'autorité […] susceptible d'actes de violence non contrôlés […] demande d'encadrement, de fichage et d'éloignement […] pour son propre bien et celui d'autrui […] »

Notes extraites du rapport d'analyse de psychologie comportementale de l'élève Anne-Élisabeth Lartéguy dans le cadre du concours d'entrée à l'école nationale supérieure des officiers de police.

Prologue

Années 2000

La nuit recouvre tout, il n'y a pas d'horizon, pas de lune, aucune étoile. Quelques rares voitures passent au loin, laissant des traînées blanches et brumeuses sur la grande toile noire du paysage. Quand les deux filles atteignent le goudron pétillant de pluie, la route est déserte.

— Qu'est-ce qu'on va faire ? demande Anne-Lise en resserrant sa capuche.

Linda désigne un point au bout de la route.

— On va aller à Calais, c'est par là-bas. On va faire du stop.

— Mais après… qu'est-ce qu'on fera ?

On ne sait pas si elle parle de la vie entière ou de l'instant à venir.

— Tu veux retourner au centre ? Tu sais ce qu'il se passera quand ils apprendront que nous avons fugué ? Non, on va aller à la gare prendre le train pour Paris. On ira chez ma tante, elle est bien, tu verras, elle habite à côté de la tour Eiffel.

— Ta tante ?

— Oui, elle aussi, on dit qu'elle est folle, alors que c'est pas vrai. Tu la verrais, elle a posé pour le magazine des Galeries Lafayette. Qu'est-ce qu'il s'est passé tout à l'heure ? T'as frappé Kylian ?

L'adolescente baisse la tête.

— Je ne sais pas ce qui m'a pris, j'ai pas pu m'en empêcher.

Linda l'attrape par les épaules et la secoue.

— Si, tu le sais ! Tu es ma jumelle à présent, ma sœur jumelle ! Il va falloir que tu me dises tout ce qui t'est arrivé, et moi aussi, je te raconterai.

Anne-Lise se dégage en criant :

— Il ne m'est rien arrivé !

— C'est faux ! Tu ne dois pas mentir à ta jumelle !

— Je ne suis pas ta jumelle, je te connais à peine ! Mêle-toi de tes affaires !

— Tu m'abandonnes alors ?

— Mais non...

Linda la regarde un long moment, hausse les épaules et se tourne du côté de la route où des phares viennent d'apparaître.

— Tiens, une voiture, chuchote-t-elle d'une voix de petite fille, je vais la prendre et aller à Paris.

Une camionnette blanche s'arrête à leur hauteur. Le moteur grelotte, la fumée du pot d'échappement gonfle comme un ballon, embrasée par les feux arrière : rouge et fantasmagorique. Au même moment, le ciel se crevasse d'éclairs et aussitôt le tonnerre gronde en faisant vibrer la nuit tout autour d'elles.

Anne-Lise frissonne : l'homme qui vient de descendre est le gros qui les observait dans le bar. Il est accompagné du moustachu au regard vicieux.

— Ho, les pépètes, vous êtes perdues ? Montez, on vous emmène !

Il fait glisser la porte coulissante devant Linda, puis se déplace de manière à se trouver derrière les deux filles. Le moustachu entrouvre sa portière pour les regarder ; il a l'air complètement bourré.

— Linda, ne monte pas, il faut qu'on s'enfuie, souffle Anne-Lise.

Son amie tourne un regard vide vers elle. Le gros attrape Anne-Lise par le bras.

— Allez, en voiture, on se mouille !

— Lâche-moi.

Elle se dégage et crie :

— Cours, Linda, cours !

Elle-même part en courant dans un champ boueux, se retournant, voyant Linda monter dans le van, trébuchant, s'enfonçant dans l'obscurité, se retournant à nouveau, aveuglée par les larmes, par la pluie, elle voit la camionnette démarrer et rouler, rouler et devenir de plus en plus petite dans la nuit noire.

Elle s'arrête. Écrasée par la pluie, les poumons en feu, elle se laisse tomber à genoux. « Je l'ai abandonnée. »

Son cœur s'emballe : la camionnette a changé de direction, faisant une boucle autour du champ où elle se trouve. Le véhicule a la taille d'un jouet et Anne-Lise ne voit que ses phares barrés de pluie qui avancent en bringuebalant. Ils la cherchent !

Elle se remet à courir.

La camionnette va passer sans la voir ! L'adolescente accélère, s'étale de tout son long dans une flaque, se relève. Elle ne sent ni le froid ni la peur :

une force la porte, sa rage, sa volonté de retrouver son amie, sa sœur jumelle !

Elle se jette devant le véhicule.

— Hé, stop ! Emmenez-moi !

Les freins du van crissent. Le gros descend, se plante devant elle et lui balance une gifle.

— Tu n'essayeras plus de t'enfuir !

Anne-Lise lui jette un regard haineux. Il la pousse à l'arrière de la camionnette. Linda est plaquée dans un coin entre des cagettes de plastique. La portière claque, elles se retrouvent dans le noir, secouées par les cahots.

— Linda, ça va ?

— Lise, ils t'ont attrapée ?

— Non, je suis revenue te chercher. Ma sœur !

Les deux adolescentes s'étreignent de toutes leurs forces.

— N'aie pas peur, murmure Anne-Lise.

— Je n'ai pas peur.

— Moi non plus.

La voix de Linda est lasse tandis que celle de son amie est grave.

La camionnette emprunte un chemin de terre, traverse une forêt et pénètre dans la cour d'une ferme, des spots de lumière blanche se déclenchent en illuminant les filets de pluie. Des bâches de plastique battent au-dessus du toit, des madriers sont posés de guingois contre les murs, des sacs de ciment, des planches sur tréteaux, des outils et une bétonneuse s'entassent sous une remise ouverte. La porte du van glisse sur ses roulettes, faisant sursauter les filles. Le gros attrape Linda pour la jeter dehors. La pluie fouette leurs corps, leurs pieds s'enfoncent dans la boue épaisse. Dans un coin de la cour, un chien fait tinter sa chaîne en aboyant.

— Allez, sors de là ! crie l'homme à l'attention d'Anne-Lise.

Seuls ses yeux brillent dans l'obscurité de la camionnette. Elle se redresse et saute dans la terre molle. Dès qu'elles entrent à l'intérieur de la ferme, le silence et la froideur des lieux glacent les deux adolescentes. Elles sont dans une salle à manger aux fenêtres recouvertes de planches clouées. Des lampes de chantier aux ampoules nues procurent une lumière crue. Le moustachu déclare :

— On est mieux dedans, pas vrai, les filles ?

Il se passe les mains sur le visage, tirant sur sa peau et agrandissant ses yeux au jaune maladif, et ajoute :

— Putain, qu'est-ce que je tiens !

Tremblant de froid, ou de peur, Anne-Lise serre les dents. Elle a repéré un marteau dans une caisse à outils posée dehors, contre la porte d'entrée. Elle aurait dû s'en saisir, pense-t-elle. Les yeux de Linda sont fixés sur un cutter de chantier qui traîne à côté de rouleaux de lino sur la table du salon – elle n'a qu'à tendre la main. La voix du gros l'en empêche. Il lui saisit l'avant-bras tout en lançant à son collègue :

— Celle-là, elle monte avec moi ! Roger, mets l'autre dans la salle de bains, elle est couverte de boue, faut qu'elle se lave. Et fais gaffe, c'est une fugueuse.

Linda tourne la tête vers Anne-Lise : celle-ci est horrifiée.

— Non, pas la salle de bains !

Mais Roger est un costaud, il la tracte brutalement et disparaît avec elle dans l'autre pièce. Linda entend son amie répéter : « Pas la salle de bains ! », et elle se met à grelotter, alors que l'homme la propulse dans les escaliers.

— Grimpe !

En arrivant sur le palier, elle remarque des photos encadrées sur une desserte. Elles montrent le gros en uniforme de policier à côté d'une voiture aux couleurs bleu, blanc, rouge.

Il pousse l'adolescente dans une chambre, allume la lumière.

Linda regarde tout autour d'elle et, avec un frisson de dégoût, comprend comment la soirée se terminera.

1

De nos jours

« *Love is evil* »
Marilyn Manson

Lise venait de ficher une cigarette entre ses lèvres. Aspirant une longue bouffée et étirant ses jambes dans les draps froissés, elle était comme un personnage sur le tableau de son lit défait.

— Tu m'en envoies une ?

À genoux devant le meuble stéréo, Solveig posait l'album *Seventeen Seconds*, des Cure, sur la platine. Elle fit glisser le diamant jusqu'au morceau « Secret ». C'était doux et mélancolique, même si Smith se permettait quelques riffs de flamenco. Les deux filles étaient entièrement nues. Lise pensa que Solveig était une vraie gothique, avec ses piercings sur le corps, ses cheveux noir corbeau coupés comme ceux de Mia Wallace dans *Pulp Fiction*, et cet amour pour le romantisme décadent.

Solveig attrapa paquet et briquet au vol, alluma sa clope et vint se poser à côté de Lise. Un voile de dureté glissa sur son visage, de la tristesse envahit son regard. Lise se mordit la lèvre ; elle n'aimait pas ces moments-là, faire du mal, mentir. Elle fit glisser sa main sur le drap jusqu'à la cuisse de son amie.

— Je suis désolée pour hier soir, on a bossé tard avec les filles…

— J'ai téléphoné à ton bureau, il n'y avait plus personne après vingt et une heures.

— Tu m'espionnes ?

— C'est toi qui m'as appelée dans l'après-midi pour que je vienne chez toi. Je me suis pointée à huit heures. T'étais pas là, tu répondais pas aux messages. J'ai fini par me pieuter après avoir regardé une série de merde.

— Écoute…

— Puis t'es venue te coucher contre moi au milieu de la nuit. T'étais brûlante et en même temps tu frissonnais comme un condamné sur une chaise électrique.

— J'étais pas bien. Je pouvais pas rentrer comme ça. Je suis allée marcher dans la nuit, tu le sais, c'est… c'est mes crises.

— Et là, ça va mieux ?

— J'ai hurlé et c'est passé.

— Tu as « hurlé » ?

— Oui, comme un loup, au milieu de la passerelle, celle à côté de l'hôtel du Nord. On aurait dit une folle.

— Comme un monstre…

— Mais je suis un monstre, dit Lise pour faire sourire Solveig.

— Je sais.

Les mots de Solveig semblaient trempés dans de l'eau froide. Lise la dévisagea. Que voulait-elle dire ?

Que savait-elle ? Solveig tourna la tête pour s'arracher à son regard.

La musique était trop lourde. Lise écrasa sa clope et alla farfouiller dans ses disques, pour poser la galette d'Eurythmics. « There Must Be an Angel » s'éleva dans la pièce.

Solveig aimait tous ces vieux trucs. Elles allaient les chiner porte de Montreuil le dimanche. Lise avait vingt-neuf ans, elle était flique, lieutenante à la brigade criminelle de la PJ de Paris. Solveig, vingt-cinq ans, était infirmière en psychiatrie à l'hôpital où était internée la mère de son amoureuse.

Elle revint s'installer sur le lit.

— Quand on fait l'amour comme ce matin, quand nos corps fusionnent, il y a… un grand mur blanc. Et tout s'en va.

— Tu m'as presque déboîté le bras.

— Oh merde !

— Mais c'était bien.

Plus tard, Lise finissait de se brosser les dents quand Solveig lui saisit le poignet avant qu'elle ne sorte de la salle de bains.

— Tu te comportes comme un mec, dit-elle.

Lise le prit comme un coup de poing à l'estomac.

— Noooon… Tu sais très bien qu'on ne fonctionne pas ainsi.

— T'as changé. Tu me coupes la parole, t'es directive, de mauvaise foi, stressée. T'en fais trop. Ton appart est crade, et en même temps tout doit être carré.

— Je suis très occupée par le boulot.

— Le boulot, puis le sport, et après on boit un coup et on baise.

— Je déconne pas mal en ce moment…

Elles restèrent à se regarder sur le seuil de la salle de bains.

« Comment lui dire ? » pensa la policière.

Huit mois de vie commune et, en huit mois, Lise n'avait pas une seule fois utilisé la Méthode.

2

Lise était malade.

Des troubles psychologiques de la dimension d'un ouragan. Quelque chose montait en elle, la rongeait, commençant dans la journée pour aller crescendo, jusqu'à exploser. Une folie intérieure qui mettait son sang en ébullition, lui donnait envie de plonger ses ongles dans son estomac pour en vider la substance, une transpiration de chaux vive, l'impression que des poils de bête « aiguisés comme des couperets » la transperçaient, faisant gicler le sang sur ses épaules et sur son dos. La douleur, la sensation d'écrasement ou d'écartèlement, selon le flux des désirs de la Bête qui la terrassait, pressaient son cœur et sciaient ses nerfs dans un appel abominable.

Il n'y avait qu'un moyen de se soulager, ou plutôt deux : se jeter contre un train ou bien cogner.

La rage explosait en coups de pied et de tête, de barre de fer dans les gencives, le crâne, la rotule… Une rage contre les autres, quels qu'ils soient, amis ou ennemis, famille ou collègues. Le désir de mordre, les muscles tétanisés, les poings serrés… il fallait qu'elle frappe. Qu'elle cogne et qu'elle cogne, en fermant les yeux, jusqu'à ressentir ce bien-être de ne plus souffrir.

Cela avait démarré vers ses huit ans, comme une maladie, pensaient ses parents, mais Lise savait que cela provenait d'un traumatisme dont elle avait enseveli le secret. Petite fille hyperactive, hyperviolente, qui frappait son jeune frère Camille, son père et sa mère, ses amies, ses professeurs. Pour Paul Lartéguy, son père, grand ponte de la PJ parisienne, le plus difficile n'était pas de comprendre la maladie de sa fille mais le fait qu'elle s'en prenne à des plus faibles ou à des proches. Le chemin avait été long ; combien de fois Lise s'était-elle rebellée ? On l'avait internée, soignée, brimée, rien n'y avait fait. Le père avait fini par admettre que les choses changeraient peut-être un jour, mais qu'en attendant, sa fille, aussi souffrante et malheureuse soit-elle, ne pouvait continuer de s'attaquer à des innocents. Après des mois de réflexion, il avait commencé à lui enseigner une méthode : la Méthode.

Le bien, on n'y touche pas. Le mal, on peut. Le mal, on le combat.

Les gens comme nous sont des gens bien. Tu souffres, tu as besoin de faire le mal, de transmettre ta souffrance.

Le mal doit combattre le mal.

Certaines personnes ont perdu toute humanité, elles aiment faire le mal. Les plus abjectes sont celles qui s'en prennent à plus faibles, femmes de leur entourage, enfants proches, celles qui font souffrir par plaisir, qui brisent l'innocence. Les trafiquants de chair humaine, les violeurs, les pédophiles. Ce n'est pas à nous de faire justice. Mais tu es ma fille, et si je dois choisir entre ton bien et cette justice, je n'hésite pas. Comprends-tu ? Tu pourras, tu auras le droit de frapper, mais uniquement ce type d'ordures, pour te soigner, vider cette substance nauséabonde de toi. Cela devra rester un secret, mais si tu dois être mauvaise, au moins que cela rende service à quelqu'un. Ce petit gosse qui en a marre de tailler des pipes à son prof de tennis ou cette adolescente qui n'en peut plus de passer tous les jours devant la bande de mecs qui l'a violée. Ces personnes rêvent de justice ou de vengeance. Tu vas les leur apporter.

Lise avait appliqué la Méthode. Elle savait frapper sans tuer, faire souffrir. Des années que cela durait, mais elle ne le supportait plus. Même si ses victimes étaient des bourreaux et des pervers, elle se sentait sale, coupable, et elle ne voulait plus mentir.

Pas à Solveig.

La décision de ne plus employer la Méthode coïncidait avec leur rencontre, mais aussi avec ce qui était arrivé à sa nièce, Jade. Camille, le frère de Lise, capitaine de gendarmerie, avait été menacé par des criminels et sa fille, kidnappée. Lise avait infiltré un gang de braqueurs pour la sauver. Jade avait été droguée et, au lieu de la surveiller, Lise s'était lancée à la poursuite des gangsters qui s'enfuyaient, la laissant seule et affaiblie sur un toit à quatre étages au-dessus du sol. Lorsqu'elle était revenue, il était trop tard. Désespérée, Lise s'était laissée tomber dans le vide derrière sa nièce ; des câbles l'avaient sauvée. À l'hôpital, elle ne pensait qu'à en finir, rongée par la culpabilité. Puis Solveig était apparue. De recevoir tant d'amour et de compassion avait accru la volonté de rédemption de Lise. Pour Solveig, pour son père mort par sa faute, pour sa mère devenue folle qui la détestait, pour Camille et pour Jade, sans doute paralysée à vie.

Lise avait décidé d'arrêter la Méthode, d'accepter la souffrance. Afin de changer, de devenir meilleure. Pour se punir, aussi.

Il y avait eu quelques dérapages. Des engueulades au boulot, de la tension à la maison. Mais chaque matin, une étape était franchie.

Huit mois sans frapper.

Personne n'avait conscience des efforts qu'elle fournissait. Il aurait fallu qu'elle parle, dirait Solveig. Pour raconter quoi ? « J'ai versé de l'eau bouillante sur son visage » ? « Je l'ai poussé dans des escaliers » ?

Elle serra un peu plus la main de son amie.

— On devrait partir en vacances, en Afrique, voir les animaux.

— Et le psy dont je t'ai parlé, tu es sûre que…

Lise dit non de la tête. Solveig fit glisser ses doigts hors de sa main.

— Je vais faire un tour, le temps que tu te prépares. Je reviendrai dans la matinée, quand tu seras partie.

« Pourquoi ? pensa Lise. Pour prendre tes affaires ? »

— Solveig, que se passe-t-il ?

— Rien.

Lise se retrouva seule.

Ses yeux glissèrent vers son lit. Il ne fallait pas qu'elle songe à ce qu'il y avait dessous : des dossiers sur des pourritures. Celles qu'elle appelait ses « proies ». Et, un peu plus au milieu sous le double matelas, deux tiges à béton en acier.

Une image passa derrière ses paupières fermées : la barre de fer frappe, un filet de sang gicle, cela faisait comme un éclair dans sa tête, un coup de fouet qui revenait, encore et encore.

Son téléphone vibra. C'était Paupiette, sa collègue de la PJ.

Un double meurtre dans le quartier du Sentier.

3

On les avait trouvés au dernier étage d'un immeuble haussmannien du boulevard Saint-Denis. Des clandestins chinois – le quartier en pullulait. La locataire du dessous avait remarqué des taches brunes sur son plafond et prévenu le concierge. L'homme, réfugié birman, s'appelait Chin Chan. Il gérait les loyers des familles chinoises, en accord avec une brasserie sur le boulevard dont le patron avait acheté la totalité des chambres du dernier étage. Il fut surpris en s'apercevant que les combles avaient été désertés. Les portes des chambres étaient ouvertes, laissant entrevoir des gamelles, des empilements de cartons ; des tissus colorés flottaient aux fenêtres, dévoilant les toits de zinc sous le ciel gris de Paris.

Au bout du couloir, seule une porte était rabattue, celle de la chambre située au-dessus de l'appartement de la locataire. Il la poussa délicatement. L'odeur le prit à la gorge. Il la reconnaissait. Chin Chan ferma les paupières pour mieux se rappeler. C'était du temps où son pays était en guerre, du temps des massacres. Avant même qu'il ne rouvre les yeux, son cœur s'emplit de terreur.

Deux jeunes Chinois reposaient nus au milieu d'une immense flaque de sang. La pièce avait été dégagée ; matelas, réchaud, nourriture, valises et vêtements étaient repoussés contre les murs. Ainsi, la flaque carmin où baignaient les deux corps formait un cercle parfait au cœur de la petite chambre.

Chin Chan se força à ne pas regarder, ne pas imaginer. Mais l'image des ustensiles posés près du cercle gluant s'était imprimée sur sa rétine : des scalpels, des pinces, une boîte de gants en plastique fin transparent, un amas de feuilles de Sopalin souillées de rouge. Le scalpel avait servi à trancher les gorges. Et à autre chose. Des carrés de peau de vingt centimètres sur vingt avaient été découpés, nettoyés et soigneusement étalés sur le sol. Quatre petits ronds étaient disposés les uns à côté des autres, certains évidés comme des anneaux : des anneaux de peau sur lesquels on devinait des poils noirs.

Chin Chan prit une grande inspiration en fixant le quadrilatère rouge sur les poitrines des morts. Sur leurs visages, aussi. Ils semblaient porter des lunettes cerclées de rouge. Celui qui les avait mutilés avait découpé l'entour de leurs yeux pour en ôter la peau en emportant les paupières. Les pupilles brillaient dans un cratère de sang, braquées vers le plafond en un cri d'horreur.

Le gardien tourna à nouveau son regard vers les quatre petits ronds de peau. L'un d'eux paraissait dormir : la peau d'un œil fermé.

Il était huit heures du matin ; Chin Chan téléphona à police secours, qui dépêcha une équipe avec un officier du commissariat de quartier, avant de prévenir la PJ. Le groupe de Lise hérita du dossier. Cela faisait presque quatre ans que Brigitte, Paulette et Lise travaillaient ensemble, mais elles avaient été mutées à la Crime seulement depuis huit mois. Le capitaine Brigitte Lancier menait le groupe, accompagnée des lieutenantes Lise Lartéguy et Paulette Slawy. Paulette, que ses collègues surnommaient Paupiette à cause de son embonpoint, se trouvait déjà au bureau quand l'appel fut réceptionné. Elle envoya un message à Lise :

Deux DCD dernier étage 16 bd Saint-Denis, double homicide, la Scientifique et la Technique arrivent, on te rejoint avec le sube.

Suivaient des petits smileys. Brigitte, qui habitait en banlieue, était en route.

Lise enfila des leggings et une minijupe de cuir noirs, un tee-shirt à manches longues avec le sigle du groupe Iron Maiden, son Perfecto en cuir qui pesait agréablement sur ses épaules, et récupéra son arme, qu'elle glissa dans son holster sous son bras, avant de dévaler les escaliers sur ses escarpins noirs aux talons de huit centimètres. Elle avait même attaché sa longue chevelure corbeau en queue-de-cheval, ce qui faisait ressortir sa peau blanche de Bretonne et ses yeux bleu arctique. Les réflexions de Solveig sur son côté « masculin » l'avaient poussée à faire cet effort vestimentaire.

En métro, elle ne mit pas dix minutes à rejoindre le boulevard Saint-Denis. Malgré les démangeaisons qui lui bouffaient les entrailles (les hurlements de la nuit passée avaient été impuissants à la calmer) et l'impression d'avoir de l'air froid entre les couches de sa peau à la suite de sa discussion avec Solveig, Lise ressentait une certaine excitation. Elle adorait son boulot de flique, et chaque nouvelle affaire était comme un défi à relever qui la prenait tout entière.

Des plantons filtraient l'accès au dernier étage, et les mallettes de la police scientifique encombraient le sol. Lise montra sa plaque au policier de faction, croisa deux hommes en combinaison stérile qui la saluèrent, et suivit les câbles de projecteur et le bruit des crépitements des appareils photo pour arriver jusqu'à la chambre. Une demi-douzaine de personnes s'activaient autour des cadavres. Un des flics en blouse lui passa une paire de chaussons en papier.

— L'officier du commissariat n'est pas là ? demanda-t-elle à l'un des photographes de la Technique.

— Pas vu, lui répondit celui-ci en déposant un petit carton jaune muni d'un numéro à côté des morceaux de chair découpés.

Une jeune femme, elle aussi recouverte de la tenue blanche réglementaire et munie de gants transparents, s'évertuait à déployer à l'aide de pinces une feuille de papier pliée en quatre. Lorsque ce fut fait, elle la glissa dans un sachet en plastique et demanda à un photographe de prendre des clichés. Lise s'agenouilla à côté d'elle. La tête lui tournait un peu, l'odeur du sang gonflait dans sa gorge et la gênait pour déglutir.

— Le tueur nous a laissé un mot ?

La jeune femme désigna l'endroit où se trouvait le matériel de chirurgie.

— Le papier était soigneusement glissé sous la boîte de gants stériles.

Le message se résumait à une phrase, tapée à l'ordinateur en pleine page : « Puisqu'il faut choisir. »

Les mots firent à Lise l'effet d'une gifle. Elle se releva en se tenant au mur. Des images surgirent du tréfonds de sa mémoire. Des visages souriants et couverts de sang, d'autres tordus en masques de souffrance. Son regard tomba sur les corps mutilés. Ses yeux s'imprégnèrent des carotides béantes, se vautrèrent dedans. Elle tituba vers la porte.

— Lise, ça ne va pas ? T'as pas pris ton petit déjeuner ? blagua le photographe.

— Non, non, enfin, si, ça va. Je sors deux minutes.

Le couloir lui parut interminable. Bousculant ses collègues, elle arriva sur le palier avec la furieuse envie de se pencher par-dessus la rambarde pour vomir. « Merde, pensa-t-elle, qu'est-ce qu'il m'arrive ? »

Un attroupement s'était formé à l'étage du dessous. Des curieux sortaient de leur appartement. Un homme en pantalon de pyjama et peignoir de bain fumait devant sa porte ouverte en matant les flics d'un air mauvais. Deux gosses, un garçon et une fille, apparurent dans son dos en demandant ce qu'il se passait. Le père se retourna pour envoyer une mandale au premier en gueulant :

— Retourne à l'intérieur, petit con !

Puis il attrapa la gamine par les cheveux et la propulsa vers l'arrière.

Le corps de Lise, qui était encore glacé quelques secondes auparavant, entra en ébullition. Elle dévala les marches pour se planter devant lui.

— Hé, ça ne va pas ou quoi ?

Le gars la détailla d'un regard obscène.

— Qu'est-ce qu'il y a, chérie ? Tu veux venir dedans avec moi ?

— Tu frappes tes gosses ? Espèce d'enfoiré !

Une voix leur parvint de l'intérieur. Une femme en robe de chambre émergea.

— Georges, tu devrais rentrer, tu vas encore avoir des ennuis.

Il se retourna, le poing levé. Lise entendit une plainte et la silhouette de la femme disparut dans l'ombre. Un sourire dégueulasse aux lèvres, Georges provoqua la policière du regard.

— Je fais ce que je veux chez moi ! Et je t'emm… Ouch !

Lise venait de lui balancer son genou dans les parties. Elle ne sentait plus sa force. Le visage déformé par la rage, elle saisit l'homme par ses fringues pour le tirer et le jeter par-dessus la rambarde de la cage d'escalier, au-dessus du vide. Elle faillit le laisser tomber lorsque le talon droit de son escarpin craqua. Elle cria :

— Je vais te lâcher, ordure, tu m'entends !

Le peignoir se déchirait entre ses doigts, la rambarde cisaillait ses aisselles, mais des vagues d'adrénaline refluaient dans son sang, anesthésiant la douleur. Elle voyait l'homme chuter et s'écraser comme une merde. Qu'est-ce que ce serait bon !

— Lieutenant Lartéguy ! Bon Dieu !

Lise releva les yeux pour accrocher ceux, vibrants d'indignation, d'Antoine Martignon, substitut du procureur au pôle judiciaire de Paris. Il était planté dans les escaliers, accompagné de Paulette et de Brigitte :

ses deux amies et partenaires étaient pétrifiées. Les flics, ses collègues de la Scientifique, les voisins, tous la fixaient du regard, épouvantés. Elle ne sentait même pas le poids de ce con de Georges au bout de ses bras.

« Mon Dieu, qu'est-ce que j'ai fait ? »

Au prix d'un effort surhumain, elle remonta l'homme, faisant craquer son deuxième talon, et le jeta devant sa porte. Puis elle cacha son visage entre ses mains.

4

Années 1990. Paris, capitale de la dope

L'héroïne coulait à flots sur la ville. En ce mois de novembre, on ne comptait plus les overdoses ; elles fauchaient aussi bien les jeunes du quartier de la Fourche que les fils de famille de Saint-Germain. On trouvait de la blanche thaïlandaise comme de la brune pakistanaise, et même une variété de rousse de Birmanie. La PJ avait dû créer un groupe spécial à la brigade des stupéfiants et renforcer les moyens. Le trafic tournait autour de Barbès, Pigalle, jusqu'à Belleville, en passant par les gares de l'Est et du Nord… rien de nouveau sous le ciel de Paname ; la moitié des gars qui y trempaient étaient originaires d'Afrique du Nord.

Au départ, Boisfeuras et Lartéguy travaillaient à deux, puis on leur avait adjoint une petite nouvelle qui venait de passer son concours d'inspecteur et, enfin, un spécialiste du terrain débarqué de Marseille. On disait que là-bas, dans le quartier du port, la rue Thubaneau était devenue une veine de poudre à ciel ouvert. Dans un parking à étages en plein air traînaient des tapins et des dealers, des dizaines et des dizaines à trafiquer dès la nuit tombée. À Paris, ils avaient presque le même trafic derrière la gare de l'Est. La dope arrivait d'Amsterdam, de Belgique, d'Allemagne et de Suisse ; tout le monde trafiquait, c'était le problème, il y avait peu de vrais grossistes. Les flics en avaient marre des petits dealers, ils voulaient ferrer du lourd, et surtout du stock de came dépassant le kilo.

Le groupe des Stups dirigé par l'inspecteur Pierre Boisfeuras était divisé en deux bagnoles, une de chaque côté du Sébasto. Onze heures du soir, le peuple allait et venait, des voyageurs, des bidasses, des employés, des Noirs, des Arabes, des pédés... Les uns vendaient des avocats par lots de trois ou des ballons bondissants en forme de saucisse géante, les autres proposaient du shit ou leur cul. La circulation était dense, les bus klaxonnaient, les mobylettes de livraison vrillaient l'air de leur pot trafiqué, les taxis gueulaient après le gars qui ne démarrait pas au feu... c'était le bordel. Malgré la bruine et le froid, le quartier grouillait de vie, de débrouille et de désespoir. Le bar Le Select, collé à la gare, restait ouvert vingt-quatre heures sur vingt-quatre.

Avant le départ des trains de nuit pour les casernes d'Alsace, il se remplissait de bidasses et de cheminots qui faisaient les trois-huit. Inutile de dire que la bière sortait des fûts à la cadence d'un train Corail. La chaleur des corps recouvrait les vitres de buée et la fumée des « troupes » piquait les yeux lorsqu'on poussait la porte en chassant la sciure sur le sol. Ça clopait, ça gueulait, ça picolait et ça se bagarrait – parfois au couteau – dans la lumière crue des néons. Les garçons bossaient vite et précis. Ils enregistraient une commande de douze tout en épongeant le marbre d'une table et en guettant les coupelles où se trouvait la monnaie. La cravate était de mise, ainsi que le tablier sur gilet noir, le sourire banni ; certains avaient des vices, d'autres une passion, tous connaissaient la psychologie humaine mieux que personne. On leur parlait de tout, on leur proposait tout, on leur demandait tout, on leur confiait tout, puis le client se barrait et un autre prenait la place devant le zinc. Les flics du 36 savaient que le chef des serveurs du Select refourguait dans son bar.

Il s'appelait Ange. Raffiné, beau gosse, dans les trente ans, blond, le regard méfiant. Ange aimait la belle poudre. Il fallait voir ses yeux quand il dépliait le képa et que le monticule de blanche apparaissait : ils s'illuminaient comme des guirlandes de Noël sur la façade d'un pavillon de banlieue. Le patron du Select possédait deux autres établissements : un moules-frites sur le boulevard et une brasserie dans le hall de la gare. Ange s'occupait de recruter les loufiats, de les former, les surveiller, les payer et les virer. Tout ce qu'il fallait pour se monter un beau réseau et acheter la poudre en gros et au meilleur prix. Et attention ! pas de la coupée au sucre glace par les blédards de la rue des Martyrs.

L'inspecteur Paul Lartéguy avait eu l'info par Mylène, une Bretonne de vingt piges qui tapinait autour de la gare. Ange lui avait fait sniffer de sa fabuleuse rousse de Birmanie dans la cave sous la trappe du bar. Mylène avait dû le pomper juste après, mais la défonce l'avait prise comme on secoue un panier à salade dans une mer épaisse. Aux Stups on connaissait bien cette came, responsable des deux tiers des overdoses dans les beaux quartiers. Pour une fois, ce n'était pas de la frelatée ; trop puissante, elle terrassait les cœurs des gamins de la FEMIS et des Beaux-Arts.

Des semaines qu'ils surveillaient leur gus. Ils avaient compris qu'Ange s'approvisionnait tous les trois ou quatre jours, quand c'était devenu intéressant. Un nouveau gars s'était pointé, et celui-là, Ange ne le rencontrait qu'une fois par semaine. On pouvait imaginer la quantité de poudre que devait acheter le loufiat, d'autant que son bras, ainsi que celui de sa copine Samia, en bouffaient un sacré paquet en conso perso.

Dans la 205 de service, les deux flics de quarante ans pensaient à tout sauf à la gueule de l'Ange. Ils étaient silencieux, murés dans leurs soucis personnels. Pierre Boisfeuras ruminait sur sa maîtresse – et secrétaire –, la belle Jeanne. Cela faisait presque dix ans qu'ils étaient ensemble. Sa femme, Marie-Claire, savait qu'il découchait, mais pas qu'il menait une double vie. Pierrot commençait à avoir des remords, surtout vis-à-vis de son fils Éric. Le garçon était très proche de sa mère et ses regards chargés de reproches devenaient chaque jour un peu plus difficiles à supporter. Et voilà que Jeanne était enceinte ! Un gosse dans le dos, comme on dit. Pierrot prenait ses précautions. Il n'y était donc pour rien, mais pouvait-il lui en vouloir ? Elle l'avait fait pour ne plus se sentir seule dans ce petit appartement d'étudiant qu'il lui avait laissé. Pierrot savait qu'il en prendrait soin comme du sien ; il était un « homme », un peu dans l'esprit des bouquins de Giovanni ou de Morgiève. Alors qu'en vérité, il était lâche : il n'osait quitter Jeanne de peur du scandale – cette femme était capable de tout. Et puis ils s'étaient aimés comme des adolescents, elle faisait partie de sa famille, jamais il ne l'abandonnerait. Il soupira, farfouilla dans la poche de son cuir et en sortit une Gitane qu'il alluma à l'aide d'un vieux Zippo.

Son binôme de patrouille était au volant. Pierrot s'en voulait de se prendre la tête pour des histoires de fesses quand il voyait à quoi était confronté son frère d'armes. Le sujet n'était pas tabou, mais par pudeur le flic n'interrogeait pas son ami. Il lui tendit son paquet de bleues.

— T'en veux une ? Ça te rappellera ton vieux.

Paul refusa de la main, sans détourner ses yeux fixés sur le pare-brise. Putain, ce qu'elle pesait lourd, cette boule de plomb dans son estomac ! Il remua sur son siège pour récupérer son flingue qui lui meurtrissait le dos et le posa entre ses jambes, puis sortit ses Camel en se forçant à sourire.

— Tu sais que je préfère les blondes.

— Tu parles !

— Tu l'as dit.

Sa voix était aussi enjouée que celle d'un mec enterrant sa famille un soir d'orage. Maria, sa femme, était brune, espagnole, et sur le point de devenir folle. Bonne pour l'asile psychiatrique. Pourtant, ce n'était pas ce qui minait le plus Paul Lartéguy ; depuis quelques mois, sa fille de huit ans était en train de se transformer en animal sauvage, une brute, un sac de violence et de méchanceté. Sa fille Lise ! Il avait envie de chialer.

Sa main trembla pendant qu'il tentait d'allumer sa clope. Pierrot posa les doigts sur son poignet et récupéra le briquet.

— Laisse-moi faire.

Paul tira sur sa tige, les yeux mouillés de remerciements pour son pote.

— Dis-moi, mon grand, qu'est-ce qu'il se passe encore ? le questionna Pierre.

— Ils m'ont convoqué à l'école ce matin. Lise a frappé une gamine de son âge. Un coup de pied dans le dos !

— Elle est fille de flic, elle deviendra flique, essaya de blaguer Boisfeuras.

Paulo lui fit un sourire triste.

— Je ne sais plus quoi faire, et je ne te parle même pas de Maria. J'ai envie de la tuer, de la jeter. Mais Camille et Lise, je ne peux pas leur faire ça. Même si ce n'est pas une mère parfaite. Elle est malade.

— Tu le penses vraiment ?

— Il vaudrait mieux, sinon, ce serait quoi ? De la méchanceté pure ?

— Tu m'as dit qu'elle s'était calmée depuis la rentrée.

— Tu parles, elle a trop peur de me raconter ce qu'il s'est passé pendant ses « vacances », alors elle chante, elle danse, elle câline Camille. Par contre, dès qu'elle s'approche de Lise, on dirait deux chats de gouttière défendant les restes d'un maquereau. Le poil hérissé, les bras tendus… Et leurs regards ! Tu verrais les regards qu'elles se lancent.

— C'est ce voyage en Espagne qui les a changées. Tu n'as pas réussi à savoir ce qui leur est arrivé ?

— Non, c'est l'omerta. Il y a un truc entre elles. Maria a presque peur de Lise. Quant à la gamine, elle me jure qu'il ne lui est rien arrivé, et si j'insiste, elle me mord.

— Elle te mord ?

— Regarde.

Paulo tendit son avant-bras. On voyait les délicates empreintes de dents d'une mâchoire d'enfant. Il y avait des croûtes à l'endroit des canines.

— Putain ! siffla Pierrot, elle t'a fait saigner.

— J'ai pas pu la frapper ni la gronder… T'aurais vu ses yeux ! Ils sont ailleurs, loin, perdus. Putain, Pierrot, on dirait qu'elle a vécu l'enfer !

Cette fois, les larmes coulaient sur les joues mal rasées de Paul Lartéguy. Pierrot secoua la tête et se pencha par-dessus son pote pour descendre la vitre. Il balança sa cigarette dans la foulée, une brique dans la gorge. Un gros paquet d'humidité entra dans l'habitacle, faisant frissonner les deux hommes, qui resserrèrent les pans de leur blouson.

« Quelle merde, pensa Pierrot. Tout ça à cause de cette folle de Maria. »

Dès le début, elle avait foutu le bordel. Son pote Paul en était tombé raide dingue, et elle avait l'air de bien le lui rendre. Mais cette femme était dotée d'un caractère de démon. Ils s'étaient mariés dix ans plus tôt, Paul amenant la stabilité d'une vieille famille aisée possédant de la pierre et Maria sa passion de la vie et son amour du théâtre. Puis elle s'était retrouvée enceinte et les disputes avaient démarré. La belle Espagnole préparait une tournée en Amérique du Sud, mais pour son mari, il n'était pas question qu'elle avorte, d'autant que le projet artistique était une chimère montée par les amis de sa femme – ils n'avaient pas même de quoi se payer des cigarettes.

Pour le convaincre de la laisser avorter, Maria n'avait reculé devant aucune félonie, allant jusqu'à faire courir le bruit que sa grossesse était le résultat d'une coucherie avec le meilleur ami de son mari. Pierrot l'aurait séduite et baisée dans sa Golf lors d'un week-end entre amis. Heureusement les deux flics se connaissaient bien et il n'y avait eu aucune ambiguïté à ce sujet. En revanche, Maria ne s'était pas gênée pour téléphoner à Marie-Claire, qu'il avait fallu rassurer. Même Jeanne, la maîtresse de Boisfeuras, avait fait des scènes terribles à son amant.

N'empêche que Paul avait gagné : sa femme avait accouché de Lise. Et depuis le père et la fille en souffraient.

Maria était victime de troubles bipolaires, à moins, comme le disait Paul, qu'il ne s'agisse de pure méchanceté. Elle lui reprochait, à lui et à leur fille, d'avoir brisé sa « carrière », et se vengeait en les privant tous deux de son amour. Paul s'en était accommodé. Maria jouait le jeu de la femme au foyer, acceptant même de remplir son devoir conjugal ; quant à lui, il s'investissait dans son boulot, bossant jusqu'à cent heures par semaine. Lorsqu'il s'était rendu compte des dégâts sur sa fille, il était trop tard. Le manque d'amour et de manifestations de tendresse de la part d'une mère – décuplé par la naissance du petit frère qui, lui, en profitait doublement – était ce qu'il y avait de plus cruel pour la fillette.

Et à présent, tout recommençait, pensa Boisfeuras. Son pote chialait et se faisait du mouron pour sa petite. Il ne manquerait plus qu'un divorce pour le foutre par terre. On pouvait la critiquer, mais quand Maria n'avait pas ses coups de folie, elle tenait la maison, conduisait les gosses à l'école, les éduquait – à sa façon rigide et froide, elle faisait le boulot. Toujours aussi torride avec son mari, ce qui n'était pas négligeable. Son pote arrivait parfois au bureau avec des cernes de bonheur sous les yeux. Les Lartéguy formaient une famille, tout comme les Boisfeuras. Sans compter qu'en cas de divorce, Paul, avec son boulot de nuit, perdrait la garde des enfants. Cela le rendrait malade comme un chien, et ensuite ? Il lâcherait sa vie de flic ou se prendrait un coup de couteau lors d'une arrestation par manque de discernement ? Boisfeuras ne laisserait jamais faire ça.

Paulo coupa court à ses pensées en demandant :

— Alors, comment tu le trouves, le nouveau ?

Pierre sursauta. Il était en train de se rallumer une bleue et ne s'attendait pas à ce que son collègue sorte de ses idées noires aussi abruptement.

— Le Marseillais ?

— Ouais.

— Beau gosse, belle gueule, beau parleur.

— Marseillais, quoi.

— Si tu veux... Mais j'aime pas son regard, pas franc. Tu sais pourquoi il s'est fait muter chez nous ?

— Pour nous aider. Ou alors c'est une promotion ?

— Nous aider ? J'y crois pas. Et il n'est pas monté en grade, tu parles d'une promo ! Foutre un gars du Sud dans un deux-pièces de Seine-Saint-Denis...

— Tu dis ça parce qu'il tourne autour de Francine. Le coq n'aime pas voir débarquer un autre coq.

— Bon, qu'est-ce qu'ils foutent ! Ils n'avaient pas dit à la demie ?

Comme un vœu exaucé, la radio se mit à grésiller :

— Alpha-Tango, ça bouge.

Boisfeuras attrapa le micro.

— Reçu.

Les deux flics tournèrent le visage vers la façade du Select. La circulation s'était calmée et les trottoirs n'accueillaient plus que quelques âmes perdues qui se feraient violer, escroquer ou tabasser avant l'arrivée du matin blême. Ils virent un grand jeune homme enserré dans un manteau sortir du bar accompagné d'un Black trapu et partir vers les escaliers permettant de rejoindre la rue qui longeait les voies ferrées.

Les deux flics descendirent de voiture et jetèrent un coup d'œil au trottoir opposé. Le Marseillais et Francine venaient de les imiter. La filoche pouvait commencer.

5

De nos jours

Elle était convoquée, et pas par n'importe qui. Le directeur de service actif Pierre Boisfeuras était un des plus grands pontes de la PJ parisienne. Il s'agissait aussi de son parrain.

L'homme avait dépassé l'âge de la retraite administrative mais continuait d'œuvrer pour la PJ, qu'il appelait sa « famille ». Il avait connu le père de Lise à l'école de police dans les années 1970. Tous deux en étaient sortis avec mention, ce qui leur avait permis de rester ensemble au début de leur carrière. Ils avaient gravi les échelons du 36, quai des Orfèvres, passant de la Crime aux Mœurs, puis aux Stups et à l'Antigang. Leurs chemins avaient divergé alors qu'ils atteignaient la cinquantaine, Paul Lartéguy devenant un des patrons de la BRB et Boisfeuras se hissant au sein de l'administration de la préfecture de police de Paris. Ils passaient leurs vacances ensemble, déjeunaient presque tous les jours à la même table d'un restaurant du boulevard Saint-Germain, et s'épaulaient dans leurs problèmes de travail comme de famille.

Jusqu'à ce soir de 2005, lors des émeutes en grande banlieue, où le père de Lise avait trouvé la mort. Officiellement, il était décédé en service, mais Pierre Boisfeuras savait que ce n'était pas la vérité. Il n'oublierait jamais le soir où ses services l'avaient appelé pour l'informer de l'accident de son ami.

Paul Lartéguy, au sommet de sa carrière, n'avait rien à faire sur le terrain, mais il s'était déplacé pour soutenir ses troupes. Une copine de sa fille lui avait alors téléphoné. Lise venait de prendre de l'héroïne pour « fêter » ses dix-huit ans et était en train de saccager l'appartement de ses amis. Trois garçons avaient tenté de la calmer et s'en étaient sortis avec des fractures et des contusions. Son père, fou d'inquiétude, avait foncé la récupérer dans sa voiture de service.

Lorsqu'il était arrivé à l'appartement, Lise s'était endormie, épuisée, comme d'habitude, après avoir dépensé cette incommensurable énergie que ses crises provoquaient. Il l'avait allongée sur le siège arrière et comptait la ramener chez eux, à Neuilly, quand un message radio lui avait signalé qu'un de ses agents avait été grièvement blessé par un émeutier. Décidant de faire un détour afin de s'assurer de la sécurité de ses hommes, il avait fait l'erreur de couper par une des cités pour arriver plus vite. Le pare-brise de sa voiture avait explosé sous l'impact d'un parpaing jeté d'un toit. Le véhicule avait tapé dans un muret et Lartéguy avait eu la poitrine enfoncée par le bloc de ciment. Boisfeuras s'était rendu sur place et avait récupéré Lise qui dormait, complètement défoncée, sur la banquette. Plus tard, il avait tenu la main de son ancien frère d'armes mourant et avait entendu ses dernières volontés. Lartéguy était persuadé que sa fille n'était pas mauvaise et qu'elle détenait la force pour pouvoir se dominer. Il l'avait éduquée dans ce sens et ne pouvait accepter que cela soit en pure perte. Il avait fait jurer à son ami de prendre soin de sa femme et de son fils et de tout faire pour que Lise entre dans la police nationale.

Après la mort de son mari, la mère de Lise avait dû être internée, Camille, son fils, était entré au lycée militaire, quant à la jeune fille, elle avait continué à traîner et à se battre avant de s'engager dans l'armée, où elle avait intégré les commandos parachutistes. Elle avait profité des longues nuits de garde en plein désert pour lire et relire les lettres de son père, et elle avait compris. Lorsque ses crises la prenaient, Lise se préparait. Elle attendait que la nuit engloutisse la base et s'exfiltrait pour parcourir des kilomètres en 4 × 4 à travers le désert, jusqu'à atteindre un camp de ces rebelles qui torturaient, amputaient et violaient. Là, elle appliquait la Méthode.

Elle avait également suivi des cours par correspondance et passé un master de droit. Puis l'armée l'avait renvoyée après s'être arrangée avec la justice locale : Lise avait tabassé et poignardé deux soldats tchadiens qui venaient de violer une gamine.

En France, l'argent que lui avait laissé son père lui avait permis de s'installer et de réfléchir. Elle venait d'avoir vingt-cinq ans. Quand sa décision fut prise, elle avait fait part à son parrain de son désir d'entrer dans la police. Boisfeuras avait pris énormément de risques en falsifiant les résultats des tests psychologiques de sa filleule au concours d'admission à l'école nationale supérieure des officiers de police, mais cela avait fonctionné.

Quatre années que Lise était flique. Elle n'avait jamais eu l'honneur de fréquenter les locaux du mythique 36, quai des Orfèvres. À son arrivée dans la police, tous les services avaient été réunis rue du Bastion, dans le quartier des Batignolles.

En tant que directeur de service actif, Boisfeuras était un des grands patrons du Bastion : il avait sous ses ordres la BRB, l'IGPN (la police des polices), la Crime, ainsi que d'autres services de support et de logistique, même si ses principales activités consistaient en réunions, visioconférences et représentation auprès de la préfecture et des ministères. On disait qu'il aurait pu être directeur de cabinet au gouvernement ou conseiller à la présidence de la République, mais sa famille, son amour, c'était la PJ.

Quatre années qu'il veillait sur Lise. Il y avait eu des bavures, des écarts lorsqu'elle était à la BRB, mais aussi des prises de risque et d'excellents résultats. Lise était une bonne flique, Boisfeuras le savait, et il faisait tout pour la protéger. Sauf qu'à présent, la donne avait changé. Le vieil homme avait ses propres soucis : de jeunes requins poussaient pour avoir sa place, sans compter qu'il avait dernièrement décidé de donner un coup de pouce à sa carrière, histoire de finir en beauté, et qu'il ne s'attendait pas à tant de perfidie de la part de ses adversaires. Sa vie privée était en péril et sa situation familiale au bord de l'implosion.

Il était assis derrière son grand bureau en noyer massif et une grave décision l'attendait.

Lise se trouvait dans l'antichambre, seule sur une banquette, juste en face du bureau de la secrétaire, Jeanne. Jeanne travaillait pour Boisfeuras depuis presque trente ans. Elle n'avait jamais aimé la jeune fille, sans doute à cause de la relation privilégiée qu'entretenait la lieutenante avec le grand patron.

Lise avait détaché ses cheveux couleur jais, et ses phalanges, qu'elle appuyait de toutes ses forces sur son front, imprimaient des marques rouges au-dessus de ses yeux fermés. Elle s'en voulait, elle avait déconné.

Elle releva doucement les yeux pour tomber sur le regard vénéneux de Jeanne.

Les talons de ses escarpins ayant cédé sous le poids de ce con de Georges, Lise était passée à son vestiaire de la salle de sport, au sous-sol du Bastion, afin de récupérer ses New Balance. Les baskets rouges juraient avec sa tenue, mais après l'incident du boulevard Saint-Denis le procureur avait demandé qu'elle se rende immédiatement au siège de la PJ, en attendant d'être convoquée par ses supérieurs. Ce n'était pas de chance que cela se soit passé devant le substitut Martignon, le seul magistrat de Paris qui ne pouvait pas encadrer Lise. Il avait juré sa perte, tout ça parce que Lise l'avait croisé devant une boîte de nuit en train de se disputer avec un jeune prostitué à moitié défoncé. Le souvenir de cette soirée semblait hanter le substitut et Lise devinait qu'il se sentirait beaucoup mieux si elle disparaissait du paysage judiciaire. Il avait commencé à surveiller ses enquêtes et à pointer systématiquement les irrégularités qu'elle commettait. Et là, cela sentait vraiment le roussi. Lise n'avait pas besoin de ça. Pas en ce moment.

Jeanne s'approcha de la policière. C'était une belle plante, la silhouette fine aux courbes mises en valeur par un tailleur serré à la taille, la jupe moulante descendant à la frontière de ses genoux, les bas « à l'ancienne » dessinant une couture parfaite le long de ses mollets. Se déplaçant tel un funambule sur son fil, avec grâce et équilibre sur ses talons de douze centimètres, elle se pencha pour chuchoter :

— C'est vrai qu'il y a un air de famille.

Lise releva la tête. Que voulait-elle dire ?

— Ah, ça, il aura pris soin de toi ! ajouta Jeanne. Toi ! Mais c'est bientôt fini.

La porte du bureau s'entrouvrit et Pierre Boisfeuras apparut. Il resta sans rien dire à les observer froidement. Jeanne le provoqua du regard, mais devant ses yeux durs elle poussa un sifflement et retourna s'asseoir sur sa chaise à roulettes. Sans un mot, le directeur invita Lise à entrer.

6

— Assieds-toi, Lise, s'il te plaît.

Boisfeuras était à son bureau, les coudes sur le plateau, les mains jointes devant sa bouche. Lise tenta :

— Parrain, je… je suis désolée.

— Tu t'assieds, oui ou non ?

Lise se laissa tomber sur la chaise face à lui. Boisfeuras ouvrit un dossier.

— J'ai reçu le rapport du substitut par mail il n'y a pas trente minutes. Il n'y va pas avec le dos de la cuillère : mise en danger d'autrui, agression caractérisée, troubles graves du caractère. Cet homme charmant a mis la totalité des responsables et plus hautes autorités de la Maison et de la magistrature en copie. À l'heure où je te parle, même le préfet de Nouméa connaît ton nom et celui de ce… Georges Rosseti, l'homme que tu as voulu balancer dans le vide.

— Je n'ai pas voulu…

— Laisse-moi parler, je connais déjà toutes tes réponses, toutes tes… explications. Tu vois ce téléphone sur ce bureau ? Il va sonner d'un instant à l'autre, il va falloir trouver un compromis, une solution qui satisfasse toutes les parties. Tu comprends, oui ou non ?

Lise sentit une coulée froide dévaler le long de sa colonne vertébrale : jamais son parrain ne lui avait parlé sur ce ton. Il tapota le dossier du doigt.

— Bon, ta victime ne porte pas plainte, de toute façon il a un casier long comme une perche, mais Martignon veut quand même lancer une procédure pénale. Pour ça, il lui faut l'accord du procureur général, que je connais. En attendant, et afin de préparer la procédure, Martignon demande que tu fasses une analyse psychologique complète, avec recherche de tendances à la violence. Il exige que je lui fournisse ton dossier de suivi depuis ton arrivée au Bastion, et il va essayer de se procurer celui de ton entrée au concours à l'école des officiers. On a une chance, le ministre de l'Intérieur vient de changer et il ne veut pas de scandale pour fêter ses débuts. En plus, c'est un ami. J'ai appelé le ministère et évoqué la légitime défense, mais les faits sont graves. Il a à son tour appelé la haute magistrature. Le procureur général m'a demandé de trouver une solution qui évitera la mise en examen. Mais il ne veut pas de demi-mesure…

À nouveau, un long silence. Tous deux savaient ce que la demande du procureur impliquait.

— Je vais être obligé de te mettre à pied, je n'ai pas le choix.

— Non, non ! s'écria Lise.

Boisfeuras la regarda d'un air surpris, presque déçu qu'elle ne comprenne pas ce qu'il faisait pour elle, tout en acquiesçant intérieurement : il savait à quel point le boulot de flic était addictif.

— Lise, je sais que ce travail, c'est toute ta vie, mais cette fois, cela va être à ton tour de m'aider.

— De t'aider ? Toi ? Je vais me retrouver à la rue ! Tu sais qu'une mise à pied engage une procédure disciplinaire, je vais devoir attendre six mois, une année peut-être, avant de passer devant une commission, pour qu'ensuite on me réintègre et qu'on me foute aux archives ! Je ne peux pas, parrain, pas maintenant ! Envoie-le se faire voir, ce putain de morveux ! Ce ne sera pas la première fois, je me tiendrai à carreau. Je te le jure !

Elle avait crié, au bord de l'hystérie. Le vieux flic poussa un soupir.

— Écoute-moi, Lise. Je t'en prie, c'est important. Voilà plusieurs mois, Martignon a essayé de se procurer des informations sur toi, prétendument pour une enquête sur des agressions. Il a demandé à être contacté en premier si ton groupe était saisi, comme ce matin. Il attendait l'occasion. Et tu la lui as fournie. Je vais t'expliquer quelque chose. Lorsque tu as passé tes tests psychologiques à l'école des officiers, c'était un cabinet privé qui s'occupait de ces examens. Il a envoyé un premier rapport, défavorable, agrémenté d'une recommandation de soins psychiatriques. J'ai remplacé ce rapport par celui d'une autre candidate en mettant ton numéro à la place du sien. Ce qui signifie que vous êtes deux à avoir exactement le même compte rendu d'admission psychologique. Si Martignon obtient ce dossier, il aura le numéro qui te représente en tant que candidate et pourra en demander le double à l'institut spécialisé qui t'a fait passer les tests, même si, pour cela, il devra agir dans le cadre d'une commission rogatoire. Tu comprends ce que je veux te dire ? Si on t'envoie faire les examens psychologiques à cause de l'incident de ce matin, et que cela se passe mal, ils peuvent demander à les comparer avec tes tests d'admission. La machine Martignon se mettra en marche et tu seras radiée. Quant à moi, je serai soupçonné de collusion et de faux en écriture. Sans compter que tu risques de te retrouver au tribunal face à un homme qui bat sa femme et ses gosses. Ils te pousseront à bout.

Lise se leva d'un coup.

— Qu'ils me les fassent passer, leurs tests ! Je m'en bats les couilles !

Boisfeuras haussa la voix à son tour :

— Rassieds-toi immédiatement ! Tu parles à ton supérieur.

La jeune fille fulminait, pourtant elle obéit. Son parrain inspira un grand coup avant de reprendre :

— Tu crois être la seule à avoir des problèmes ? À avoir besoin qu'on lui sauve le cul tous les quinze du mois ? Moi aussi, j'ai des emmerdes, et pas des moindres ! D'ordre privé et professionnel. Il y a quelque temps, j'ai décidé d'accepter une proposition de la commission sénatoriale. On veut que je me présente aux prochaines élections. Tu te rends compte ? Un poste de sénateur. J'ai accepté, bien sûr. Et depuis, mes « concurrents » me harcèlent. S'ils apprenaient que j'ai dissimulé et falsifié le dossier d'entrée dans la police d'une psychopathe, oui, Lise, c'est ce qu'ils diraient s'ils découvraient le vrai rapport, eh bien, c'en serait fini de ma carrière. En revanche, si je te congédie pour six mois, je leur coupe l'herbe sous le pied. L'affaire sort de la procédure pénale pour passer dans un cadre interne à la PJ, et ils nous foutront la paix à tous les deux. Je contrôle la commission de discipline et l'IGPN, tu n'auras rien à craindre.

— Tout ça pour de la politique ! Tu me sacrifies pour un siège de sénateur ?

Boisfeuras tapa des deux mains sur son bureau.

— Ne hurle pas, petite ! Je te l'ai déjà dit.

Il se demanda un instant s'il ne devait pas la renvoyer chez elle. Sa filleule était à deux doigts de l'explosion et n'entendait pas un mot de ses explications. Il reprit d'un ton calme :

— Oui, un poste de sénateur, excuse du peu ! Je l'ai bien mérité, et je me suis engagé envers mes amis, comme je l'ai fait pour toi durant des années. Tu ne comprends pas ? Quand j'aurai ce siège, je pourrai à nouveau m'occuper de toi et aussi… d'autres personnes.

— Qui ? Bon Dieu, qui ? Et tes soucis privés, c'est quoi ? Je peux t'aider ?

Boisfeuras fit non de la tête. Lise refoula ses larmes.

— C'est eux que tu veux protéger, pas moi ! Tu sais que je risque la radiation complète, tu te rends compte ? Je vais perdre ma plaque, mon…

Le téléphone sonna. Tous deux s'immobilisèrent. Boisfeuras voyait que sa filleule était au bord du précipice, prête à faire n'importe quelle connerie. Il devait gagner du temps.

— Écoute, Lise, je me rends compte qu'en ce moment, tu… tu n'es pas dans ton état normal. Il faut qu'on puisse en discuter tranquillement. On est vendredi, je vais leur dire d'attendre lundi avant de leur donner ma décision, d'accord ?

Il tendit le bras, appuya sur la touche haut-parleur en jetant un regard entendu à Lise, et approcha le combiné de son oreille.

— Pierre Boisfeuras à l'appareil.

Une voix traînante répondit :

— Je sais pour notre ami, mais cela ne change rien. Vous êtes toujours deux sur ma liste.

Boisfeuras devint livide. Sa main tremblait légèrement quand il raccrocha. Lise n'avait jamais vu son parrain aussi troublé.

— Qui c'était ? demanda-t-elle.

— Personne, sans doute un de ces hommes dont je t'ai parlé. Des menaces…

— Tu le connaissais.

— Non, je te dis.

Lise se remit à crier :

— Si, je l'ai vu à ton regard ! Dis-moi, parrain, je peux t'aider !

Boisfeuras s'emporta :

— Toi, m'aider ? Tu m'as foutu dans une merde noire ! Et dès lundi j'enverrai la demande de mise à pied te concernant. Cela te fera réfléchir. Et si tu dois quitter la PJ, tu ne t'en prendras qu'à toi-même ! Regarde-toi, tu passes des cris aux larmes, tu trembles comme un moineau mouillé. Et ton regard ! On dirait que tu te drogues ! Tu ne peux pas continuer, reconnais-le. Au moins, reconnais-le ! Bon Dieu !

Lise, tendue comme un ressort, se pencha en avant.

— Non ! Tu ne le feras pas ! Il n'en est pas question ! Je ne te laisserai pas faire !

Elle serrait les poings de toutes ses forces pour ne pas frapper son parrain. La fureur colora de rouge les joues de Boisfeuras.

— Tu oses me menacer ? Sors de ce bureau avant que ça ne se termine mal ! Tu m'entends, Lise ? Quitte ce bureau ! Immédiatement !

— Tu ne me fais pas peur ! Tu ne sais pas ce dont je suis capable !

— Si, justement, je le sais ! Je veux que mardi matin tu te présentes ici pour remettre ta plaque et ton arme, tu m'as compris ?

— Jamais de la vie !

Elle traversa la pièce à grands pas et ouvrit violemment la porte. Jeanne fit un bond et bascula sur ses talons. Elle se retrouva assise sur la moquette, les jambes repliées sous elle. Lise hésita. Une tempête électrique envahissait son corps, la faisant frémir comme jamais. Elle lui cracha ces mots au visage :

— On écoute aux portes, vieille bique ! À toi aussi, il va arriver des bricoles !

Elle partit à la vitesse de l'éclair et disparut dans les couloirs. Jeanne jeta un coup d'œil effaré à son patron. Boisfeuras avait le visage défait : on y lisait du désespoir. Celui d'avoir à briser une vie.

7

Lise se rua dans l'ascenseur, essayant de reprendre son souffle, de calmer les coups qui faisaient vibrer le sang dans son cou, comme si Angus Young jouait le solo de « Thunderstruck » sur ses artères.

Elle n'avait plus le choix.

« Calme-toi, s'exhorta-t-elle. Calme-toi. Tu vas le faire. Ce soir. »

Aussitôt, une houle de chaleur déferla dans ses veines, cassant la tension de ses muscles.

Lise sortit sur le parking. Putain ! Elle n'avait pas sa bécane. Elle fonça au sous-sol, dans le garage de la PJ. Jeanjean, le chef d'atelier, était un vieil ami de son père. Un sourire s'épanouit sous sa moustache quand il l'aperçut.

— Lise, ma fille, ça va ?

— T'as une caisse à me prêter ?

On entendait à peine les mots sortir de sa bouche, tant ses dents étaient serrées.

— Pourquoi tu chuintes, t'as un problème à la mâchoire ?

— Bordel !

Une Porsche Carrera S des années 1990 était garée au milieu d'autres voitures saisies. « C'est parfait », pensa-t-elle. Elle repéra le sigle sur l'un des trousseaux de clés pendus au mur et s'en empara pour ressortir aussi sec. Jeanjean la regarda faire, d'abord surpris, puis il soupira en entendant mugir le moteur de l'allemande.

Devant la barrière de sortie Lise plaqua sa carte d'OPJ sur la vitre devant elle. Le flic de faction se demanda un instant ce qu'elle foutait dans cette voiture. Lise appuya quatre fois sur l'avertisseur pour qu'il se bouge. La barrière se leva, et la Porsche fusa tel un missile entre les plots, pour s'engager dans la circulation.

Enfin seule.

L'image de Boisfeuras vint s'incruster derrière ses yeux.

— L'enfoiré !

Un instant, elle se vit en train de l'étrangler tout en lui assénant des coups de boule jusqu'à ce qu'il agonise. Qu'il crève !

« Non ! »

La voiture était arrêtée à un feu rouge, Lise ouvrit la portière et se pencha. Un flot de vomi arrosa le bitume, lui brûlant la gorge. Elle se redressa, les yeux embués de larmes. « Mon Dieu, que m'arrive-t-il ? » Ce n'était pas ça, la Méthode. Seul le mal, le vrai, l'absolu, devait subir ses foudres. Comme le lui avait inculqué son père.

La Méthode !

Il n'y avait que ça pour que Boisfeuras, Solveig et même ce con de substitut comprennent qui elle était vraiment : une personne saine, impliquée, amoureuse… Normale !

Pourquoi donc avait-elle tenté de s'en passer ? C'était une idée de folie.

« Une idée de merde, oui ! »

Lise ne referait plus cette erreur. Plus jamais !

Son portable sonna. C'était Paupiette, sa collègue de la Crime. Merde ! Lise était censée repasser au bureau pour débriefer sur les cadavres de la matinée. Un SMS s'afficha sur l'écran :

T'es où ? On t'attend.

Désolée, me suis fait engueuler comme un rat mort, besoin de rentrer chez moi, pas envie de parler.

Ils t'ont fait sauter ta plaque ou pas encore ? ☺

Pas encore. ☺☺

On a du taf. Brigitte veut qu'on planque devant l'immeuble du bd Saint-Denis au cas où une des familles chinoises reviendrait pendant la nuit. Elle se tape la première partie jusqu'à 22 heures, je rentre manger et on se retrouve là-bas pour finir la nuit.

Lise avait envie de tout envoyer valdinguer, mais elle savait que cela inquiéterait son amie. Le courage lui manqua.

J'ai le ventre en charpie, vas-y, je te rejoins plus tard.

Elles devaient être à deux pour planquer la nuit, mais il arrivait parfois que l'une d'elles reste à la maison, tandis que l'autre y allait seule et couvrait sa collègue. De toute façon, si un problème survenait, il y aurait des flics en uniforme au pied de l'immeuble, et puis elle n'était pas loin, Paupiette l'appellerait. Lise savait que cela tombait le mauvais soir, et ça l'embêtait d'impliquer sa copine, même si, la dernière fois, c'était elle qui s'était tapé une nuit entière dans un soume glacé, à surveiller le logement d'un suspect, alors que Paupiette était rentrée chez elle fêter les trente ans de mariage de ses beaux-parents.

Sa collègue fut obligée d'accepter.

OK. Si ça bouge, je t'appelle.

T'es un amour, merci, à charge de revanche.

Elle arriva le long du canal Saint-Martin. Son loft était au dernier étage d'anciens ateliers de confection. Elle se gara dans son box au sous-sol, à côté de sa KTM, et envoya un message à Solveig :

Pas la peine de venir ce soir.

Elle savait que ce n'était pas dans les intentions de son amante, mais elle ne pouvait prendre le moindre risque.

Une fois arrivée dans son appartement, elle verrouilla la porte, se déchaussa, jeta ses fringues par terre et alla se servir une dose de Nikka dans un verre à whisky de la taille d'un seau à glace. Elle ne pouvait empêcher sa main de trembler. Elle huma l'odeur un instant et un semblant de calme l'envahit. Une cigarette au bec, elle posa ses fesses sur le parquet, en face des deux matelas empilés sur le sol, se descendit une rasade, tira une longue taffe de sa clope, et pensa à son père.

Sa gorge se serra, des larmes filèrent le long de ses joues.

Elle se secoua et fit glisser ses doigts sous le matelas, pour en revenir avec une pochette de carton. À l'intérieur se trouvaient les dossiers de ceux qui avaient échappé à la justice ou qui étaient sortis de prison trop tôt, sans se départir de leurs vices. Violeurs, pédophiles, maniaques du couteau ou de la torture… la lie de l'humanité. La policière les repérait dans les tribunaux, en épluchant les comptes rendus des chambres de justice et d'appel. Elle les suivait, notait leurs habitudes. Dernièrement, en lisant les faits divers, elle était tombée sur des articles concernant des actes particulièrement horribles commis en banlieue nord. Elle avait mené son enquête. Les coupables avaient l'habitude de se réunir dans une série d'entrepôts abandonnés. À cette heure, ils devaient s'y trouver.

Un coup de hache à l'intérieur de son ventre la fit sursauter ; la douleur envoya un filet de sueur sur son front. La Bête se réveillait.

8

Les petites fenêtres blanches des cités vibrent sous les assauts de la pluie, les lampadaires tremblent en grinçant sous le vent, emprisonnant des milliers de gouttes folles dans leur halo.

La flotte tombe, droite et lourde, claquant sur le cuir de son blouson. Le liquide froid dégouline dans son cou. Ses cheveux plaqués sur son crâne, son visage pâle voilé de pluie, elle est légèrement penchée vers l'avant, crispant son poing contre son ventre.

Elle se plie un peu plus, cogne et gémit. Son poing frappe encore à travers le cuir de son blouson. Elle aimerait tant vomir ce béton qui plombe son estomac.

Lise se redresse. Un frisson glacé parcourt ses bras, elle a envie de hurler.

La douleur du manque, de la faim lui déchire les tripes. Elle titube jusqu'au bord du conteneur et les regarde à nouveau. Au-dessus d'elle résonne un clapotis qui ressemble aux claquements des tambours de fer d'une armée mongole. D'une main, elle serre le bord du conteneur afin de retenir les tremblements de son corps ; la buée fuse entre ses lèvres, faisant gicler la bave et la pluie. Elle sait qu'elle pleure, même si ses larmes se mélangent à l'orage. Elle sait qu'il va falloir y aller. Un instant, elle n'a plus froid, plus de chaos dans les ondes de son cerveau ; elle lève le visage vers le ciel et sent l'eau sur ses cheveux glisser vers l'arrière, comme une caresse sur le front d'une enfant. Elle n'entend plus rien. « Et si Dieu existait ? Si mon père me regardait ? Si Jade le savait ? Je suis un monstre, un animal, une bête sauvage. Je ne sais faire que cela. Faire le mal. Je suis malade. »

Les yeux braqués sur le ciel pluvieux, elle pense : « J'ai échoué. » Puis, à nouveau, son corps se plie sous la morsure du manque.

Elle reprend son souffle. Ses yeux remontent et scrutent l'intérieur de l'entrepôt de l'autre côté de la grande allée mitraillée par l'orage. Sa bouche s'entrouvre, ses dents crissent d'impatience.

Sa main droite glisse le long de sa cuisse recouverte de cuir noir, jusqu'à sa botte, et se pose délicatement sur la barre d'acier qui en dépasse.

Elle aurait dû mettre une cagoule, mais n'en a plus le temps.

La faim est trop forte.

Les proies tremblent sous la pluie.

Elles l'appellent.

9

Le ciel se déchire dans une toux caverneuse qui rebondit en écho dans les allées. La pluie redouble d'intensité. Lise lâche le bord du conteneur et avance dans ce rideau de perles d'acier.

Des brutes de bas étage. L'un d'eux est massif, gros et gras. Il terrorise son monde depuis l'enfance en serrant les cous, en tordant les poignets ou les bras. Viennent ensuite deux frères, vingt et vingt-quatre ans. Le plus âgé a un bec-de-lièvre mal cicatrisé qu'il tente de cacher sous une moustache filasse ; le cadet est chauve et bégaie, sa mère le frappait lorsqu'il était bébé. Le dernier homme, la quarantaine, ne pense qu'à boire et se droguer. Une loque qui pue.

Leur point commun, à eux quatre, c'est l'obsession sexuelle. Le calvaire des filles et des mères du quartier a débuté le jour où le gros a volé une camionnette en cassant le nez d'un Maghrébin. Ce véhicule blanc aux ailes froissées rôde la nuit dans les cités. Le gros conduit, les deux frères ont les yeux qui se consument à la recherche d'une Sylvie, d'une Nathalie ou d'une Michelle : du morceau de viande qui leur permettra de jouir. Derrière, le vieux accueille l'« invitée » à coups de batte et l'entrave avec du chatterton. Leur soif de sexe et de jeu les a poussés à kidnapper des vieilles, des hommes, des papis et des couples croisés dans les allées embrumées par la nuit. Ils ne s'en prennent pas aux enfants. Pour l'instant.

Lise avait relevé des témoignages. Un adolescent s'était fait attraper avec son amie. Ils l'avaient sodomisé avec des bouteilles de Pepsi, tandis que, sous ses yeux, sa fiancée tournait dans un porno de cave.

La porte de l'entrepôt est ouverte. Les quatre hommes ont allumé un brasero dans un bidon percé de trous de carabine. Tout autour, il y a des fauteuils aux coussins déchirés et un canapé vétuste sur lequel est assis le vieux. Penché au-dessus d'une table faite d'un enrouleur de câble, il se prépare une seringue d'un de ses cocktails de médicaments, speed et alcool. Il s'appelle Moussa et porte des dreadlocks. Le jeune qui bégaie – son nom est Steve – joue à côté avec le rottweiler, lui faisant mordre un poulet en plastique. Son aîné au bec-de-lièvre, Roland, est affalé dans un fauteuil en face. Il caresse une batte de baseball entre ses cuisses tout en lisant un magazine de cul. Quant à leur chef, l'énorme Chérif, il est debout, face à une enceinte qui envoie du rap. Il se dandine sur la musique en vidant méthodiquement une bouteille de whisky.

Lise sort du mur de pluie et pénètre dans l'entrepôt.

10

Tête baissée, elle avance vers les quatre hommes. Lent et rythmé, accompagné de violons envoûtants, l'album *Londinium*, du groupe Archive, déroule sa mélodie trip-hop dans sa tête. Elle le connaît par cœur. Le chien lève le museau, le gros se tourne. Un sourire déforme ses traits bouffis.

Le regard vide, elle serre la barre d'acier par le milieu et envoie son poing dans le visage du gros. Toute sa rage, son désespoir et sa folie sont contenus dans ce poing qui part de l'arrière de son épaule, à hauteur de ses yeux, pour aller aplatir la bouche et le nez de l'ordure. Lise sent les dents craquer, les os du nez pénétrer les chairs. Le gros bat des bras avant de tomber sur une pile de parpaings. Bec-de-Lièvre s'est levé du fauteuil et effectue des moulinets avec sa batte. La jambe de Lise remonte dans un arc de cercle et le frappe à la tempe, le propulsant sur le ciment. De nouveau, elle a les pieds au sol, prête à parer l'attaque du chien d'un coup de barre dans le museau. Il couine et recule. Offusqué, le plus jeune des frères pousse un cri en se mettant debout. Un roulement d'épaules, et le poing droit de Lise se détend et écrase sa mâchoire, le mettant à genoux. Le vieux n'a pas bougé. Toujours assis dans le canapé aux relents de pisse et de sperme, il la regarde, éberlué. Dans ses doigts, une seringue pleine attend de trouver la veine. Elle le soulève et lui envoie un coup de tête en pleine face. Son front enfonce le cartilage, le sang brûle sa peau ; l'odeur du vieux est insoutenable, elle le rejette sur le canapé.

Le gros se soulève sur un genou en se massant la joue et en gueulant :

— Hé, toi ! Tu vas voir !

Elle le projette à terre d'un coup de botte dans la gorge. Le chien lui mord la cuisse, la musique dans son esprit est toujours douce et rythmée. Des deux poings, elle cogne de chaque côté des oreilles du rottweiler pour l'assommer. Un coup de batte lui meurtrit les épaules ; elle va pouvoir utiliser sa barre de métal. Elle se retourne et fouette le visage de Bec-de-Lièvre.

Un morceau de violoncelle débute dans sa tête ; ses mouvements sont fluides, gants recouverts de carbone, bottes coquées de métal, elle envoie ses poings, fait voler ses pieds, fouette l'air de sa barre. Un coude et un genou cassés, des pommettes fendues, des dents brisées… elle voit les bouches s'ouvrir pour réclamer pitié, mais son corps continue de danser.

Et soudain… elle s'écroule. Une masse noire gonfle dans son crâne et envahit ses orbites, sa gorge et ses tympans. Il n'y a plus de lumière. Plus de musique. Plus d'air. L'oxygène refuse d'entrer dans ses poumons, quelque chose d'aigu racle l'intérieur de sa trachée, lui soulevant le cœur. Elle entend le sifflement de sa respiration. Ses doigts tâtonnent sous son menton et saisissent la seringue que le vieux lui a plantée dans la gorge. La drogue est montée d'un seul jet à son cerveau, pour la propulser contre le sol.

Une putain de cocaïne.

Elle étouffe, aveuglée, paralysée sur le dos tel le cafard de Kafka. Mais elle entend tout. Comme si elle voyait les sons.

Respiration lourde (le gros).

Raclement de chaise (il se déplace).

Gémissement (Bec-de-Lièvre).

— La salope !

Sensation d'un coup de pied contre ses côtes.

— Putain de merde ! Ce que ça fait mal ! (Bec-de-Lièvre).

— Ferme ta gueule ! Qu'est-ce que t'as ? (le gros).

— Tu vois pas qu'elle m'a arraché la gueule, cette conne ! Et, je crois que… Putain ! Elle m'a pété le coude !

— Je vais la planter, je te jure, je vais la planter !

— Range ce couteau et passe-moi la corde qu'est là-bas.

— Quoi ?

— On va s'amuser.

Le tonnerre gronde longuement, faisant vibrer les murs. L'orage s'éloigne. La pluie a cessé et un air gelé s'engouffre à ras du sol pour lécher le corps de Lise, telle la langue d'une bête morte.

(On la retourne sur le ventre.)

— Attends… L'attache pas encore.

(On la remet sur le dos.)

Ziiiiiiip… (quelqu'un ouvre son Perfecto).

— Putain merde (Bec-de-Lièvre).

— Elle est à poil là-dessous (le gros déglutit).

— Sa mère ! Les seins qu'elle a !

— Fais mater (frère de Bec-de-Lièvre, voix hachée par la douleur).

— T'as qu'à te ramener.

— Peux pas, j'ai le genou pété. Faut m'emmener aux urgences.

— On va y aller, mais pas tout de suite (le gros). Mouss, viens m'aider, on va lui virer son froc.

— J'arrive, attends… d'abord, je me remets.

Bruit d'un long reniflement (Mouss vient de se faire un rail de médocs sur la table).

D'un coup, une décharge électrique secoue le corps de Lise. Elle a l'impression de claquer telle une ampoule en surtension. Puis elle se retrouve à nouveau paralysée et aveugle, comme écrasée par l'atmosphère.

— Putain, pourquoi elle gigote ? On dirait une morte qu'essaye de revenir à la vie. Qu'est-ce qu'elle a ? (Bec-de-Lièvre).

— T'inquiète pas, elle risque pas de se réveiller (le vieux, alias Mouss). C'est le petit cocktail que j'ai mis dans la seringue. Je l'appelle la « dynamique du chaos ». Un tiers d'héroïne, un tiers de cocaïne et un petit mélange du centre des addictions : du néo, du xan, de la bupré et des bonbons pour la toux.

— Quoi !

— J'aime bien le goût. Ce qui est bizarre, c'est que normalement c'est la coke qui frappe en premier. Cette nana, elle aurait dû faire des bonds pour ensuite se prendre une calmante avec l'héroïne et le mélange. Mais j'ai peut-être trop chargé et ça l'a sonnée. Faut quand même l'attacher, t'as vu l'enragée que c'est ? Cette pouffiasse, on va la défoncer ! Et après, on la fera un peu rôtir dans le brasero.

— Ouais, mais d'abord, on va se la faire (le gros).

Lise sent qu'on lui ôte son blouson et qu'on lui lève les bras au-dessus de la tête avant de lui lier les poignets sous ses gants de cuir trop serrés qu'ils n'ont pas réussi à enlever. Des mains ouvrent la ceinture de son pantalon en cuir et le tire vers le bas, emportant sa culotte de soie noire.

— Vire-lui ses bottes, qu'on la foute à poil ! (le gros).

— Fais voir, tourne-la ! (frère de Bec-de-Lièvre).

(On la met sur le ventre.)

— Voilà, t'es content ?

— Putain, le cul qu'elle a ! (voix très sèche du gros).

— Attends, remets-la sur le dos, j'arrive pas à décrocher ces putains de bottes (le vieux).

Zip…

— *Hin, hin, hin…*

— Putain, le gros, qu'est-ce que tu fais ?

— *Hin*, tu vois bien ! Je vais lui asperger la gueule, à cette salope !

Lise sent le mouvement de va-et-vient au-dessus de son visage, plus une odeur d'égout qui lui retourne l'estomac. Quelqu'un triture ses chevilles – les attaches de ses bottes de motarde ne sont pas commodes à manipuler. Elle a envie de rouler sur le côté pour dégueuler ses tripes, mais son corps refuse toujours de lui obéir.

Le vieux avait raison : la coke a agi en premier. Ce qu'il ne sait pas, c'est que sur les personnes hyperactives comme Lise, les amphétamines, speeds et autres excitants ont un effet calmant. La forte dose de cocaïne a cloué Lise au sol. A contrario, les opiacés lui font faire des bonds de chevreuil. À présent, l'héroïne commence à réchauffer ses veines. Une pâle lumière se diffuse dans son cerveau, avec ce petit goût de pastille pour la gorge qui lui rafraîchit les sinus.

Le froid du ciment pétille sur sa peau nue, l'odeur de plus en plus insupportable du gros lard fait effet de sel sur ses narines. Les forces lui reviennent à une vitesse hallucinante, un ordinateur de puissance nucléaire se met en route dans son cerveau. La Bête se réveille, elle a besoin d'air. Elle a besoin d'un morceau de rock dans la tête. D'une entrée fracassante.

— *Hin ! Hin ! Hin !*

Lise aspire un grand coup et ouvre les yeux, juste au moment où le gros pousse un gémissement. Elle se prend une giclée chaude et gluante en plein visage. Mais elle sourit quand même. Elle a trouvé le morceau : « A Song for the Dead ». La rythmique lourde et frénétique de la guitare électrique s'accorde aux pulsations de ses artères.

Elle se redresse. Le vieux cesse de tirer sur ses bottes : il la regarde, les yeux déformés par la peur. Repliant les genoux, Lise lui balance ses deux pieds dans le visage. Elle se tourne vers le gros, le long et lourd solo de batterie qui lance la chanson déboulant dans son crâne. Il est en train de refermer son pantalon. De ses poignets attachés elle ramasse la barre de fer sur le sol et la lui enfonce dans l'œil gauche.

— *Aaaaaaaaaaaaaaaaah !*

Le sang gicle de l'orbite percée. La voix du chanteur entonne son lugubre couplet : « *That's a study of dying* ».

Lise roule sur le côté, attrape sa ceinture pour remonter son pantalon, se lève. Du sang chaud macule sa poitrine nue et son visage qui dégouline d'un liquide visqueux. L'hémoglobine tombe goutte à goutte de la barre qu'elle serre dans ses mains attachées et gantées. Elle marche jusqu'au vieux et lui plante la tige au travers de la cuisse, faisant claquer l'extrémité contre le béton. L'homme hurle. La Bête a vu que Bec-de-Lièvre a récupéré son frère de son bras valide et que les deux bâtards trottinent vers la sortie.

« *Come a little bit closer.* »

D'un pas rapide, elle s'approche du brasero et y plonge ses gants. Les braises font tinter la folie dans ses yeux. La drogue l'a mise dans un état second : Lise ne sent plus la douleur, elle n'entend que la musique dans sa tête. Les cordes de nylon se consument sur ses poignets. Une fois sa main droite libérée, Lise empoigne une boule rougeoyante. Son regard pivote vers le vieux. Il tente de reculer en raclant le fer sur le sol. La Bête bondit. Elle lui attrape le bas de la mâchoire, lui fourre le morceau de braise dans la bouche et plaque sa main gantée dessus. Mouss gesticule en essayant de s'échapper. La peau de ses joues rougeoie de l'intérieur, la fumée et la chaleur lacèrent ses lèvres, seul un gémissement étouffé sort de son être.

Les deux frères ont presque atteint la sortie. « Où croient-ils aller ? » Elle ramasse un parpaing et marche vers eux. D'un coup de pied elle les projette au sol et leur fracasse les genoux. Des cris perçants, des appels à la pitié résonnent dans l'entrepôt.

La Bête n'a jamais été aussi mauvaise.

Le chien, caché à l'autre bout, observe la scène en couinant, plaqué sous une étagère de ferraille.

La chevelure trempée par l'effort barrant son visage peinturluré de sang, Lise court d'un homme à l'autre.

Elle a retourné la cheville du vieux, faisant sortir l'os à travers la peau, arraché les oreilles du gros, enfoncé sa tige dans l'épaule de Bec-de-Lièvre. Il y a de plus en plus de sang sur le sol, elle glisse, s'étale et éclate de rire. Finalement, elle leur déverse le brasero sur la tête.

Ils ne mourront pas.

Ils ne seront plus jamais des êtres vivants.

« *Fuck it !* »

Après un dernier regard, Lise récupère son Perfecto et l'enfile. Elle a trouvé un chiffon recouvert de cambouis et s'essuie le visage, noircissant sa peau mais se débarrassant du sang et du reste. Elle sort de l'entrepôt et marche dans la nuit froide.

Arrivée à sa moto, elle plaque la tige de métal contre sa botte, détache son casque et récupère son portable planqué sous la selle. Il y a un message :

Rejoins-moi, c'est important, il faut qu'on parle.

Avec une adresse. C'est signé Boisfeuras.

Les yeux de Lise se plissent. Son sourire glisse comme la lame d'un rasoir. La drogue continue de charrier son pouvoir dans ses veines, l'emplissant de haine.

Elle enfourche sa moto. Son cœur tambourine à la vitesse d'un marteau-piqueur, comme s'il voulait s'expulser de sa cage thoracique.

Elle a encore faim.

Elle passe la vitesse et lâche le frein. La moto dégage telle une balle.

La Bête…

11

Elle se réveilla recroquevillée derrière une poubelle qui puait le gasoil, le corps glacé, avec l'impression d'avoir une bétonneuse dans le crâne. Elle ouvrit la visière de son casque ; il faisait jour et il pleuvait : Paris.

Ses côtes, ses bras et son bassin lui faisaient mal. Elle se releva. Un élancement dans le genou la fit presque tomber. Elle défit la mentonnière de son casque et le tira vers le haut. Le bruit de la rue l'agressa, envoyant des milliers de bouts de verre Securit dans les veinules de son cerveau. Tant bien que mal, elle essaya de se repérer. Elle discerna une plaque bleue sur le coin de l'immeuble. « Rue Poissonnière ». Qu'est-ce qu'elle foutait dans ce coin ? De l'essence avait coulé de sa moto, couchée à côté d'elle. Poussant un petit cri, elle la redressa et la cala contre le mur. Elle récupéra la clé de contact et traversa la rue pour entrer dans un boui-boui chinois. Une jeune Asiatique, un sourire factice plaqué sur le visage, vint se planter devant elle. Lise montra le thermos sur la cafetière américaine. La fille lui en versa un grand bol, qu'elle déposa sur le zinc avec du sucre.

Son esprit se désembrumait. Et malgré les coups de fouet qui claquaient sous sa boîte crânienne, Lise se sentait mieux. Et même : bien ! Comme elle ne l'avait pas été depuis longtemps. Elle savait qu'elle avait été droguée, elle s'en souvenait, mais ce n'était pas à cause de ça. Le Monstre qui la secouait et la bravait de l'intérieur avait disparu.

Puis tout lui revint : Solveig, son coup de folie boulevard Saint-Denis, la colère de Boisfeuras... Quelle conne elle avait été ! Elle secoua la tête en la penchant au-dessus de son bol de café. À présent que – enfin – elle y voyait plus clair, elle savait ce qu'elle avait à faire : accepter sans discuter les sanctions, et surtout s'excuser et combler Solveig.

Quelle heure était-il ? Elle se tortilla pour récupérer son portable dans la poche de son pantalon en cuir. Sept heures du matin. Quelle chienlit ! Il y avait un message de Paupiette :

Super merci la nuit dans la 406 avec le chauffage en rade, heureusement qu'il y avait Céline Dion pour me tenir compagnie. En plus chou blanc, mais je suis bonne poire, je t'ai notée en présence dans le rapport en ramenant la voiture au Bastion. Remercie-moi, tu pourras récupérer 7 heures de nuit. Je vais me coucher, et t'oublie pas, à charge de revanche. ☺☺☺

« Mince, pensa Lise, Paupiette n'aurait pas dû faire ça. » En même temps, ce n'était pas plus mal d'avoir un alibi au cas où une enquête sur ses quatre victimes remontait jusqu'à elle. Elle se revoyait se tordant sur le sol telle une limace, privée de ses membres… ces enfoirés comptaient la violer !

« C'est fini, calme-toi ! »

Un autre message était enregistré. Lise se rappela l'avoir lu. Boisfeuras. Sauf que le numéro qui avait envoyé le SMS ne correspondait pas à celui de son parrain. Il avait utilisé un autre portable, pourquoi ? La jeune fille se sentit rougir au souvenir de la bouffée de haine qui l'avait saisie. Elle avait enfourché sa moto, pour partir telle une furie. Et ensuite ? Le trou noir.

Lise régla son café et sortit dans l'air froid. Son foie jouait encore au *Titanic*, elle laissa tomber son envie de cigarette. En rejoignant sa moto, elle remarqua la barre de fer posée par terre. Couverte de sang et de Dieu sait quelles autres matières. Son outil de haine favori. Cette barre à béton, elle l'avait récupérée avec une autre sur un chantier. Elles avaient la taille et le poids parfaits. La seconde était toujours sous les deux matelas superposés qui lui servaient de lit, avec les dossiers de ses futures victimes. Quelque chose dans sa tête et son corps lui disait qu'elle allait pouvoir s'en débarrasser.

Elle réenfila soigneusement ses gants, puis repéra une grille d'égout. Qui irait faire le rapprochement entre une barre à béton trouvée près du Sentier et une série d'agressions commises en banlieue nord ? Du bout de sa botte, elle poussa la barre entre les barreaux, mais elle n'entendit pas de *plouf* ni de bruit métallique.

Vingt minutes plus tard, elle claquait la porte de son appartement. Après une bonne douche, et deux Efferalgan, elle se glissa sous sa couette et s'endormit.

12

Vers treize heures, son portable sonna. Lise avait l'impression d'avoir dormi à peine une heure. Mais son mal de tête était parti, même si elle était endolorie comme du linge passé à l'essoreuse. C'était Brigitte.

— Lise, on a un DCD dans le quartier de la Banane.

— Putain, fait chier ! T'as qu'à y aller, toi.

— Je veux bien, mais pas toute seule. Sinon, l'affaire sera donnée à un autre groupe.

— Qu'est-ce qu'on s'en fout, on a déjà les Chinois à traiter !

— On doit ouvrir trois enquêtes par mois, on en a déjà deux, tu sais ce qui nous attend si on ne prend pas celle-ci.

— C'est bon, attends deux secondes.

Elle se leva, marcha jusqu'à sa cafetière, qu'elle alluma. En attendant qu'elle chauffe, elle faisait tourner son paquet de Camel sur le comptoir.

— Raconte, qu'est-ce qu'on a ?

— Un homme, la boîte crânienne enfoncée. Son corps était caché sous une bâche derrière un terrain de sport rue Ponceneau. Des gamins ont balancé leur ballon par-dessus le grillage. C'est comme ça qu'ils l'ont découvert. Ça doit faire une bonne heure. Le commissariat de quartier a mandaté des hommes. Delrieux m'a croisée dans le couloir et m'a dit de m'arranger avec les autres groupes pour envoyer quelqu'un. C'était y a cinq minutes. On se retrouve là-bas ?

— OK, le temps d'enfiler une culotte.

— T'es à poil ?

— Calme-toi.

— Je m'occupe de la Technique et de l'Identification.

— À toute.

— Quel genre de culotte ?

— T'es vraiment une cochonne.

— Moi aussi je t'aime, traîne pas.

— J'arrive, je te dis.

Lise raccrocha, se versa une tasse de café et alluma une cigarette. Une ride d'inquiétude barra son front. La rue Ponceneau lui rappelait quelque chose, mais quoi ?

Pour les bleus sur le visage, cela allait, les copines avaient l'habitude de la voir revenir de ses cours de boxe avec la tête déglinguée ; pour les fringues, Lise opta pour le classique : des bottines en daim noir à talons plats, un jean taille haute bleu foncé et un pull marine à col roulé. Même si elle se déplaçait à moto, et pas n'importe quelle moto – une KTM 1300 de cent cinquante chevaux –, elle remisa son blouson de cuir dans le placard et se recouvrit d'une grosse veste à capuche au faux col de fourrure afin de se protéger du froid. Une monumentale fringale la poussa à s'arrêter à une boulangerie de la rue de Belleville pour s'acheter un club sandwich et une canette de Heineken (on ne se refait pas). Elle venait de garer sa moto le long de la rue Ponceneau et mordait dans son sandwich en s'approchant des rubans de protection surveillés par des agents du commissariat de Gambetta. Deux camionnettes de la Scientifique étaient déjà à l'œuvre : les hommes en combinaison stérile prenaient des mesures et des photos derrière une haie longeant un haut grillage de terrain de sport. L'accès en avait été interdit. Lise passa sous le ruban et serra la main des flics en présentant sa plaque, puis s'approcha d'une Clio au pare-soleil « Police » abaissé. En trois grosses bouchées, elle dévora les deux tiers de son casse-croûte, sortit la canette de sa poche pour la décapsuler et s'envoyer une bonne rasade, avant de la poser, avec le morceau de sandwich restant, sur le capot de la voiture. Elle jeta un avertissement au flic qui se trouvait à côté :

— Le premier qui touche à ma bouffe, je l'éclate.

Le pandore se fendit d'un sourire.

— OK, lieutenant, je veille.

Brigitte était penchée au-dessus du corps. Agenouillé à ses côtés, un homme en combinaison était en train de le cribler de photos. Comme si elle avait senti sa présence, la cheffe de groupe se retourna pour fixer Lise dans les yeux. Cette dernière n'aima pas ce qu'elle y vit et accéléra le pas. Brigitte l'intercepta avant qu'elle n'arrive sur la victime.

— Attends, il… il est dans un sale état.

— Qui ?

Le regard de sa collègue était grave.

— Je… je suis désolée.

Lartéguy força pour passer, Brigitte lui attrapa le bras.

— Lise… c'est Boisfeuras.

— Quoi ? Non !

Lise s'élança vers la bâche noire dans laquelle le corps était enroulé. Une ouverture dévoilait la partie supérieure du buste et le visage, comme plâtré de sang séché. La boîte crânienne avait été brisée du haut de la tête jusqu'à l'oreille, la chair s'enfonçait pour former un angle droit, l'orbite était vide. Sur la partie gauche, on reconnaissait nettement les traits du directeur de service de la PJ de Paris.

Lise sentit son corps se vider, comme si toute son énergie était aspirée par la terre sous ses pieds. Ses jambes flanchèrent. Elle se retrouva les genoux dans l'herbe mouillée.

Elle connaissait ces marques.

Pire, elle les reconnaissait.

Tabassé à coups de barre de fer.

13

Elle se pencha sur le côté et vomit l'intégralité de son sandwich.

— Hé ho, tu pourris la scène de crime ! entendit-elle crier.

— C'est bon, fous-lui la paix.

La voix de Brigitte. Elle aida Lise à se relever.

— Viens par là, faut qu'on s'éloigne.

Elle l'emmena vers les voitures. Le dos et les épaules de Lise tremblaient de manière irrépressible.

— Ce n'est pas possible… ce n'est pas possible…, hoquetait-elle.

Brigitte l'observa, à la fois intriguée et inquiète. Lise était bouleversée, mais sa réaction allait au-delà de l'émotion : elle semblait contrariée. Brigitte fut tentée de lui demander si elle savait quelque chose au sujet du crime, mais se retint en se traitant de conne. Elle poussa un soupir de soulagement en voyant débarquer Paupiette.

Celle-ci désigna Lise du regard.

— Comment ça se passe ?

— À ton avis ?

Une sirène à deux tons résonna dans le bas de la rue. Brigitte se retourna vivement vers Lise pour lui prendre les épaules.

— Lise ! Lise ! Y a le proc et tous les pontes du Bastion qui rappliquent. S'ils te voient dans cet état, ils nous retireront l'enquête. Tu la veux, cette enquête ?

Sa collègue se redressa en s'essuyant les yeux d'un coup de manche.

— Il ne faut pas qu'ils nous l'enlèvent !

— Très bien. Alors prends ton temps, respire et tiens-toi à l'écart. On va régler ça avec Paupiette.

Lise fit oui de la tête. Elle repéra la Heineken sur sa gauche et s'en saisit pour la boire. Brigitte attendit qu'elle ait fini, récupéra la canette et la balança sous la voiture.

— C'est pas le moment de se faire allumer pour de l'alcool sur le lieu d'une enquête.

— T'as raison, balbutia Lise, excuse-moi.

— C'est pas grave, la rassura Paupiette. Tu sais qu'on s'en fout, mais là, il va falloir mettre le paquet pour pas qu'ils nous écartent à cause de tes liens avec le directeur.

— Quand même… il a aussi fait embaucher son neveu, il y a son beau-frère à la direction générale, et je ne parle pas de ses amis d'enfance !

Les deux filles acquiescèrent, avant de la laisser pour se diriger vers le groupe d'officiels qui approchait. Lise les regarda s'éloigner en sortant son paquet de Camel. Sa main tremblait tandis qu'elle tentait d'allumer sa cigarette. Elle se tourna vers l'endroit où se trouvait le corps de son parrain. Elle ferma les yeux et se frappa le front du poing. « C'est pas possible, c'est pas moi ! »

Elle essaya de se souvenir. Les quatre mecs aux entrepôts de Bondy, la drogue dans son sang, des coups dans les côtes, le liquide chaud qui giclait dans sa figure et sa main qui enfonçait la barre de fer dans l'œil du gros. Elle les avait… massacrés. Et après ? Elle avait reçu le message de Boisfeuras et elle était partie pour le voir. Puis plus rien. Jusqu'à ce matin. Oui, elle avait rêvé de le tuer, mais… elle n'était pas dans son état normal. Non, ça ne pouvait pas être elle.

Et si c'était le cas ?

« Je me dénoncerais… Non, je me suiciderais ! Je jure que je me suiciderais ! Un monstre tel que moi n'a pas droit à la justice des hommes. » Cependant, elle devait être sûre et certaine. Si elle parlait de ses doutes à Brigitte, elle serait immédiatement inculpée et l'enquête retirée à ses collègues. Pire : elle se couvrirait de honte en avouant avoir trompé ses deux seules amies durant des années. Cela les détruirait.

En outre, elle ne pouvait s'empêcher de penser comme une flique. « Et si ce n'était pas moi ? Le vrai meurtrier pourrait profiter du fait que je sois soupçonnée : l'enquête s'en trouverait influencée et patinerait. Lui, il s'en tirerait ! » Mais, tant qu'à penser comme une flique, autant considérer les faits, rien que les faits : elle se trouvait le matin même pas si loin du lieu du crime, une barre ensanglantée à portée de main, et, la veille au soir, elle avait rêvé de tuer son parrain, alors qu'elle baignait dans un état de violence proche de la démence.

L'une des solutions était qu'elle récupère sa barre et fasse faire une recherche ADN sur le sang coagulé dessus. Mais, si on ne trouvait pas le sang de Boisfeuras, on trouverait quand même du sang, et les questions surgiraient. Elle serait inculpée sans pouvoir se mettre à la recherche du vrai coupable. Non, elle devait songer à un autre moyen.

Son regard fut attiré par un visage qui la fixait avec insistance parmi le groupe de pontes qui discutait avec ses deux collègues et le procureur. Lise le reconnut : Franck Bretagnolle, un vieil ami de son père et de Boisfeuras. Il officiait à présent à la direction générale de Nanterre. Il lui fit signe d'approcher.

Elle respira un bon coup et se dirigea vers lui. L'homme lui tendit la main ; il y avait du chagrin mêlé de colère dans ses yeux.

— Lise, tu vas bien ?

— Oui, merci, Franck.

— Bon, on était en train de discuter avec le procureur, c'était un ami de Pierre, lui aussi…

L'homme désigné se rapprocha pour la saluer.

— Lieutenant Lartéguy, on était en train de parler de vous, enfin, de ce qu'il s'est passé vendredi. Le directeur, Franck, n'était pas au courant…

— Monsieur le procureur, je suis vraiment désolée…

— Pierre m'avait appelé à ce sujet hier en fin d'après-midi. Il vous aimait beaucoup et voulait à tout prix vous éviter les poursuites pénales. Je m'y étais engagé. En échange, votre parrain avait évoqué une sanction disciplinaire. Vous savez, il ne cessait de me dire que vous étiez un bon élément. Une bonne flique, avec un bon esprit. Un esprit « maison ».

Bretagnolle prit le relais :

— Lise, on a décidé de confier l'enquête à ton groupe, je viens d'en parler avec ta cheffe, Lancier.

Vous aurez l'appui de toute la PJ, plus des permanents pour la durée des investigations. Je veux que tu retrouves le salopard qui a fait ça.

Elle se sentit blanchir. « Et si c'était moi ? » Le procureur observa son collègue avec inquiétude. D'un froncement de sourcils, Bretagnolle lui fit comprendre que cela allait. Il était au courant des problèmes d'enfance de la lieutenante. Il pensait qu'après la perte de son père, des années plus tôt, celle de Boisfeuras devait être catastrophique pour Lise, mais son expérience lui dictait de ne pas la tenir à l'écart de l'enquête. Il posa une main sur son épaule.

— Ça va aller, je sais que vous allez faire du bon boulot.

— Mais, et pour la sanction ?

Le procureur la rassura :

— Elle est là, votre sanction, Lartéguy. Résolvez cette affaire, trouvez le coupable, et que justice soit rendue. C'est ce qu'aurait voulu votre parrain.

Lise en eut les larmes aux yeux. Les deux hommes retournèrent vers leur berline de fonction. Déjà, d'autres véhicules de police arrivaient pour boucler le quartier. La lieutenante n'eut pas le temps de s'appesantir sur son sentiment d'avoir trahi les amis de son parrain. Un des gars de la Scientifique se mit à crier :

— Que personne ne bouge de ce côté-ci et empêchez les autres d'approcher !

— Qu'est-ce qui se passe ? demanda Brigitte.

— La victime a été déplacée, le directeur n'a pas été tué ici, on l'a traîné sur le sol.

L'homme en blouse arpentait la rue à l'opposé de l'endroit où se trouvait le mort.

— Le corps a été tiré le long du trottoir, il y a des traces sur plus d'une trentaine de mètres. J'ai l'impression que ça continue jusqu'au coin.

Si c'était elle qui avait frappé Boisfeuras à mort, se demanda Lise, pourquoi aurait-elle déplacé le corps en sachant que, de toute façon, on le retrouverait ? Une petite onde de soulagement traversa son cœur. Ce n'était pas le genre de la Bête d'agir ainsi.

Elle interpella les autres flics :

— Vous avez entendu ? Déployez des rubalises sur toute la moitié de la rue et jusqu'à l'autre côté. Et prenez soin de rester au large.

Un véhicule de la médecine légale était en train de se garer. Brigitte se dirigea vers lui. Paupiette était retournée près de la victime pour recueillir les premières informations, tandis que Lise emboîtait le pas à l'homme qui suivait la piste du corps.

Il venait de bifurquer dans une ruelle tortueuse pour s'arrêter dans un recoin, les bras tendus au-dessus de lui.

— Là ! Il faut isoler la scène, il y a du sang jusque sur le mur.

La ruelle recouverte de pavés zigzaguait sur une cinquantaine de mètres. Lise jeta un coup d'œil sur la plaque – « Passage Monplaisir ». Elle s'approcha prudemment, alors que son collègue, accroupi, scrutait les moindres parcelles de goudron. Le sang séché formait une grosse tache noire à l'endroit où devait se trouver le crâne de Boisfeuras lorsqu'il s'était écroulé. Il y avait bien des traces sur le sol en direction du terrain de sport. Lise leva la tête. À mi-hauteur, des giclées brunes zébraient le crépi. Boisfeuras devait mesurer un mètre quatre-vingt-dix, cela voulait dire qu'il était tombé à genoux et que son agresseur avait frappé du haut vers le bas pour le tuer, avant qu'il ne chute sur le côté.

Lise essaya de visualiser ce geste qu'elle connaissait si bien : fendre l'air et entendre le bruit sourd de la chair qui rompt, le craquement des os. Elle-même avait tendance à viser les coudes, les rotules, les côtes ou les mâchoires, mais taper sur un crâne ? Elle revoyait les flammes, le sang, le foutre, elle entendait les gémissements des quatre connards, elle montait sur sa moto, le moteur hurlait et elle partait, puis… plus rien. La Bête lui avait échappé.

Paupiette coupa court à ses pensées :

— On va pouvoir avoir un descriptif grosso modo de l'agresseur, sa taille, s'il est gaucher ou droitier… Il y a même des empreintes de pas dans l'herbe là-bas, en espérant que ce soit les siennes. En revanche, pas trace de l'arme. Avec un peu de chance, la Scientifique va trouver un ADN. Mais, même avec ça, je pense qu'on va devoir bosser.

— Qu'est-ce que tu veux dire ? demanda Lise.

— Il avait tous ses papiers, sa montre en or, son portefeuille avec deux cents euros à l'intérieur, et son téléphone portable. On ne l'a pas tué pour le voler.

Une sueur froide couvrit le corps de Lise.

— On n'a rien trouvé d'autre sur lui ?

— Si, de la monnaie dans ses poches, un briquet Dupont et un paquet de Gitanes. À quoi tu pensais ?

— À rien, enfin, si, je pensais à un mot pour un rendez-vous, un truc comme ça.

Paupiette se mit à rire.

— Ma chérie, tu te crois encore au XXe siècle ? S'il a pris rendez-vous, on le saura en épluchant son IPhone. J'ai vérifié, c'est bien le sien.

D'un côté Lise avait envie de souffler de soulagement, de l'autre elle se demandait où était passé le second téléphone portable. Celui avec lequel Boisfeuras lui avait donné rendez-vous. Elle ne put s'empêcher de sortir le sien pour relire le message envoyé la veille par son parrain et vérifier qu'il s'agissait bien d'un numéro inconnu.

Brigitte revenait de l'endroit où se trouvaient les voitures. Accompagnée de deux hommes en civil, elle l'interpella :

— Pour une fois, ça n'a pas traîné. La direction vient de nous adjoindre deux éléments. Je te présente le brigadier-chef William Suaut, il bossait à la vidéosurveillance, et le brigadier Philippe Camilla, des Stups. Il a aussi fait un passage aux Mœurs. Tous deux rêvent d'intégrer la Crime. En attendant que des postes se libèrent, ils se sont portés volontaires pour bosser avec nous.

Lise salua les deux hommes en se présentant, puis leur demanda :

— Vous avez été briefés ?

Suaut, la quarantaine, un peu dégarni, avec un bouc châtain, un physique de sportif, ventre plat, épaule rondes, acquiesça en silence, tandis que Camilla, chevelure brune en bataille, du même âge mais au regard un peu plus agité, prenait la parole :

— On a vu la victime, enfin, je veux dire, le directeur. Il n'a pas été dépouillé mais a été frappé à mort avec ce qui semble être une batte de baseball, puis le ou les agresseurs ont tenté de cacher le corps sous une bâche le long du terrain de sport. C'est ici qu'il aurait été attaqué ?

— À cet endroit, il a dû tomber à genoux sur le côté. Il s'est vidé de son sang.

Brigitte fit un panoramique sur les fenêtres qui les entouraient.

— On va commencer l'enquête de voisinage. Il faut aussi qu'on retrouve sa voiture. Est-ce qu'il passait par là ou se rendait-il quelque part dans le quartier ? On doit découvrir ce qu'il foutait là !

— Il y a peut-être une piste, suggéra Camilla. Aux Mœurs, on a une carte détaillée de tous les coins chauds de Paris. Le passage Monplaisir y est inscrit. C'est un endroit où se retrouvent les tapins particuliers, les samedis soir mais aussi les vendredis.

Lise n'en croyait pas ses oreilles.

— C'est quoi, les « particuliers » ?

— Un peu de tout. La mère de famille qui arrondit ses fins de mois, le mec qui veut vendre son corps, le travelo qui ne s'assume pas. Il y a des vieux, des vieilles aussi, on ne sait plus qui est client ou pas. La plupart des passes se font dans les recoins, ce sont de vrais fours à la nuit tombée, et souvent il s'agit de rencontres sans échange d'argent.

Paupiette avait du mal à imaginer une telle faune dans ce coin tranquille de Paris.

— Quoi ? Ici, dans cette ruelle ?

— Oui, ça date du siècle dernier, c'est la raison du nom du passage, j'imagine. Mais faut pas généraliser, des fois il n'y a personne pendant des mois, ou alors une ou deux âmes qui traînent, trois au maximum. La plupart du temps, ces gens cherchent le frisson en espérant ne pas faire de rencontres. Je peux passer à mon service et farfouiller dans nos fichiers, voir si je retrouve des noms d'individus qui auraient eu un rapport, de près ou de loin, avec cet endroit.

— Bonne idée, le félicita Brigitte. En attendant, on va aller cogner aux portes. De toute façon, même avec l'appui maximum de la Maison, il faudra compter deux ou trois jours avant d'avoir la totalité des retours ADN, ainsi que les conclusions des experts à l'autopsie et au décryptage des données. On va bosser sur le voisinage, et dès cet après-midi, réunion au bureau. On attaquera la recherche du mobile et l'enquête de personnalité. Il faudra lister les personnes à interroger : collègues, secrétaires, amis, famille, voisins… la totale. Vous avez entendu les grands pontes, Delrieux est déjà sous pression, il veut un premier rapport dès ce soir.

Alors que Suaut et Camilla étaient tout excités à l'idée d'entamer une enquête criminelle, Lise et Paupiette échangeaient un coup d'œil pétri d'incrédulité. Qu'est-ce que Boisfeuras venait foutre ici ? Tenter l'aventure ? Cela expliquerait peut-être la raison de son appel, la veille au soir. Il avait dû avoir des ennuis avec un des quidams fréquentant le passage. Lise frissonna. « N'importe quoi ! »

Suaut sortit un plan de Paris de sa poche tandis que Brigitte allait recruter trois gardiens de la paix pour les aider. Le groupe se partagea le secteur, et ils commencèrent à aller taper aux portes.

14

Il fallait que quelqu'un le fasse et Lise s'était proposée. Après tout, elle était une amie de la famille. Elle gara sa moto le long du muret d'une rue chic d'Auteuil et se dirigea vers le portail de fer forgé pour faire tinter la sonnette. La gâche claqua et la porte s'entrouvrit en grinçant. Une domestique l'attendait dans l'entrée du vestibule. Le temps était gris, de circonstance pour rendre visite à la famille d'un mort. La maison était vaste et d'un luxe suranné. Pierre Boisfeuras avait épousé la fille d'un important industriel de Normandie. Lorsque Lise était petite, les familles Lartéguy et Boisfeuras se voyaient pratiquement tous les week-ends, quand elles ne partaient pas en vacances ensemble, au ski ou dans la maison des Boisfeuras à La Croix-Valmer. Marie-Claire, la femme de Pierre, n'avait jamais manifesté d'affection particulière envers la filleule de son mari. Qui l'aurait fait ? Lise était une enfant pleine de haine et de rage.

La domestique, vêtue d'une robe noire parée d'un tablier en dentelle blanc dans la pure tradition de la France d'en haut, escorta la policière jusqu'à un salon aux canapés de cuir, où trônait un beau bureau de ministre. Marie-Claire Boisfeuras était dans l'ombre d'un grand fauteuil à oreilles en velours brodé, un petit caniche blanc blotti sur ses genoux. Lise remarqua la pile de magazines people sur une table basse. Les rideaux étaient tirés, mais la pièce baignait dans la lumière mouvante des images d'un téléviseur. Il était presque quatre heures de l'après-midi et Mme Boisfeuras regardait *Amour, gloire et beauté*. Le caniche grogna et la maîtresse de maison tourna la tête vers Lise. Elle devait avoir soixante-cinq ans, alors que la lassitude de ses traits lui en donnait dix de plus.

Un sourire poli étira les ridules autour de ses lèvres recouvertes d'un rouge à lèvres craquelé.

— Tiens, la petite Lise, cela faisait longtemps…

La lieutenante n'osait s'approcher pour embrasser cette peau recouverte de crème collante.

— Bonjour, je voulais vous présenter mes…

— Et ta mère ? Comment va ta mère ? La belle Espagnole aux yeux noirs…

Lise fut prise au dépourvu.

— Bien, madame, elle va bien.

« *Tu crois toujours que tu as raison, mais ton cœur, lui, tu ne le laisses pas s'exprimer !* »

Le son de la télévision était fort. Lise repéra la télécommande sur l'accoudoir du fauteuil et approcha une main, mais le caniche se mit à grogner. Elle essaya de se rappeler comment elle appelait cette femme. « Tata » ? Non, Marie-Claire ne supportait pas ce terme. Cette pensée la ramena aux moments passés en compagnie de son parrain et lui déchira le cœur. Mais Lise avait décidé de ne plus penser à l'horreur de la disparition de celui qu'elle considérait comme son second père. Elle se racla la gorge afin d'attirer l'attention de

Mme Boisfeuras, qui était retournée vers la discussion que les deux personnages de la série américaine entretenaient.

« *Non, Louisa, tu ne peux pas me faire ça. Ce week-end, je l'attendais depuis des mois.* »

— Je voulais vous dire, pour Pierre… je suis désolée. Je… j'aurais aimé vous poser quelques questions.

Mme Boisfeuras ne toucha pas à la télécommande. Le visage froid, le regard dur, elle éleva la voix tout en parlant calmement :

— Et c'est à toi que l'on a confié l'enquête ? Tu te sens investie, c'est ça ? Sa… filleule. Ha ! Ha ! Ha ! Fais voir, approche.

Elle souriait mais, tout comme son rire, ce n'était qu'une mascarade. Son dépit crevait les yeux. Lise obtempéra. Mme Boisfeuras hocha plusieurs fois la tête.

— Oui, c'est bien ça. Tu as quelques traits d'Éric…

— Éric ?

Une voix résonna dans son dos :

— Lise, bonjour, excuse mon retard. Ma mère m'a prévenu il y a à peine une heure que tu devais passer pour l'interroger.

La policière se retourna pour faire face à un grand jeune homme brun aux cheveux plaqués en arrière, le regard franc, le visage fin, comme son père, portant cravate et costume de prix sous son manteau de velours sombre. Elle lui tendit les bras, lui la main ; troublés, ils s'embrassèrent sur les deux joues.

— Éric, mon Dieu, cela fait tellement longtemps.

— Hou là ! Plus que ça.

— Je… je suis désolée pour…

— Oui, c'est… terrible.

Ils restèrent debout l'un devant l'autre, quelque chose les empêchant de se serrer dans les bras. Lise remarqua sur le visage d'Éric une émotion qu'elle connaissait bien : la douleur qui s'était muée en une rage intérieure. La perte de son père le rendait furieux.

Il se rapprocha d'elle afin que Mme Boisfeuras ne les entende pas.

— Depuis deux ans, ma mère ne sort pratiquement plus et ses rapports avec mon père étaient presque inexistants. Ils ne dînaient plus ensemble, ne se parlaient jamais, bref… elle est aigrie et malheureuse, c'est pour ça que je suis venu, pour répondre à tes questions. Parler avec elle n'avancerait à rien. Enfin, je crois.

— Bien sûr, il n'y a aucun problème.

— Ça t'ennuie si on va dehors ? J'ai envie de fumer une cigarette.

— Pas du tout, au contraire, moi aussi.

Ils se retrouvèrent à fumer sous le ciel gris et humide, engoncés dans leur manteau, assis sur les marches du perron.

Lise était intimidée et curieuse. Elle se souvenait d'Éric lorsqu'il était petit. Il avait à peu près le même âge que son frère – deux ou trois ans de moins qu'elle –, pourtant elle l'avait peu fréquenté : quelques années, entre leurs six ans et leurs douze ans ; ensuite les deux familles avaient continué à se réunir, mais sans Éric. Ils avaient tout de même passé deux ou trois séjours au ski et dans le Sud quand ils étaient enfants. Lise l'avait revu une seule fois : à l'enterrement de son père, Paul Lartéguy. Il portait alors les cheveux longs comme un hippie et se tenait tête basse, tel un animal que l'on mène à l'abattoir. Elle se souvenait du regard qu'il avait porté sur elle, celui d'un adolescent plein de cynisme et de haine contre le système. À présent, il semblait tout droit sorti d'un conseil d'administration. Elle lui demanda :

— Eh bien, ça marche pour toi, qu'est-ce que tu fais ?

Il la gratifia d'un sourire poli, sauf que ses yeux s'étaient assombris.

— On en parlera plus tard. Dis-moi plutôt ce qu'il s'est passé.

— Oui, pardon. On nous a appelés ce matin, des gamins l'ont retrouvé dans une rue du 20e arrondissement. La tête fracturée en plusieurs endroits. Il a reçu des coups de barre ou de batte de baseball.

— Oui, je sais, j'ai vu le corps en début d'après-midi, mais personne n'a pu m'expliquer où on l'avait trouvé ni dans quelles circonstances. Je pensais qu'il avait été mêlé à une bagarre dans un club ou un restaurant.

— Non, il était dans une rue quasiment déserte.

— Qu'est-ce qu'il faisait là-bas ?

— Il y aurait de la prostitution dans ce coin, il aurait pu s'y rendre afin de rencontrer un de ses anciens indics, enfin, ce n'est pas nécessairement…

— On l'a volé ? Je veux dire, je ne comprends pas…

— Non, c'est ce qui est étrange. Enfin, étrange. Dans sa position, ton père avait quelques ennemis, je te parle d'anciens types qu'il avait fait coffrer. On est en train d'examiner toutes les affaires dont il s'était occupé. Mais dis-moi, il sortait beaucoup ?

— De ce que j'en sais, oui et non. Deux ou trois soirs par semaine il découchait, il a toujours aimé les femmes, comme on dit. Cette histoire de prostitution, j'ai du mal à y croire.

— Moi aussi, à vrai dire. Tu penses qu'il menait une double vie ?

— Double, triple… Qui n'en mène pas ?

Éric avait prononcé ces derniers mots en dévisageant Lise d'un air bizarre. Elle préféra ne pas s'y attarder.

— Toi qui le connais bien, est-ce qu'il t'avait parlé de problèmes ces derniers temps, avec des collègues ou d'autres personnes ? Tu savais qu'il comptait briguer un siège aux prochaines élections sénatoriales ?

— Oui, c'était l'ultime but de sa carrière. Il y tenait beaucoup… Lise, je voudrais te dire un truc.

Il écrasa sa cigarette dans un cendrier de marbre noir qu'il avait pris avant de sortir et la regarda dans les yeux.

— Oui ?

— En fait, si quelqu'un le connaissait bien, c'est toi. Tu étais pratiquement sa fille adoptive.

Quelque chose dans le ton d'Éric venait de changer, et Lise se tint sur ses gardes.

— Non, pas vraiment, on ne se voyait qu'au boulot, et pendant les vacances, c'est vrai, mais toi…

— Moi, je ne le voyais pas. Tu te souviens, lorsqu'on était petits et que tu me frappais ?

Instinctivement, Lise baissa la tête.

— Oui, je m'en souviens, j'ai fait souffrir beaucoup de monde.

— Au ski, une fois, tu m'as pratiquement cassé le nez en m'envoyant ton bâton dans le visage. Puis je me rappelle, à La Croix-Valmer, tu me courais derrière avec des ronces pour me fouetter les jambes. Tu nous terrorisais, Camille et moi.

Lise avala la boule de salive qui s'était formée dans sa gorge et redressa les épaules. Il y avait quelque chose de malsain dans le regard d'Éric, mais elle avait de quoi le moucher.

— Tu t'es vengé, c'était de bonne guerre. J'ai quand même eu une épaule disloquée qu'un ostéopathe a dû remettre en place en me faisant hurler. Tu m'avais poussée sur les rochers alors qu'on crapahutait sur le chemin des douaniers en bord de mer.

Elle s'en souvenait, elle abordait en sautillant un virage en épingle à cheveu face à la mer lorsqu'une poussée subite dans son dos l'avait propulsée vers l'avant. Lise s'était sentie voler, ses pieds battant dans le vide alors que son cœur se recouvrait de givre.

Le visage d'Éric se défit.

— J'ai honte, si tu savais… Je voulais juste nous venger, Camille et moi. J'aurais pu te tuer. J'en ai encore des frissons quand j'y repense, je te promets que c'est vrai, je me sens rongé par la honte.

— Je te crois, Éric, je sais ce que c'est.

— Enfin, j'en suis vraiment désolé, comme tu dois l'être de tout ce que tu nous as fait subir. Il n'empêche qu'à la rentrée de cette année-là j'ai été envoyé loin de ma famille, en pension dans un collège international à Hambourg. J'avais onze ans. Mon père m'a éloigné. Était-ce pour me punir ? Je ne crois pas. C'était pour mieux s'occuper de toi, avec son vieil ami, ton père.

— Éric, je ne savais pas…

— Mon père a trompé ma mère toute sa vie. Et moi…

Il fixa le ciel gris un moment, puis ajouta :

— Tu m'as demandé ce que je faisais, tout à l'heure. Toi, je savais que tu finirais flique, c'était ce que voulait ton père. Camille aussi, d'ailleurs. Je l'ai rencontré dernièrement, il a un sacré poste à la direction de la gendarmerie, dis donc !

Un sentiment de malaise envahit Lise. Éric avait rencontré son frère. Et Jade, sa nièce ? Avaient-ils parlé d'elle et de ce qu'elle avait infligé à sa nièce ?

Il fit mine de ne pas remarquer son trouble et continua.

— Je ne suis rentré que depuis peu. En fait, je suis resté en internat tout le long de mes études, en Allemagne, puis au Luxembourg, dans une école dépendant du Parlement européen. J'ai décroché un diplôme de pénaliste international, et j'ai exercé à la Cour européenne des droits de l'homme durant deux années, avant de rentrer en France. Cela fait à peine huit mois, et pendant ce temps, je n'ai discuté avec mon père que trois ou quatre fois. C'est ce que je voulais dire en parlant du fait que tu le connaissais mieux que moi. Mon diplôme me permet de travailler en tant qu'huissier de justice, je viens de m'associer à un cabinet de Nanterre. Là, je bosse un peu avec le parquet de Paris.

— C'est un truc de fou, on est voisins, alors ! T'es au palais de justice des Batignolles ? Tu sais que nos services sont juste à côté ?

— Oui, je sais, d'ailleurs je travaille avec Martignon, on est en train de monter un dossier sur toi.

Lise en resta muette. Cela dura de longues secondes, puis elle prit une grande inspiration avant de demander le plus calmement possible :

— Qu'est-ce que tu veux dire ? Il n'y a aucune instruction en cours contre moi.

— En tant qu'huissier, je peux travailler aussi bien pour des particuliers que pour l'État. Un peu comme un détective privé. J'ai rencontré plusieurs magistrats au palais. Dont Martignon. La première chose qu'il m'a dite, c'est : « Ainsi, vous êtes le fils du directeur Boisfeuras ? Vous devez être un intime de sa filleule, Lise ? » Je lui ai répondu : « Non, pas du tout. » Ensuite il m'a demandé si je serais d'accord pour l'aider à mener cette enquête.

— Et depuis quand Martignon s'intéresse-t-il à mon cas ?

— Huit mois, environ. Il s'est inquiété de ne pas trouver ton carnet d'admission aux tests psychotechniques ainsi que le dossier psychologique qui aurait dû accompagner ton entrée dans la PJ. Ces documents ont tout bonnement disparu du côté de l'école des officiers et, pour l'instant, le Bastion refuse de nous fournir les siens.

— C'est normal, c'est confidentiel. Et, je te le répète, il n'y a pas de procédure en cours.

— Pas pour l'instant.

— Et pourquoi y en aurait-il une ?

— Il y a neuf mois, deux hommes ont été tabassés dans un pavillon du côté du Plessis-Robinson. Ils disent qu'il s'agit d'une jeune femme sportive, spécialiste des arts martiaux et agissant avec une extrême violence. Une voisine l'a vue partir sur une moto noir et orange, malheureusement la plaque était fausse. Une moto noir et orange, comme celle que je viens de voir devant la maison.

— C'est n'importe quoi ! Est-ce qu'il y a eu des relevés d'ADN ?

— Non, les hommes n'avaient pas porté plainte avant que Martignon les rencontre. Il avait demandé des recherches sur des victimes d'agression ou des témoins de scènes de bagarre impliquant une motarde. J'ai retrouvé ces hommes en demandant la liste des admissions à l'hôpital consécutives à des contusions éventuellement liées à des actes de violence.

— Ça lui est venu d'un coup, cette idée ?

— Je ne devrais pas te le dire, mais enfin… Il t'a croisée, il y a quelques mois, dans une boîte de nuit où travaille une amie à toi, Sabrina. Je l'ai rencontrée, mais elle m'a envoyé promener. Tu avais le visage tuméfié. Le lendemain, Martignon s'est intéressé à ton cas et a retrouvé des actes de violence et des dérapages que ta hiérarchie – mon père – a constamment couverts. Il a repensé aux marques sur ton visage et s'est dit que tu avais dû te battre, ou bien, comme tu sais si bien le faire, battre des gens.

— C'était des crises lorsque j'étais enfant. Ça fait longtemps que c'est terminé.

Éric se leva en s'époussetant les genoux.

— Tu avais d'autres questions à me poser à propos de mon père ?

Lise se leva à son tour. Son ton était devenu informel et froid :

— On se verra à l'enterrement.

Elle lui tourna le dos et remonta l'allée pour rejoindre le portail. Avant de le pousser, elle se retourna.

— Au fait, dis à ta mère qu'on va devoir faire une perquisition.

Éric lui renvoya un sourire sardonique.

— Ne t'inquiète pas, j'ai déjà fouillé, je n'ai rien trouvé.

Lise se mordit l'intérieur de la lèvre en le fixant d'un air glacial. Il devait parler de son dossier d'admission à la PJ, mais son parrain n'aurait jamais eu la négligence de le garder chez lui.

En arrivant devant sa moto, elle la détailla un petit moment, avant de balancer un grand coup de pied dans la roue arrière.

15

La première chose que fit Lise en rentrant au Bastion fut de se connecter à l'ordinateur central de la PJ. Cela faisait belle lurette qu'elle avait volé les codes d'accès des différents logiciels permettant de recouper des affaires ou de retrouver des informations à l'aide d'un mot-clé ou d'un nom propre. Elle tapa celui de Gérard Bougeard.

Neuf mois plus tôt, Lise avait libéré la Bête dans un pavillon du Plessis-Robinson. L'homme avait séduit sur Internet une mère seule puis s'était installé chez elle. Il la battait et abusait de sa belle-fille de treize ans. Et ce salopard faisait venir des potes afin de partager la gamine. La femme avait porté plainte avant de se rétracter, mais Lise avait repéré Bougeard.

Elle avait enfilé son pantalon de cuir, son Perfecto et ses gants aux coques de carbone, ainsi que sa cagoule, et s'était rendue chez lui pour le massacrer devant les siens, dans sa cuisine. Lorsque son pote Stéphane avait voulu le défendre, cela s'était mal fini pour lui aussi. Ensuite, elle était allée attendre Sabrina devant son club à Pigalle, quand elle était tombée sur Martignon.

Le jeune substitut du procureur – qui était chargé de lancer les procédures judiciaires et servait d'agent de liaison entre la police et le parquet durant les dix premiers jours d'une enquête – avait pris ses fonctions quelque temps plus tôt. Lise l'avait croisé lors d'une de ses tournées de présentation. L'homme avait joué les prêcheurs, déclarant qu'il ne tolérerait pas le moindre écart de la part des membres de la PJ.

Elle fumait sa clope sur sa bécane quand elle avait entendu des cris étouffés derrière des poubelles. Même si elle pensait savoir ce que c'était, le doute l'avait fait s'approcher du coin sombre. Un homme avait crié : « Putain, y a quelqu'un ! File, putain, dégage !

— Et mon fric ?

— Plus tard, allez, bouge ! »

Lise avait été bousculée par un jeune maigrichon aux yeux caves qui puait la transpiration acide. Le second homme était resté dans l'obscurité, espérant qu'elle s'en aille. Cela avait attisé sa curiosité. « Hé, ho, tout va bien ? » Il s'était décidé à sortir, et Lise l'avait reconnu. Elle n'avait pas pu s'empêcher d'ouvrir sa gueule :

« Faites gaffe, on peut attraper des saloperies en faisant ses affaires dans ce genre de coin.

— C'est gentil de vous soucier de ma santé, lieutenant. Et vous, que vous est-il arrivé ? Vous êtes passée sous une voiture ?

— J'ai plutôt été percutée par un camion, mais ça va. »

Martignon s'était forcé à sourire. « Bonne soirée. » Et il avait pivoté pour s'éloigner vers le bout de la rue.

Elle avait eu envie de lui signaler que le jeune attendait son fric à l'intérieur, puis avait laissé tomber.

Chacun ses affaires.

Chacun ses affaires, ce n'était pas, a priori, ce que pensait Martignon. L'ordinateur venait de faire apparaître le nom de Gérard Bougeard. Le rapport était daté du mois précédent et les mots-clés sautèrent au visage de Lise : « agressions violentes », « région parisienne », « femme cagoulée vêtue de cuir noir », « se déplace à moto, une grosse cylindrée KTM », « victimes déjà connues des services de police ». Le document expliquait que, à la suite de recherches effectuées dans les hôpitaux et cliniques de Paris et de la région parisienne pour la semaine du 12 novembre 2016, l'huissier Éric Boisfeuras avait recueilli le témoignage du dénommé Gérard Bougeard, avant de le faire convoquer par Martignon.

Le rapport disait que le témoin avait été contacté afin de justifier et de réitérer ses déclarations concernant la cause des blessures ayant entraîné son admission à l'hôpital. Bougeard avait soutenu s'être battu avec son ami Stéphane sous l'emprise de l'alcool. Leurs blessures les plus graves étaient dues à une succession de chutes et gestes malheureux. Le dénommé Stéphane avait refusé de rencontrer Éric ainsi que de se rendre à la convocation du parquet. Martignon avait dû trouver les bons arguments pour arracher la vérité à Bougeard. Celui-ci avait fini par se mettre à table. Dans le compte rendu, il racontait point par point la succession d'événements survenus durant cette soirée : l'arrivée d'une femme cagoulée, les coups, le nez arraché, la blessure au couteau tranchant la moitié de son visage, la brûlure à la vapeur de la cocotte-minute, puis l'eau bouillante déversée sur sa peau. Le magistrat orientait ses questions sur une jeune femme mesurant approximativement un mètre soixante-dix, sportive, experte en combat à mains nues, pouvant avoir eu accès à ses dossiers dans le cadre d'affaires judiciaires.

À la fin, Martignon demandait au témoin de porter plainte. Bougeard refusait, « semblant terrorisé », ce qui amusa Lise devant son écran. En revanche, sur l'insistance du substitut, et dans le cas où l'agresseuse serait arrêtée, avec la certitude qu'elle finirait en prison pour de nombreuses années, eh bien, Bougeard serait prêt à l'accabler.

« Ce n'est pas gagné pour Martignon. »

Cet abruti de Bougeard avait même laissé son numéro de téléphone ainsi que sa nouvelle adresse. Une série de photos prises par Martignon, plus d'autres probablement apportées par le témoin où on le voyait couvert de bandages, attestaient de la brutalité de l'agression. « Tu m'étonnes », pensa Lise avec un sourire mauvais. Bougeard aurait pu jouer dans un remake d'*Elephant Man*. Sa figure était toute cloquée, une traînée blanche partait de l'extrémité de sa lèvre jusqu'à son oreille, là où la lame d'un couteau avait coupé dans la chair. Impossible de voir la cicatrice sur son nez arraché : les boursouflures dues à l'intensité des brûlures cachaient jusqu'à ses yeux. Son crâne recouvert de cratères ressemblait à la surface de la lune après le crash d'une navette spatiale.

Paupiette arriva alors dans le bureau en enlevant son manteau et en râlant contre le froid. Elle regarda sa collègue d'un air amusé.

— Purée, Lise, déjà en train de taper ton rapport ?

La lieutenante fit disparaître le fichier de son écran.

— Je reviens de chez la femme de Boisfeuras, on a peut-être quelque chose.

Brigitte les rejoignit, suivie de William Suaut, une pile de dossiers sous le bras.

— Moi aussi, j'ai quelque chose. Suaut est allé voir les gars du commissariat du 20e et ils nous ont bien aidés. Ils ont écumé le quartier et rapporté tous ce qu'ils pouvaient. Will a débriefé avec eux, il va vous expliquer.

Le brigadier-chef posa ses dossiers sur un bureau et en sortit deux pages tapées au format Word.

— Le directeur Boisfeuras aurait passé une bonne partie de la soirée au bar Le Viellons, à Ménilmontant.

— Il a rencontré quelqu'un ?

— Non. D'après le patron, il a passé la soirée sur une chaise à regarder son portable, comme s'il attendait un message. Il a quitté le bar vers vingt-trois heures.

Brigitte était en train de pianoter sur son ordinateur.

— J'ai mis Camilla aux basques de l'institut médicolégal, il va nous faire passer par mail les photos des effets personnels et assister à l'autopsie. Il vient de m'envoyer un message. Ils estiment l'heure du décès entre vingt-trois heures trente et minuit et demi.

— Juste après qu'il a quitté Le Viellons, confirma Paupiette.

— Et toi, qu'est-ce que t'as ? demanda Brigitte à Lise.

— J'ai discuté avec sa femme et son fils. Apparemment, Boisfeuras menait une double vie. Il découchait régulièrement, deux ou trois fois par semaine. Des histoires de femmes.

— On s'en doutait un peu, dit Paupiette. Au Bastion, c'était de notoriété publique que le directeur aimait les belles femmes, mais toi, on ne te faisait pas passer ce genre de cancans.

— Je savais quand même qu'il avait une liaison avec Jeanne.

— C'est ce que je disais, t'étais au courant de rien. Entre lui et Jeanne, c'était le blizzard depuis plus d'un an, mais elle était un peu comme sa deuxième femme. Je dois l'interroger demain matin, ça ne va pas être facile, elle est sous le choc, comme nous tous. Si Boisfeuras découchait, il devait se rendre dans un hôtel ou chez quelqu'un. Les gars du service numérique et téléphonie sont en train de fouiller son portable et son PC. On a pu avoir un premier retour, il n'y a que des relations professionnelles.

— Ce qui veut dire qu'il avait un autre portable, du genre téléphone jetable à carte, fut obligée de constater Lise.

— Comme tous les coureurs de jupons. Portable que l'on n'a pas trouvé, mais on continue de fouiller les lieux de l'agression. On a peut-être une chance qu'il soit dans son bureau. J'ai reçu la commission rogatoire du juge. Qui veut monter attaquer la première perquisition avec moi ?

Inutile d'attendre la réponse : quel flic de la PJ n'aurait pas rêvé d'aller fouiller le bureau d'un de ses plus gros pontes ?

16

Le dernier étage du Bastion ressemblait aux locaux d'une banque d'affaires : moquette épaisse, salle de réunion cloisonnée de vitres, fauteuils de bois et de cuir, mobilier de bureau en acajou et acier chromé. Des secrétaires aux tailleurs stricts croisaient des hommes au visage grave en costumes sur mesure. Les trois policières accompagnées de Suaut essayèrent de ne pas paraître trop intimidées en sortant de l'ascenseur. Elles rejoignirent le fond du couloir. Les portes de l'antichambre où officiait la secrétaire étaient ouvertes, ainsi que celles du grand bureau attenant, sauf que ces dernières étaient barrées de rubans jaunes.

Lise soulevait la rubalise quand la voix de Brigitte freina son geste :

— Lise, attends un moment avant d'entrer.

La cheffe d'équipe discutait avec une jeune fonctionnaire à lunettes portant des piles de courrier sous le bras. Elle leur expliqua :

— Les filles, je vous présente Mlle Carmot. Dans la commission rogatoire concernant le bureau et le domicile du directeur Boisfeuras, le juge a expressément demandé que l'enlèvement des pièces se fasse en présence d'un officier de l'IGPN et d'un photographe de la Technique. Il nous est strictement interdit d'emporter quoi que ce soit. L'ordinateur a été saisi ce matin, devant témoin. Donc, afin qu'il n'y ait pas d'équivoque, j'ai demandé à cette charmante jeune femme d'être témoin, le temps que nous fassions une première inspection. On fouille, on regarde, et bien sûr on ne prend ni photos ni documents.

— Pas de souci, répondit Lise en se glissant sous les rubans jaunes.

Ses collègues se dispersèrent dans la pièce. Paupiette et Lise allèrent vers la table de travail. La petite grosse commença à fouiller les piles de rapports qui s'entassaient dessus, tandis que Lise regardait dans les tiroirs.

— Tiens, on parle de toi, lui lança Paupiette en feuilletant un dossier.

— C'est signé Martignon, j'imagine.

— Purée, il ne t'aime pas celui-là ! « Et je recommande une plainte du parquet », et patati et patata, « un acte d'une grande violence commis devant les enfants de la victime… »

— Hé, ho !

Brigitte venait de la rappeler à l'ordre ; Paupiette devint rouge comme un poivron des îles. Elle reposa le rapport.

— Oui, oui, on travaille !

Lartéguy retourna tous les tiroirs, avec, chaque fois, un goût d'inachevé dans un coin de son cerveau, mais elle ne trouva rien de valable. Brigitte était plantée devant une armoire normande qui jouxtait un coffre de fonte noir à la porte verrouillée. Lise la rejoignit.

— J'imagine qu'il va être ouvert en présence d'un officiel.

— T'as tout compris, ma chérie. De toute façon, les clés doivent se trouver avec le corps du directeur.

Lise détailla l'intérieur de l'armoire, dont les portes béaient, et eut un petit pincement au cœur en voyant la boîte de cigares cubains sur laquelle était gravé : « Avec les amitiés du capitaine Laurent Guillaume », ainsi que la bouteille de cognac Baron Otard hors d'âge qui avait été offerte à son parrain lors de son passage au festival du polar de Cognac. Une photo était glissée derrière ; Boisfeuras, tout sourire, posait auprès du directeur du festival. Juste à côté, un carton rempli à ras bord de photos ; Lise ne s'y attarda pas, sachant que le visage de son père devait s'y trouver. Elle s'intéressa au coin gauche où s'empilaient des carnets. Il y en avait à spirale, à ficelle, à rabat, d'autres plus classiques, le genre qui se glisse dans la poche intérieure d'une gabardine – ceux sur lesquels les flics à l'ancienne prenaient leurs notes. Lise se saisit de l'un d'eux et l'ouvrit. Les pages étaient datées ; elle se permit un sourire : les réflexions de son parrain ne concernaient pas uniquement le milieu judiciaire. S'y trouvaient des remarques du style : « Le film avec Charles Bronson et Delon ? », « Aller récupérer la voiture », puis, plus bas : « M'excuser pour hier avec Jeanne », « Royal ou Sarko ? ». Lise se demanda si certains de ces carnets parlaient d'elle. Elle feuilleta rapidement ceux sur le haut de la pile, puis regarda au hasard vers le milieu. Ils étaient classés chronologiquement. Pourtant, la dernière page du dernier carnet datait de presque un an auparavant.

La cheffe de groupe, de son côté, avait ouvert une pochette plastifiée bourrée de feuillets et cela faisait au moins dix minutes qu'elle n'avait pas levé le nez de sa lecture. Lise l'interpella :

— Ho, Brigitte ! Qu'est-ce que tu lis ?

— Hein ? C'est le brouillon de son ouvrage sur la PJ, il y a des trucs qu'étaient pas dans le livre, et je peux te dire que c'est croustillant.

— Un rapport avec notre affaire ?

— Heu, non, répondit Brigitte en reposant les feuillets.

Elle leva les yeux sur sa collègue.

— T'as l'air soucieuse, c'est quoi, ces carnets ?

— Ce sont des notes qu'il prenait au jour le jour. Sauf qu'il en manque une partie, et je te laisse deviner laquelle.

— Les derniers en date ? C'est pas vrai !

Au lieu de répondre, Lise se recula pour observer la porte de l'armoire. La clé ne se trouvait pas dans la serrure.

— Ce matin, quand vous êtes venues, il y avait un serrurier ?

— Pas du tout, on a juste pris l'ordinateur et basta.

Lartéguy sortit son portable et fouilla dans ses mails. Elle montra à Brigitte les photos que Camilla lui avait envoyées, en même temps qu'aux autres membres de l'équipe.

— Regarde, les effets personnels retrouvés sur mon parrain. Voilà le trousseau de clés des tiroirs de sa table, plus les grosses Fichet du coffre, et là une clé plus ancienne, celle de la porte de l'armoire. Il n'aurait jamais laissé ses tiroirs et placards ouverts en son absence, je le connaissais.

Brigitte était d'accord. Suivant le regard de Lise, elle tourna la tête vers le bureau vide de la secrétaire.

— Paupiette, tu nous as dit que Jeanne avait été choquée par la mort de son patron ?

— Oui, cheffe, elle a eu une faiblesse ce matin et est en arrêt maladie.

Suaut s'approcha.

— J'espère qu'elle l'a déclaré en accident de travail.

Les trois filles le dévisagèrent, un peu surprises. Il rosit.

— Euh, enfin, c'était pas sa faute, quand même ! La mort de son boss et tout, et avec ce qu'on est payés.

Lise soupira.

— Un syndicaliste, il ne nous manquait plus que ça.

Brigitte insista :

— Jeanne est convoquée demain matin, c'est ça ?

— Oui, répondit Paupiette. À dix heures.

Lise hochait la tête.

— Ce n'est pas normal, que ça ne soit pas verrouillé. Elle avait sûrement un double des clés, c'est elle qui a fouillé. Et ces carnets qui ont disparu ? Et puis, c'était sa maîtresse, enfin, son ex.

Paupiette fit de grands yeux.

— Tu penses que…

Lise ajouta en direction de Brigitte :

— J'ai bien envie d'aller l'interroger maintenant, juste pour voir si elle ne s'est pas carapatée.

— D'accord, mais dans les règles, Paupiette t'accompagne.

Elle se tourna vers Suaut.

— William va vous trouver son adresse. Et tu feras gaffe à ne pas te tordre le pouce en envoyant le message, on ne sait jamais, un AT est si vite arrivé.

— Ha ! Ha ! Très drôle, rétorqua le flic, mais il n'était pas vexé, c'était de la bonne vanne.

— Il faudrait essayer de savoir ce que contient ce coffre, poursuivit Paupiette. Imaginons que Jeanne possède le double de toutes les clés. Si elle a pris les carnets, elle a très bien pu prendre le second portable, ou même d'autres choses…

— C'est pas idiot, reconnut Suaut. Je vais appeler la direction générale et leur demander. S'il y a un coffre, c'est qu'il y a des valeurs, documents confidentiels ou autres.

— Envoie-nous un message dès que tu as l'info. Je prends ma moto. Après, ça va faire tard et j'ai pas envie de revenir la récupérer. Paupiette, tu me rejoins là-bas ?

— Purée, j'espère qu'elle n'habite pas à l'autre bout de la banlieue nord, à quelle heure je vais rentrer, moi ? Heureusement que j'ai préparé quelque chose pour René, il n'aura qu'à se le faire réchauffer.

Elle avait déjà son portable en main pour envoyer un message à son mari.

— T'inquiète, la rassura Lise, je te payerai un resto et après on boira des coups. J'avais pas envie de rester seule ce soir, de toute façon.

Brigitte parut désolée.

— Ah zut ! Tu me donneras l'adresse du restaurant ? J'ai un dîner avec des amies de Nathalie, mais je vous rejoindrai après.

— C'est gentil, mais on se débrouillera très bien toutes les deux, pas vrai, ma Paupiette ?

— Mais oui, Brigitte, reste avec ta louloute et ses amies. En revanche, Lise, je te préviens, je ne picole pas ! Demain matin je dois être rentrée pour le déjeuner de René, il a une sortie vélo avec son groupe.

Lise éclata de rire.

— On verra, ce ne sera pas la première fois que tu dormiras à la maison.

17

Au moment où Lise atteignait le bout du couloir, elle tomba sur Martignon qui sortait de l'ascenseur.

— Bonjour, lieutenant Lartéguy, je vous cherchais.

— Monsieur le substitut. Vous êtes en charge de l'affaire ?

— L'assassinat de Boisfeuras ? Non… J'aurais bien aimé, pourtant. Mais le procureur général a préféré déléguer un substitut, disons, plus ancien.

— Vous voulez dire plus expérimenté.

Il lui renvoya un sourire mauvais.

— L'expérience n'a rien à voir avec l'âge. Ce n'est pas de moi, mais du président de la République. Le pays est en plein renouveau et, que cela vous plaise ou non, les anciennes méthodes fondées sur le corporatisme et les vieilles amitiés doivent disparaître pour laisser place à plus de justice et de valorisation, afin que les meilleurs puissent avoir leur chance.

« Quelle hypocrisie ! Il n'y a pas plus hommes de réseaux, de soutiens et de placements que ces jeunes types diplômés d'écoles à quarante mille euros l'année. »

Comprenant que ses paroles ne produisaient pas d'effet, Martignon reprit :

— De toute façon, j'ai déjà bien à faire avec les meurtres de ces deux Chinois. Sans compter le temps dépensé et le travail fourni pour que vous soyez mise à pied ou, du moins, que vous rendiez des comptes à la justice à la suite de l'agression dont vous vous êtes rendue coupable. Du temps et du travail gaspillés. Il semblerait qu'au plus haut de la magistrature, ainsi que de la PJ, on ait décidé de « passer l'éponge ». Le jour où vous serez réellement inculpée, cela sera à leur tour de s'expliquer.

— Vous vous rendez compte que ça fait un peu délire paranoïde, votre tirade ? Monsieur le substitut… de quoi parlez-vous ? Inculpée de quoi ? Pourquoi enquêtez-vous sur moi ?

— Je n'ai pas à me justifier, lieutenant. Je fais mon travail afin que la loi soit la même pour tous. Vous semblez oublier que j'ai été témoin de vos débordements. Je ne vous en veux pas personnellement mais, en tant que policière, vous ne pouvez vous comporter comme le dernier des malfrats. La mort de votre parrain vous a rendu service, sinon, vous auriez été mise à pied, à défaut d'être mise en examen.

— Excusez-moi, mais j'ai du travail, comme vous dites. On nous a demandé de nous consacrer à cent pour cent au meurtre du directeur.

Il lui bloqua le passage.

— Pour l'affaire des Chinois, il risque d'y avoir des interactions entre vous et ma nouvelle affaire. Et j'ai à vous convoquer, avec vos collègues, afin de vous poser des questions.

Martignon avait réussi à attiser la curiosité de Lartéguy.

— De quelle affaire s'agit-il ?

— La nuit dernière, la même que celle où votre parrain a été assassiné, un jeune homme s'est présenté à l'hôpital de Bondy. Il avait le bras cassé, de multiples brûlures sur le corps, une cheville brisée, comme écrasée, le visage tuméfié. Il a dit avoir été agressé à coups de barre de fer par une femme, lui et trois de ses amis. Il a demandé à ce qu'une ambulance aille dans un entrepôt pour récupérer son frère qui, d'après lui, avait grandement besoin de soins.

Les yeux de Lise se plissèrent de colère. Ce salopard jubilait. Elle prit une grande inspiration afin de ne pas paraître troublée.

— Quel est le rapport avec les deux Chinois du boulevard Saint-Denis ?

— Lorsque l'ambulance est arrivée sur les lieux, on a retrouvé le corps du jeune homme. Il avait l'épaule ouverte et déboîtée, les deux genoux brisés, un coude fracturé, des brûlures sur le corps, comme son frère… et il avait été égorgé. Un carré de chair était soigneusement posé à côté de son cadavre. La peau de la moitié de son visage avait été découpée au scalpel, du dessus du nez jusqu'à la gorge. Son bec-de-Lièvre, bien que déchiré par les coups, avait été reconstitué. Le légiste a estimé l'heure de la mort aux alentours de vingt-trois heures trente, pratiquement celle du directeur Boisfeuras.

Martignon était satisfait de son petit effet. Lise s'était changée en statue de sel. La gorge serrée, elle demanda :

— Le tueur avait laissé un mot ?

— Oui, mais, pour le moment, je préfère garder ces informations confidentielles. Après la découverte du corps, le frère a disparu dans la nature. Une équipe du commissariat de Bondy est sur ses traces et sur celles de ses amis agressés. La bande était connue dans le coin. Ils ne tarderont pas à réapparaître, et alors nous pourrons leur présenter des photos, recueillir leur témoignage… Sans compter que j'attends les retours vidéo des caméras du quartier pour cette fameuse nuit. On a déjà des extraits où l'on voit une moto se diriger vers les entrepôts. Vous voyez de quel genre de moto je veux parler ?

Elle le fixa droit dans les yeux. Cette fois, son ton avait la texture d'un iceberg :

— Vous parliez aussi d'une convocation ?

— Oh, des petits détails administratifs. Il semblerait que certains officiers couvrent leurs collègues lors de planques. J'ai vu que la nuit en question, vous étiez en repérage pour une durée de sept heures avec la lieutenante Paulette Slawy. Elle aurait signé pour vous la feuille de présence. Cependant, d'après le témoignage du policier de faction devant l'immeuble, elle aurait passé la nuit seule dans la voiture.

— Vous vous doutez bien que je planquais à un autre endroit. Je surveillais une entrée séparée de l'immeuble.

— Ah, je ne l'ai pas vu mentionné dans le rapport de Slawy. Elle prétend que vous êtes restées ensemble du début à la fin.

— Et les pauses pipi, et les sandwichs que j'ai achetés, et aussi les trois ou quatre shoots de vodka que je suis allée me descendre au bar du coin. Sans compter la pipe que j'ai taillée au planton, celui qui ne m'a pas vue justement.

— Très drôle. On en reparlera lors de votre convocation. Je suis venu en personne signifier à Mme Slawy la sienne dans mon bureau demain matin. Je tiens juste à lui faire comprendre la gravité d'un faux témoignage. Je pense qu'elle réfléchira un peu lorsque je lui aurai parlé de cette série d'agressions causées par une femme à moto.

« Eh bien, tu peux rêver avant que Paupiette ne s'allonge », pensa Lise. Puis : « Quel enfoiré ! »

— Bon, vous permettez, j'ai du travail.

Il la laissa passer, non sans avoir lâché une dernière pique :

— Oui, vous devez vous occuper de l'enquête sur la mort de votre parrain, l'homme qui était censé vous mettre à pied en accord avec le procureur général. Vous ne trouvez pas ça étrange, toutes ces agressions à coups de barre de fer ?

Elle avait envie de répliquer que, pour l'instant, on parlait d'une batte de baseball, mais un frisson de doute bloqua les mots dans sa bouche.

Lise entra dans l'ascenseur et enclencha le bouton en se forçant à ne pas détourner le regard. Dès que la porte se referma, elle pressa les mains sur ses paupières afin de mieux fouiller dans sa mémoire. Les coups de barre, le sang qui gicle, Bec-de-Lièvre et son frère… mais il n'y avait pas Boisfeuras. Et surtout, elle n'avait égorgé ni découpé personne !

18

Années 1990.
Paris, terrain vague de la Porte de la Chapelle

Les deux suspects marchaient dans la nuit mouillée du quartier de la gare de l'Est sans se douter qu'ils étaient suivis par un groupe de la brigade des stupéfiants du 36, quai des Orfèvres. Le Black se faisait appeler Bob, sans doute à cause de ses dreadlocks qu'il cachait sous un béret de laine. Bourré de tics, le visage fiévreux, les yeux sur le point d'exploser, il venait de se fumer deux cristaux mais ne touchait pas à l'héroïne, au contraire de Guillaume, surnommé l'Ange à cause de sa belle gueule, dont l'intérieur des veines commençait à crever la dalle depuis son dernier shoot, envoyé quatre heures plus tôt. Bob parlait à deux cents à l'heure, tout en reniflant entre chaque phrase – on aurait dit qu'il avalait son cœur.

— Tu sais que je t'aime bien, c'est parce que je t'aime bien que je t'emmène voir mon pote, mais tu n'oublieras pas mon petit cadeau, hein ?

« Putain, pensa l'Ange, ce connard est défoncé et fouette pire qu'un canasson après un tiercé en plein été. Il va encore essayer de m'embrouiller et moi, je vais devoir me retenir de le planter. »

— Tu fais chier, Bob, tu m'avais dit que c'était toi qui faisais l'affaire ! C'est quoi ce plan ?

— T'as pas voulu m'avancer la tune, avec la quantité qu'il te faut, comment tu veux ? Tu le sais, que je suis un mec de confiance.

— Même si c'était marqué sur ta tronche, je te ferais pas confiance, c'est les affaires.

L'Ange accéléra le pas, forçant l'autre à suivre le rythme et l'essoufflant un peu plus.

— N'empêche que ça va chier ! Le mec, il aime pas que j'amène quelqu'un. Ça risque d'être compliqué.

— Laisse tomber, Bob, je ne filerai la tune que quand j'aurai la came. Putain, arrête de me la jouer !

— Si je te dis que je te planterai pas ! Je suis un mec droit, c'est comme si tu m'insultais, merde, vas-y, traite-moi de voleur.

Cela commençait à devenir glauque. Bob allait jouer sur toutes les cordes afin de pouvoir se barrer avec le fric. L'Ange avait cinq mille balles dans les fouilles, et aussi un cran d'arrêt qu'il mourait d'envie de planter dans la gorge du rasta. Il décida de changer de sujet :

— C'est qui, c'est quoi, ces mecs ?

— Il n'y en aura qu'un… Ils rigolent pas, c'est des Autrichiens, des crânes rasés, ils financent leur mouvement de fachos avec la dope et ils ont des émissaires dans chaque ville.

— Tu déconnes ou quoi ? Des fafs ?

L'Ange détestait les fachos : il sortait avec une Algérienne, Samia, l'amour de sa vie, avec qui il partageait sa passion pour la blanche.

— Ouais, des vrais, avec des *guns* et tout, mais ils ont la meilleure came de Paname, et en plus, ils cassent les prix.

L'humeur de l'Ange revint au beau fixe.

— Alors on va faire la fête, t'inquiète, je te filerai de quoi taper.

— Sauf qu'il va pas aimer que je te ramène, ça risque de tout faire foirer, c'est des paranos.

— Putain, Bob, tu crois quoi ? Qu'une armada de flics est en train de nous suivre ? T'inquiète, je connais le quartier comme ma poche.

Bob frissonna et jeta un regard derrière eux ; il ne vit pas Lartéguy et Boisfeuras, postés dans les étals d'un épicier arabe, qui attendaient que leurs clients tournent au coin de la rue. Mais, au lieu de cela, Bob et l'Ange s'arrêtèrent devant une entrée d'immeuble et poussèrent la porte.

Francine et le Marseillais, qui jouaient au petit couple parisien, arrivèrent juste à ce moment-là. La jeune femme demanda :

— Ils sont passés où ?

— Ils sont entrés dans l'immeuble, lui indiqua Lartéguy, mais c'est pas l'adresse de l'Ange, et ça m'étonnerait que le Black crèche dans ce genre de turne.

Pierrot avait compris. Il s'adressa au Marseillais :

— Suivez-les. Avec Paul, on va faire le tour. S'il n'y a rien, on vous rejoindra, mais attendez-nous avant de taper le flag, compris ?

Le collègue du Sud était beaucoup plus jeune, avec des allures de cow-boy, un fan de Belmondo. Il opina du chef.

— Comme tu voudras. Viens, Francine, je t'emmène dans un petit coin sombre.

Il avait remarqué que Boisfeuras le matait de travers et faisait exprès de laisser traîner ses pattes sur les fesses de leur collègue, qui ne savait pas si c'était pour le boulot ou pour le vice. Pierrot se plaça entre lui et elle.

— N'en fais pas trop, le Marseillais. Ces gars sont défoncés, c'est des tarés. Alors reste concentré, compris ?

Le flic fit la grimace en désignant Francine.

— C'est chasse gardée ?

— C'est le putain de boulot !

— T'inquiète pas, je le connais, mon boulot.

— Alors fais-le.

Boisfeuras fit signe à Lartéguy de le suivre avant de s'engager à petite foulée sur le trottoir. En arrivant de l'autre côté du pâté de maisons, ils eurent juste le temps de se plaquer au mur pour se fondre dans l'ombre : les deux gus sortaient d'une double porte et marchaient vers eux. Sans remarquer les deux flics ils traversèrent la rue et longèrent un terrain vague entouré d'une palissade aux affiches déchirées. Le Black stoppa, fit un panoramique des lieux, puis se glissa entre deux planches pour disparaître de l'autre côté, aussitôt suivi par l'Ange.

Sortant de l'ombre, les deux flics rejoignirent la palissade. Pierrot jeta un coup d'œil à travers une fente. Le terrain vague devait faire la moitié d'un stade de foot – de hautes herbes, quelques squelettes d'arbres, des bidons, des carcasses de voitures… enfin, à ce qu'il pouvait en juger à la faveur de l'éclairage de la ville alentour. Pierrot distingua la silhouette de leurs clients, mais aussi des ombres furtives qui allaient et venaient par petits groupes. Une grosse baraque trônait au milieu de la zone.

Paulo se pencha à son tour.

— Putain ! ça grouille de toxicos.

— Je les vois, ils vont vers la maison.

— Qu'est-ce qu'on fait ?

Ils regardèrent derrière eux. Pas de trace de leurs collègues.

— Merde, fait chier ! Les autres, qu'est-ce qu'ils foutent ? râla Boisfeuras.

— Tu crois qu'ils se bécotent ? lui rétorqua Lartéguy. Ils doivent chercher dans l'immeuble, c'est leur boulot. On n'a pas le choix, faut y aller. Imagine qu'on les perde ?

— T'as raison.

Ils se glissèrent entre les planches et avancèrent en faisant gaffe où ils posaient leurs arpions. Des petits feux entourés de clochards ou de paumés donnaient un peu de lumière. Il devait faire huit degrés, pas de quoi se sentir en vacances. Ange et le Black venaient de pénétrer dans la maison par un escalier menant à une double porte entrouverte. Paul s'approcha en premier. L'intérieur était plus ou moins éclairé, les locataires ayant disposé des bougies un peu partout. Les deux flics échangèrent un regard avant de remonter la fermeture de leur blouson et de fourrer les mains dans leurs poches comme s'ils étaient transis de froid. Leur écharpe remontée sur le nez, ils frissonnaient tels de bons toxicos en quête de produit.

Ils se glissèrent dans l'entrebâillement. Des jeunes écoutaient de la musique dans un coin, avec un gros chien qui dormait à leur côté. Ils chuchotaient, la voix cassée par la dope. Plus loin, trois Antillais fumaient des joints en buvant de la bière. Personne ne prêta attention aux deux hommes. Pierre désigna l'escalier qui conduisait aux étages. Feignant de connaître les lieux, ils commencèrent à monter. Dans le couloir au premier, des corps avachis annonçaient la couleur : les flics se trouvaient bel et bien dans le supermarché de la came. Ils entendirent des voix – une engueulade – derrière une porte au bout du couloir. Pierrot fit signe à Paul qu'ils y étaient et sortit son flingue, mais son pote ne bougea pas. Lartéguy était paralysé.

Le cœur gelé, il fixait une adolescente assise sur le parquet sale, ses jambes aux bas résille pliées devant elle, sa minijupe de cuir remontant sur ses hanches. Inclinant sa tête à moitié rasée, elle fixait le vide d'un air terne. À la fois défoncé et grave, sérieux mais perdu. Exactement l'air qu'avait sa fille Lise ces derniers temps. Depuis qu'elle était rentrée d'Espagne.

— Paulo, qu'est-ce que tu fous ?

Trop tard. Un Arabe sortait d'une chambre en tenant un sac en plastique transparent empli de poudre brune.

— Les flics ! Putain, les flics !

Lartéguy sortit de sa léthargie et allongea le gus d'une mandale dans la mâchoire. Boisfeuras se précipitait vers le fond du couloir quand la porte s'ouvrit vers l'intérieur. Il eut juste le temps de plonger en gueulant :

— Paul, couche-toi !

Un jeune skin se tenait dans l'encadrement, un pistolet-mitrailleur à la main. Il lâcha les rafales en gueulant en allemand. Une pluie de balles s'abattit dans un bruit d'enfer, déchirant les murs du couloir, faisant sauter le plâtre au plafond. L'Arabe tournoya sur lui-même et s'écroula, le corps lardé d'impacts.

Boisfeuras, replié dans une chambre, chercha son collègue des yeux. Paulo était allongé au milieu du couloir. Les balles lui passaient au-dessus telle une escadrille de frelons blindés d'acier. Pierrot le vit chercher son flingue dans son dos… en vain. Ce crétin l'avait laissé dans la voiture ! Il se pencha et envoya quelques dragées vers l'enragé. Cela fonctionna : il fut aussitôt pris pour cible. Lartéguy en profita pour rouler sur le côté et se réfugier à son tour dans une piaule.

— Rends-toi, connard, c'est la police ! hurla Boisfeuras.

Il ne pouvait plus tirer, le chambranle de sa porte était en train de se convertir en un amas d'échardes sous le flot du calibre 12. Le tir cessa. L'Ange passa en courant dans le couloir. Pierrot tenta une sortie, mais une nouvelle rafale l'arrosa, manquant lui arracher deux doigts. En revanche, il vit le grand blond partir en vol plané vers la mort, le dos truffé de balles. Paulo le regardait depuis sa planque, démuni et l'air emmerdé.

Les tirs cessèrent à nouveau. Cette fois, ce fut Bob le rasta qui passa telle une fusée, sans se faire déchiqueter. Boisfeuras attendit quelques secondes puis se pencha légèrement… Le facho s'était débiné. Il se tourna en criant :

— Il s'est barré ! Paul, chope le Black, il nous le faut !

Boisfeuras se précipita dans la pièce, la traversa et se pencha par une fenêtre grande ouverte qui donnait sur la nuit. Il s'approcha. En bas, une pile de matelas avait été disposée pour amortir la chute et faciliter la fuite. Il faisait aussi noir que dans le caveau d'une bicentenaire. Tout à coup, le cadre de la fenêtre explosa à deux centimètres de sa tête. Il aperçut les flammes de l'Uzi. L'enfoiré était à plus de cent mètres et continuait à tirer sur des flics !

— Quel fils de pute !

Boisfeuras revint dans le couloir. Le Black, menotté, était allongé contre un mur. Francine venait d'arriver et le Marseillais était en train de fouiller l'Ange, qui semblait aussi vivant qu'une cuisse de poulet sur un étal de boucher. Pierrot comptait passer un savon à son pote, mais Paul était prostré devant la petite punk. La gosse s'était fait refaire le visage à coups de balles. « Quelle merde ! » pensa le flic. Leur mission était un fiasco. Il retourna dans la chambre – au moins, ils avaient la came. Plusieurs centaines de grammes de poudre blanche reposaient dans un sac ouvert à côté d'une table basse.

Faisant un tour des lieux, Boisfeuras alla de surprise en surprise. Il trouva des chargeurs pour Uzi, mais aussi un pistolet Beretta et deux grenades. Rien d'autre. Ce lieu devait juste servir de point de rendez-vous, avec la protection qu'il fallait, et la retraite en cas de pépin. Du beau boulot. Sur la table basse, des billets roulés pour sniffer, mais pas de seringue, pas de fric non plus.

Il rejoignit le Marseillais dans le couloir et désigna l'Ange.

— Tu l'as fouillé ?

— Ouais, y avait ça sur lui. Pas plus.

Il lui tendit une liasse de billets. Mille balles… ça ne faisait pas le compte. Pierrot planta les yeux dans ceux de son collègue.

— Pourquoi « pas plus » ?

— J'en sais rien, tu veux dire quoi ?

— Il y a un demi-kilo là-bas. C'est un deal à quatre ou cinq mille, et le gars n'avait que mille sur lui ?

— T'as fouillé partout ?

Pierrot fixa intentionnellement les poches du blouson du Marseillais avant de répondre :

— Non, pas partout.

— Et le gars que t'as laissé filer ? Si c'était lui qu'avait le fric ? On a failli se faire buter, je te signale, on est un groupe, on est unis.

— Ouais, on va dire ça.

Il retourna à côté du Black, que Francine surveillait. Elle avait le visage pâle, mais pas autant que Paulo. Boisfeuras se rapprocha de son pote et lui serra l'épaule. Paul baissa la tête, honteux.

— Merci, mec, tu m'as sauvé la panse tout à l'heure.

Boisfeuras l'emmena dans une pièce à l'écart. Il n'y avait plus âme qui vive dans la maison et les sirènes des flics commençaient à retentir dans le quartier.

— Putain, Paulo, t'as laissé ton arme dans la voiture ! Ça ne t'était jamais arrivé avant.

— Faut croire que tout arrive. Je ne suis peut-être plus fait pour cette vie de flic.

Boisfeuras devint livide.

— Déconne pas. Jamais je ne te laisserai faire ça. C'est toute ta vie, ce boulot.

— Justement, Pierrot. Mais ça va aller, tant qu'il ne me tombe pas une nouvelle tuile sur la gueule.

— Recolle les morceaux avec Maria et tu pourras te consacrer à ta fille. Et puis merde ! On ne va pas laisser cet enculé de schleu s'en tirer comme ça ? On va la résoudre, cette affaire, non ?

Francine les rejoignit dans la piaule.

— Chef, vous devriez venir voir. Brunel a décidé d'interroger le Black à sa manière.

— Putain, qu'est-ce qu'il fout encore, ce con !

Ils se ruèrent dans le couloir et entendirent des râles et des bruits étouffés provenant d'une autre chambre. Quand ils y entrèrent, le Black n'avait plus figure humaine. Le nez cassé, les tempes ouvertes dégoulinant de sang, les lèvres explosées. Et pire… Paulo désigna quelque chose sur le parquet usé.

— Putain, Gilles, c'est quoi cette merde ?

— C'est son oreille, j'ai dû la lui arracher, ce connard ne me prenait pas au sérieux.

— Tu te crois où ? On n'est pas la Gestapo ! s'emporta Boisfeuras.

— Vous déconnez ou quoi ? Avec toutes les overdoses de gamins ? Et la gosse qu'est morte, là, dans le couloir ? Vous voulez quoi ? Lui payer un café pour qu'il parle ? Je les connais, ces enculés de toxicos, c'est des merdes, il n'y a que les baffes qui marchent.

Francine avait envie de gerber. Pierrot écouta patiemment la tirade de son collègue avant de se saisir de son blouson en cuir et de le plaquer contre le mur.

— C'est moi qui vais te défoncer, enculé !

— Et si je te parle d'une bande de nasillons autrichiens qui ont monté un réseau sur toute l'Europe ? Cet endroit était leur lieu de deal, il y en a d'autres dans Paris, ils ont même un quartier général.

— Et il t'a dit où il se trouvait, ce quartier général ? Lui ? Il a ce genre d'infos ?

— Non, mais c'est déjà pas mal comme tuyau. Vous avez des indics, vous allez trouver.

— C'est tout ce que t'as ? Tu lui as cassé la gueule pour des infos qu'il nous aurait données au bout de deux jours de manque !

Paulo retint son ami par la manche.

— C'est bon, Pierrot, on va pas se battre dans le groupe. Les collègues sont en train d'arriver.

Boisfeuras ne lâchait pas :

— Je veux pas de ce gars dans notre groupe. C'est pas nos méthodes, et je ne parle pas que du tabassage.

Pierrot avait les mains posées sur les poches du Marseillais ; il sentait les liasses de billets et serrait de toutes ses forces. Du fric volé à un mort par un flic !

Gilles se dégagea et partit dans le couloir.

— C'est ça, casse-toi, t'es qu'une merde !

19

De nos jours

Lise reçut le message avec l'adresse de Jeanne au moment où l'ascenseur atteignait le rez-de-chaussée. D'instinct, elle regarda sa montre, une vieille Rolex à bracelet de cuir qu'elle avait héritée de son père. Pas loin de dix-huit heures. Jeanne Garnier demeurant rue des Mimosas, dans le 14e, Lise allait devoir traverser tout Paris en pleine heure de pointe pour rejoindre Denfert-Rochereau. Heureusement, elle était à moto. Cela allait être moins facile pour Paupiette. Tant pis pour elle, elle arriverait quand elle arriverait.

Tout en gagnant les parkings souterrains du Bastion, la policière réfléchissait à sa discussion avec Martignon. Ce qui l'abasourdissait, c'était le meurtre de Bec-de-Lièvre. Quelqu'un était passé après elle ou le garçon avait-il été achevé par ses complices ? Il fallait qu'elle retrouve le rapport de constatation le plus vite possible et qu'elle vérifie.

Vingt minutes plus tard, elle était rue des Mimosas. La lourde porte de l'immeuble émit son petit vibrato et s'entrebâilla. Lartéguy s'enfila les deux étages en quelques enjambées. Elle dut sonner plusieurs fois avant que la maîtresse des lieux daigne lui ouvrir. Jeanne, l'air froid et tourmenté, son portable serré dans sa main, l'accueillit d'un « Si tu veux entrer », puis lui tourna le dos. Lise la suivit dans un appartement bourgeois défraîchi. La peinture s'écaillait au plafond, la tapisserie se décollait, les meubles étaient rares et couverts de poussière. Elle retrouva la secrétaire dans un salon meublé chichement. Le mur droit était percé d'étagères sur lesquelles s'empilaient les bouquins, vieux polars à la tranche noire, collections de bandes dessinées, encyclopédies et livres de droit. Il y avait aussi des affiches de cinéma en petit format, *Le Samouraï*, avec Delon, *Tchao Pantin* ou *French Connection* ; sur une petite table à sa gauche, des piles de 33 et de 45 tours côtoyaient un tourne-disque posé sur un ampli Sony de couleur grise. Lise repéra l'album *Poèmes rock* de Charlélie Couture, le genre d'artiste que son père aimait, ainsi que son parrain. Jeanne regardait la rue par une large porte-fenêtre.

— Alors comme ça, c'est toi qui es chargée de l'enquête sur le meurtre de Pierre ? dit-elle.

— Jeanne, je suis désolée pour ce qui est arrivé. Comme vous, je suis particulièrement touchée. Je sais que vous êtes convoquée demain afin de nous aider dans l'enquête, mais… j'aurais aimé vous poser dès maintenant quelques questions.

— Est-ce que tu l'aimais ?

— Pardon ?

Jeanne se retourna. Son visage était pincé par la douleur, à moins, pensa Lise, qu'il ne s'agisse de haine.

— Des années à s'occuper de toi, il n'y en avait que pour toi.

L'orgueil de Lise l'obligea à rétorquer :

— Mais avant que j'arrive à la PJ, c'est vous qui en avez bien profité.

D'un coup, le regard de Jeanne s'adoucit.

— Oui, nous nous aimions. Je l'ai connu à son entrée au 36, il y a plus de trente ans. Il venait d'épouser une fille de bonne famille, comme on disait. Nos premières rencontres ont eu lieu dans cet appartement, où il avait passé ses années d'étudiant. Il appartient à sa famille, mais j'ai fini par m'y installer en laissant tout tel quel. Plus tard, il a obtenu son premier poste d'inspecteur au banditisme. Nous étions trois secrétaires à nous occuper du service. Avec ton père, justement, et déjà vous l'accapariez.

— Mais je n'étais même pas née !

— Pas toi, ta famille ! Ta mère qui ne cessait de l'appeler, en cachette de ton père bien entendu. Je suis persuadée qu'il a couché avec elle.

C'était du délire total ; jamais son parrain n'aurait trahi son ami en le trompant avec sa femme. Jeanne lui jeta un regard méprisant.

— Eh oui, Pierre était un coureur. Mais c'est moi qui l'ai récupéré. Je l'ai suivi sur tous ses postes. Il passait me voir, de moins en moins c'est vrai, mais nous étions devenus un vieux couple, jusqu'à ces six derniers mois.

— Justement, Jeanne, si vous voulez bien vous asseoir, nous pourrions en discuter. Que s'est-il passé ?

Lise vit un mauvais sourire se dessiner sur le visage de la secrétaire, alors que ses yeux étaient braqués sur la grande cheminée remplie de boules de papier journal noircies. Elle suivit son regard et, à part un sabre d'époque napoléonienne posé sur le montant, ne remarqua rien de spécial.

La voix de Jeanne devint spectrale.

— Tu ne sais pas de quoi est capable une femme trompée.

— Comment ça ? Il avait une autre, euh… une liaison ?

— Il ne venait plus, il prétendait être préoccupé par sa famille, par toi, mais je savais qu'il y en avait une autre. Je l'ai suivi, il traînait dans les rues avec les prostituées. J'ai voulu lui en parler, il m'a menti, disant que je l'espionnais, que ce n'était pas mes affaires. Pas mes affaires ! Tu sais ce qu'il voulait faire, mademoiselle Lartéguy ? Il comptait me virer ! Trente ans que nous étions ensemble, j'ai tout sacrifié, ma carrière, ma vie de femme, de mère, tout pour lui, et il comptait me jeter comme une vieille chaussette ? Il voulait récupérer l'appartement, le retaper, pour quoi, pour qui ? Il était hors de question que je me laisse faire !

— Il s'est mis en colère parce que vous aviez fouillé dans ses affaires, dans ses carnets où il notait tout. Il ne vous faisait plus confiance. Vous aviez un double des clés, n'est-ce pas ? De ses tiroirs et de son coffre.

Le regard de la secrétaire se troubla et glissa involontairement vers un point dans le dos de Lise : une grande porte de placard jaunie par la nicotine. Lise comprit que quelque chose était caché à l'intérieur. Une pensée lui glaça le sang. Il y avait un portant de fer noir vissé au mur de la cheminée, avec la balayette et la pelle à cendres ; le troisième crochet était vide, laissant un long trait pâle entouré de suie, comme une ombre inversée. Là où devait se trouver le tisonnier.

« Non, ce n'est pas possible… »

La sonnerie de l'entrée retentit. Le visage de Jeanne s'épanouit de soulagement.

— Je vais ouvrir, dit-elle en se dirigeant vers le couloir.

Dès qu'elle eut disparu, Lise s'assura que le sac à main et la veste de la secrétaire étaient restés sur la table du salon. Elle se rapprocha de la cheminée. Les traces sur le mur l'attestaient, il y avait bien eu un tisonnier accroché au portant. Son téléphone vibra. Un message de Suaut :

Le coffre contient des documents sur enquêtes politiques et sensibles, plus la caisse pour les opérations spéciales de la Maison, environ 450 000 € en espèces, ainsi que des saisies spécifiques.

La policière jeta un coup d'œil vers l'entrée, d'où lui parvenaient des voix. Elle entrebâilla la porte de l'armoire. Une valise à roulettes et un grand sac noir y étaient entreposés. Elle tira la fermeture Éclair. Des liasses de billets apparurent et, dessus, un petit carnet orange à spirale, qu'elle glissa dans la poche intérieure de sa parka. Puis elle prit le sac et le plaça sur le canapé au velours élimé. Elle hésitait à sortir son arme. Elle récupéra une chaise, la planta au milieu du salon, juste au moment où Jeanne réapparaissait, accompagnée d'un jeune homme baraqué au crâne rasé.

— Lucas, dit-elle, je te présente Lise, ta sœur.

20

Le « frère » devait mesurer un mètre soixante-dix pour quatre-vingt-dix kilos, il portait un bomber gris foncé et un jean qui moulait ses énormes cuisses. Ses yeux tintaient du même gris que son blouson. Lise ne voyait aucune ressemblance entre cette brute au look de nazi et son parrain, tout comme elle se refusait à accorder le moindre crédit aux allusions de la secrétaire concernant leur lien de parenté.

Jeanne ramassa le sac noir sur le canapé et se glissa derrière son fils.

— Son père aurait été fier de lui, il vient de passer sergent instructeur dans les commandos parachutistes.

Lise tenta de la raisonner :

— Jeanne, si vous rendez l'argent, on pourra faire comme s'il ne s'était rien passé. Dites-moi seulement si vous savez ce qui est arrivé à Pierre.

— Il a mérité ce qu'il a eu, déclara Jeanne. Cela faisait des années qu'il nous faisait vivre avec les miettes de sa vie, toute son attention continuellement portée vers toi. Et moi, j'attendais, à espérer qu'il me revienne… Il ne m'a jamais pardonné de lui avoir donné un fils. Pourtant, j'ai tout fait pour qu'il te ressemble, tout mon salaire plus la pension que me versait Pierre allaient dans ses études, dans son sport. Dernièrement, j'ai demandé à Pierre de reconnaître Lucas, afin qu'il soit couché sur son testament et qu'un jour il puisse bénéficier d'une part de la fortune des Boisfeuras. Moi aussi j'y avais droit ! Il a refusé, disant que Lucas n'était pas de lui parce qu'il a été conçu à une époque où il ne m'approchait plus. Il a été puni ! Et cet argent, je le mérite, c'est notre avenir !

— Jeanne, vous ne pourrez pas fuir éternellement.

— Si, ma petite Lise, je vais disparaître, et tu sais pourquoi ? Je ne t'ai pas dit en quoi Lucas était chef instructeur ? Cela va te plaire. Il est spécialiste en close-combat, tout comme toi. Maintenant, si tu le permets, j'ai un avion à prendre. Lucas, mon choupinet, tu me rejoins dès que tu as fini ?

La jeune brute se tourna vers sa mère, le regard empli de douceur.

— Oui, mamounette.

Puis il pivota vers Lise. Toute trace de tendresse avait fui ses traits. Il se tassa légèrement, sans quitter Lise des yeux, et de la main droite récupéra un couteau de commando dans une gaine glissée à l'intérieur de sa ranger.

« Tu parles d'un frère ! » pensa Lise en voyant Jeanne s'esbigner par le couloir avec sa valise et son sac.

— Qu'est-ce que tu comptes faire, choupinet ? Me découper en rondelles ?

— Je te préviens gentiment, petite sœur, je manipule le poignard de combat depuis que j'ai dix ans. Je pourrais le lancer et te transpercer le cœur en un millième de seconde. Tu vas donc sortir ton arme et la laisser tomber sur le sol devant toi.

— Tu me briserais le cœur ? Entre frère et sœur, c'est assez courant, sauf que ta mère t'a manipulé. Mais tu le savais, pas vrai ?

— Oui, peut-être que la vieille débloque, et peut-être que je sais depuis longtemps que l'autre grand flic n'était pas mon père. Mais dans son sac, il y a plus de quatre cent mille euros et un rouleau de pièces d'or. La vie est trop courte et la terre trop vaste pour laisser filer une fortune pareille, tu ne crois pas ? Mais ne t'inquiète pas, je ne compte pas te faire de mal, juste t'immobiliser, le temps que je retrouve ma vieille et que je récupère le sac. Ensuite, tu pourras raconter ce que tu voudras, je m'en fous. Car dans le sac, il n'y a pas que du pognon. Ma chère mère a pris soin d'emporter des dossiers impliquant quelques grands pontes de la flicaille et de la justice. Oh, pas des grosses affaires, mais assez pour décider l'administration policière à ne pas trop insister sur les poursuites. D'autant qu'cn cc moment, ils ont d'autres chats à fouetter.

— OK, fit Lise en se rapprochant de la chaise au milieu du salon. Je vais sortir mon arme et la poser par terre. Et toi, garde ton sang-froid.

— Ne t'inquiète pas pour mes nerfs, sœurette.

— Ne m'appelle pas comme ça.

La main de Lise glissa sous son pull pour sortir le Sig SP 2022 réglementaire de son holster de hanche, puis elle redescendit lentement vers le sol en le tenant par la crosse. Le regard de Lucas était vrillé sur le moindre de ses gestes. Au moment où elle laissa tomber l'arme, elle se saisit du pied de la chaise et l'envoya à la figure du militaire. Lise vit la lame transpercer l'assise comme s'il s'agissait de carton. D'un mouvement de félin, elle bondit jusqu'à son arme, mais Lucas lui renvoya des deux pieds la chaise dans le dos, ce qui la fit basculer.

Elle se releva en même temps que lui. D'un coup d'œil, elle remarqua qu'il n'avait pas eu le temps de récupérer son poignard. Il se projeta poing droit vers l'avant, mais c'est du gauche qu'il la frappa à l'aine lorsqu'elle voulut feinter. Elle encaissa en serrant les dents, fit mine d'attaquer à son tour et pivota pour faire un balayage tendu de la jambe droite. Un de ses mouvements préférés, exécuté de si nombreuses fois que sa rapidité était digne de celle de Bruce Lee.

Lucas prit la bottine de velours en pleine tempe et partit s'écrouler sur le tourne-disque. Lise se rétablit et le frappa à nouveau à la tête, mais le soldat parvint à attraper sa cheville et à la faire tomber. Il se jeta sur elle, ses deux mains étreignant sa carotide. Lise tâtonna, ses doigts crochetèrent un 45 tours, qu'elle fracassa sur le sol avant de le planter sous l'oreille de Lucas et de lui labourer la joue. Lucas la relâcha assez pour qu'elle puisse le repousser et se remettre sur ses jambes.

Malgré sa blessure – une nouvelle bouche d'où bavait le sang – le sergent instructeur se releva facilement et à son tour brisa un disque. Lise évita la première attaque, tapa du tranchant de la main sur le poignet de Lucas afin de lui faire lâcher le disque, plaça un uppercut sur son menton et plongea vers son abdomen pour le plaquer. Le militaire la cueillit d'un coup de genou dans le nez. Puis il l'attrapa par les cheveux et lui envoya son poing dans la figure.

Sonnée, elle tenta de riposter, mais ses coups ne portaient pas. De plus, son corps, endolori à la suite de ses précédentes bagarres, commençait à le lui faire sentir. Ses deux bras l'enserrèrent et ils basculèrent sur la bibliothèque. Une pile de *Dalloz* tomba sur le crâne de Lucas. Profitant de ce répit, Lise chopa un livre de poche, le roula dans sa main et frappa Lucas à la tempe une dizaine de fois. Il riposta d'un direct du droit au niveau du foie, lui faisant lâcher le bouquin et gémir de douleur. D'un coup de boule, il l'envoya s'étaler sur le dos. Une pile de livres tomba sur la tête de Lise ; elle eut le temps de voir passer le titre *Le Parrain*, de Mario Puzo.

— Alors, sœurette, on manque de souffle ?

Lucas voulut se mettre debout. Mauvaise idée : Lartéguy déplia sa jambe et tapa dans son genou de toutes ses forces. Un craquement suivi d'un cri lui indiqua qu'elle avait atteint son but.

— Je t'avais dit de ne pas m'appeler sœurette !

Au moment où elle basculait pour se lever, elle entendit un hurlement de bête sauvage. Lucas écrasa l'ampli à l'arrière de son crâne. Des étoiles dansèrent devant ses yeux et une envie de vomir remonta dans sa gorge. À travers un brouillard nauséeux, Lise vit le militaire ramper jusqu'à la chaise, arracher son couteau et revenir vers elle en soufflant. Les yeux injectés de haine de son prétendu demi-frère apparurent dans son champ de vision, le poignard se leva au-dessus de son cœur.

— Tu n'aurais pas dû me briser le genou, sœurette, tu vas crever !

21

La voix de Paupiette retentit dans la pièce :

— Pose ce couteau immédiatement ou je te jure que je tire !

Lucas suspendit son geste et jeta un coup d'œil vers l'entrée du salon : la policière braquait son arme droit sur lui. Il poussa un cri de fureur et planta le couteau dans la poitrine de Lise. Une explosion fit trembler les murs. La tête de Lucas se transforma en une brume rose qui éclaboussa le sol. Paupiette avait tenu parole.

Lise avait eu le temps de récupérer le livre à côté d'elle pour se protéger. Elle avait entendu le papier se déchirer lorsque la lame avait transpercé les quatre cent cinquante pages de l'ouvrage. Elle repoussa Lucas, se leva en titubant, et se jeta dans les bras de son amie qui tremblait encore plus qu'elle.

À présent, cela faisait presque un quart d'heure que Paupiette sanglotait dans les bras de Lise. Les deux policières étaient assises sur le petit canapé gris du salon.

— Je l'ai tué ! Je l'ai tué ! C'était un gamin…

— Tu as fait ce qu'il fallait, balbutia difficilement Lise. Tu m'as sauvé la vie !

— Non, c'est Marco qui t'a sauvée.

— Marco ? Quel Marco ?

— Lui là, sur le livre, Marco Puzo.

— Ah, purée, ce que tu es inculte ! C'est Mario Puzo !

— Mais j'y peux rien, c'est à cause du couteau, je voyais pas le *i*.

Malgré les larmes qui brouillaient leurs yeux, elles éclatèrent de rire. Lise regarda le bouquin transpercé de part en part par la lame du poignard commando.

Sauvée par *Le Parrain*.

Elles entendirent les sirènes des collègues. Paupiette se leva du canapé.

— Bon, il va falloir expliquer tout ça. Et toi, ça va aller ?

Les cheveux noirs de Lise étaient gluants de sang, ainsi que son visage et ses vêtements. Elle regarda l'endroit où se trouvait le cadavre de Lucas. La trace de son propre corps apparaissait dessous, comme un pochoir entouré de pulvérisations rouges. Elle pensa : « Quand même, Paupiette ne l'a pas raté. » Et aussi : « Elle n'avait pas le choix. »

Brigitte débarqua avec Suaut plus les équipes scientifiques et techniques. Paupiette connaissait la procédure : elle avait déjà glissé son arme dans un sachet en plastique qu'elle confia à sa supérieure.

La première chose que dit Brigitte fut :

— Surtout, ne touchez à rien !

Même si cela coulait de source dans le cas d'un homicide, c'était d'autant plus important lorsque des flics étaient impliqués. Le groupe de la Crime allait rendre son rapport tout en sachant que les officiers de l'IGPN mèneraient leur propre enquête, en espérant qu'au final le procureur n'engage pas de procédure judiciaire contre Paupiette.

Ensuite, sur les nerfs, Brigitte se tourna vers Lise.

— Putain, où est passée Jeanne ? Qui est le gars sur la moquette et pourquoi voulait-il faire la peau à un officier de la PJ avec un couteau de la taille d'une machette ?

Mais, avant tout, Lise avait besoin de soins. Paupiette et Brigitte l'accompagnèrent jusqu'à la cellule médicale tout juste arrivée devant l'immeuble et, pendant qu'un infirmier nettoyait ses plaies, Lise leur raconta tout, depuis son arrivée dans l'appartement jusqu'à celle de Paupiette. L'infirmier lui fit promettre d'aller faire des radios, et Lise hocha la tête en sachant très bien qu'elle n'obéirait pas.

De retour dans l'appartement, elle leur montra le placard ainsi que le crochet près de la cheminée. Paupiette voulut savoir si Jeanne était impliquée dans la mort de Boisfeuras.

— Lise, il faudra que tu retranscrives mot pour mot ce que t'a dit Jeanne Garnier. Tu es certaine qu'à aucun moment elle n'a avoué avoir tué le directeur ?

— Son discours était bourré d'incohérences. En tout cas, si c'est elle, cela a dû se passer lors d'une dispute. Je n'arrive pas à croire qu'elle ait prémédité un meurtre.

Brigitte était sceptique.

— Tu veux dire qu'elle aurait emporté le tisonnier jusqu'au passage Monplaisir sans intention de s'en servir ?

— C'est tiré par les cheveux, je sais. Mais sa volonté première, c'était de connaître la vérité sur ce que lui cachait Boisfeuras. Après, a-t-elle agi par vengeance ? par colère ?

— Et le fric qu'elle a volé, si c'était ça, le mobile ? proposa Suaut.

— Non.

Lise désigna le corps de Lucas sur la moquette.

— C'est une idée à lui, j'en suis sûre. Il a monté la tête à sa mère en profitant du fait qu'elle était perturbée par la mort de son amant.

Suaut poussa son raisonnement :

— Et si c'était lui qui avait tué le directeur ?

— Pour quelles raisons ? Pour l'argent ? Il s'agit quand même du meurtre d'un membre de la PJ.

— L'argent et les dossiers compromettants, précisa Brigitte.

— C'est vrai, reconnut Lise. J'imagine qu'on a lancé des avis de recherche ? Elle parlait de prendre un avion.

— Les douanes sont prévenues, aéroports, gares, frontières. On va mettre le paquet sur elle. Pour l'instant, c'est la seule piste qu'on a. J'ai déjà appelé le parquet, on a toutes les autorisations.

Brigitte se tourna vers le brigadier.

— William, tu vas devoir faire des heures sup. Retourne au Bastion et lance une procédure sur son téléphone. Je ne pense pas qu'elle ait laissé l'application GPS en route, mais on va éplucher tout ce qu'on pourra trouver. SMS, réservations d'hôtel, locations de voiture. Je vais appeler Camilla pour qu'il te file un coup de main. Faites aussi une demande d'accès à ses retraits bancaires et renseignez-vous sur sa voiture.

Tenez les douanes au courant, et informez-moi de tout ce que vous dénicherez, d'accord ? Avec les filles, on vous relève demain matin. On vous apportera les croissants.

— Non, protesta Paupiette. Je vais avec Suaut, plus on sera à chercher, plus vite ça ira.

Brigitte lança un regard inquiet à Lise, qui intervint :

— Popopop, pas question ! Tu m'as promis un dîner et une cuite mémorable. Tu rentres avec moi et on va bouffer le couscous chez le Marocain en bas de l'appart.

22

Une fois chez Lise, les filles bossèrent deux bonnes heures sur leur rapport. Paupiette avait récupéré son PC dans sa voiture, et Lise avait pris une douche avant d'inspecter ses plaies. Une crème recommandée par son prof de close-combat aida les hématomes de son visage à dégonfler et la blessure sur sa nuque, atténuée par la masse de ses cheveux, était sans gravité. Seule sa lèvre inférieure fendue serait plus longue à cicatriser. Puis elles descendirent chez Momo. Elles firent honneur au couscous, ainsi qu'à deux bouteilles de Riad Jamil, un vin rouge aux notes d'encens et de santal. Momo avait une spécialité : les blagues belges de mauvaise qualité, souvenirs de son service militaire qu'il avait effectué près de Charleville-Mézières. Lise avait compris que, pour un Arabe, faire son service militaire dans les années 1970 n'avait pas dû être facile. Et que les blagues qu'il avait supportées n'avaient pas toutes été belges.

Mais c'était ce qui faisait tout le charme de Aux sourires de l'Atlas : les histoires nulles de Momo, d'autant plus lorsqu'elles avaient été accompagnées de deux bouteilles de vin du pays et de plusieurs verres d'alcool de myrte. Le visage de Paupiette semblait en fusion tant il était rouge et son rire dévastait la salle du petit restaurant. Momo réussit à mettre les policières dehors vers une heure du matin. Titubant et riant, les filles faillirent se perdre, même si l'appartement se trouvait à deux pas. Lise parvint à persuader Paupiette de dormir chez elle, et elles s'écroulèrent sur le grand lit.

Pendant la nuit, Lise se réveilla plusieurs fois, alors que le loft tremblait sous les ronflements de Paupiette. Sa collègue avait un foie de Cosaque, tandis que la pauvre Lise avait l'impression de monter et de descendre des montagnes russes.

Vers cinq heures du matin, elle se leva pour avaler un cachet, persuadée que, sans ça, le reste de sa nuit serait apocalyptique. Paupiette sortit de la salle de bains, pimpante et fraîche.

— Oh, désolée, Lise, je t'ai réveillée. Mais faut que j'y aille, René se lève à six heures.

— Tu n'as pas mal à la tête ?

— J'avoue que j'ai quelques écrevisses derrière les yeux !

Une expression bourguignonne, le pays d'où était originaire Paupiette.

— Bon, allez, je t'embrasse, ajouta sa collègue en joignant le geste à la parole. On se retrouve au bureau en fin de matinée. Il faut que je passe voir cet abruti de Martignon avant.

— Ah oui, putain, c'est ma faute !

— Tu déconnes ? C'est moi qui t'ai ajoutée sur la feuille de planning, t'y es pour rien. Pas question de lui faire plaisir, à ce fouille-merde, et ce ne sera pas la première fois qu'on essaye de nous coincer pour des heures. Avec toutes celles dont on leur fait cadeau ! Enfin… Non, ce qui m'étonne, c'est que c'est plutôt le boulot de Delrieux, de nous pister.

Lise se sentit déprimée à l'idée que Martignon allait la faire passer pour un monstre auprès de sa collègue, même si, bizarrement, cela la soulageait presque.

Dès que la porte claqua dans le dos de son amie, Lise referma les yeux, et cette fois, elle sombra dans une catharsis douce. « Voilà d'où venait mon mal de cœur, songea-t-elle en souriant. Des ronflements de Paupiette ! » Pourtant, obsédée par la mort de son parrain, elle ne trouva pas le sommeil immédiatement. Était-ce Jeanne, la coupable, ou bien son fils ? Cela paraissait trop évident et, au fond d'elle, Lise soupçonnait que ce n'était pas eux.

Et puis cette phrase, retrouvée à côté des cadavres des Chinois du boulevard Saint-Denis : « Puisqu'il faut choisir »… Ces mots lui parlaient d'une époque lointaine, et cela la perturbait. Car cette période avait bouleversé sa vie.

Et si cela recommençait ? Et si le passé revenait ?

23

Années 2000

« Tout est chaos »
Mylène Farmer

La grosse voiture grise fournie par l'administration freine devant les escaliers menant au centre scolaire spécialisé. Il s'agit d'un ancien château de type Renaissance perdu au milieu d'une forêt. Trois bâtiments de deux étages disposés en U. Celui du milieu abrite les salles de cours, de gymnastique et d'étude, ainsi que la cantine. À sa droite se trouve l'internat pour les élèves et, juste en face, le bâtiment réservé au personnel de l'établissement. Derrière les bâtiments s'étirent de grandes bandes de gazon brûlées par le froid. Un petit bois s'étend sur l'arrière, les feuilles de ses arbres entassées dans ses allées ; il semble peuplé de squelettes grelottant dans le bruissement du vent. Un mur d'enceinte de près de trois mètres de hauteur clôt l'ensemble. Une seule entrée permet d'accéder au domaine : un double portail fermé en permanence et surveillé par un gardien.

Paul Lartéguy ouvre la portière de la berline.

— Tu peux sortir, s'il te plaît, Lise ?

Il appelle sa fille ainsi lorsqu'ils ne sont que tous les deux. Sa voix, bien que contrainte par le dépit, est douce.

Anne-Lise, de son vrai prénom Anne-Élisabeth, a presque treize ans. Les cheveux noirs tombant sur les épaules, une peau blanche de cadavre, les traits tirés, les yeux d'un bleu très pâle aux bords rougis par les larmes… cela fait une semaine qu'elle ne dort plus, depuis qu'elle a appris que son père désirait la mettre dans une institution fermée. Prostrée dans un coin de la voiture, Anne-Lise a une manière bien à elle de croiser les bras : les coudes pointés vers l'avant, les mains remontées jusqu'aux épaules, les doigts agrippés aux clavicules. Son père se penche pour la tirer vers lui en la faisant glisser sur le siège, essayant d'être le plus délicat possible. Elle se laisse faire jusqu'à ce que ses jambes atteignent le gravier, puis elle déchire le haut de son survêtement en voulant se dégager, faisant apparaître la peau nue de son épaule.

— Lâche-moi ! C'est bon, je viens.

Elle se retient de pleurer. Et elle obéit. Pour la première fois. Bouleversé, Paul Lartéguy la serre contre lui, sa grosse main caressant ses cheveux.

Il n'a pas le choix. Sa femme, Maria, coule tout doucement dans une dépression amère, amadouée par les calmants et les psychotropes. Leur fils, Camille, vient de passer vingt-quatre heures en observation à l'hôpital de Neuilly. Sa sœur lui a jeté une boîte pleine de dés de tomates pelées au visage, lui ouvrant l'arcade. Il n'y avait pas de méchanceté : Anne-Lise voulait jouer. Camille était censé rattraper la boîte. Sauf qu'elle la lui avait envoyée alors qu'il était de dos et l'avait appelé pour qu'il tourne la tête au moment de l'impact. Elle savait pourtant qu'il allait avoir mal, mais n'avait pas pu s'en empêcher. Elle avait vu la boîte de tomates, puis son frère de dos, et l'envie avait frayé son chemin dans son cerveau.

Ce n'est pourtant pas l'unique raison du placement d'Anne-Lise en établissement spécialisé. Elle avait été déscolarisée le mois précédent.

Assise derrière son bureau, Mme Valette, sa professeure d'anglais, l'avait fait venir près d'elle.

— Anne-Élisabeth Lartéguy, j'ai une bonne nouvelle à t'annoncer.

Anne-Lise s'était mise à trembler d'émotion. Elle avait promis à son père de remonter sa moyenne et cela faisait plusieurs matins qu'elle se levait très tôt pour préparer un contrôle d'anglais sur les verbes irréguliers. Sa manière de travailler l'amenait à passer d'un zéro sur vingt à un dix-sept, selon ses envies. Le collège l'ennuyait, à cause de son hyperactivité ou de son coefficient intellectuel plus élevé que la moyenne auquel elle ne devait jamais faire allusion. Son père, descendant d'une vieille famille bretonne, cultivait l'humilité, et le mot surdoué était interdit dans son milieu.

La professeure souriait ; elle savait qu'Anne-Lise avait des problèmes de violence avec ses camarades et que, plusieurs fois déjà, elle était passée en conseil de discipline. Pourtant, quand elle le voulait, elle pouvait être la meilleure élève de la classe. Elle lui tendit la feuille de contrôle.

— Bravo, jeune fille, tu as bien travaillé : vingt sur vingt.

L'adolescente s'était sentie brûler de l'intérieur, des étincelles avaient jailli dans ses prunelles. Elle était si excitée ! Tellement excitée que son poing droit était parti dans la figure de Mme Valette, lui écrasant le nez et cassant ses lunettes. Le sang avait coulé, alors que les yeux de la professeure s'agrandissaient dans un mélange d'effroi et d'incrédulité. Anne-Lise avait reculé en implorant : « Oh non, non ! », puis elle s'était enfuie de la classe.

Paul Lartéguy avait dû passer un marché avec le rectorat : il avait promis de faire soigner Anne-Lise le plus sérieusement possible, tout en assurant sa scolarité. Une amie juge pour enfants lui avait parlé d'établissements spécialisés. Paul connaissait sa fille par cœur, une vraie oiselle éprise de liberté… Comment allait-il pouvoir l'enfermer dans un internat médicalisé ? Cependant, l'avenir d'Anne-Lise en dépendait, et puis n'avait-il pas tout essayé, déjà, afin de soigner son mal ? Il ne fallait pas renoncer.

C'est ce qu'il pense, ce matin froid de décembre, sa fille serrée contre lui et les yeux plissés vers le ciel afin de dissimuler ses larmes.

Anne-Lise sent la détresse de son père, et cela lui ronge le cœur. Tout comme la rage et l'envie de tout casser. Elle avait dorloté Camille pendant des heures en s'excusant de son acte, elle avait même écrit une longue lettre de regrets à Mme Valette. Pourtant, son père n'avait pas cédé.

— On essaye un trimestre, au moins, Lise, tu sais que c'est pour ton bien.

Un peu plus tard, Anne-Lise regarde, par la fenêtre du bureau de la directrice, la voiture de son père s'éloigner.

Mme Muller est une petite femme aux cheveux grisonnants et au sourire doux. Après avoir discuté du cas de la préadolescente et étudié son dossier médical en tête à tête avec Paul Lartéguy, elle a fait venir la jeune fille et leur a expliqué le fonctionnement de l'établissement. Anne-Lise suivra sa scolarité dans une classe mixte de cinquième et de quatrième, tout en assistant à des groupes de parole et des séances avec le psychologue. Le psychiatre principal la recevra régulièrement. Pour l'instant, il n'est pas prévu de protocole thérapeutique, mais elle sera tout de même logée dans le dortoir semi-médicalisé avec ses compagnes (l'école est exclusivement féminine). En parallèle, les adolescentes pratiquent des activités sportives et artistiques. Le but de l'établissement est tout autant d'essayer de soigner l'enfant que de l'empêcher de faire du mal – à soi-même ou à autrui, selon la formule.

Dès que son père est parti, Anne-Lise se mure. Sans s'en formaliser, la directrice appelle l'éducatrice principale pour la lui présenter. Âgée d'une trentaine d'années, celle-ci se prénomme Mara et a le gabarit d'une armoire à glace. Anne-Lise comprend qu'ici le terme d'« éducateur » camoufle celui de « surveillant ».

En sortant dans la cour, elle sent l'oppression de la forêt autour des bâtiments, et la solitude infligée par le temps gris qui recouvre comme une cape terne l'immense cour au sol parsemé de gravier. L'adolescente aurait voulu s'accroupir, en ramasser une poignée et rapetisser le monde dans le creux de sa main. Au lieu de cela, elle cale son pas sur celui de la surveillante, son sac Adidas en bandoulière.

— Il n'est pas loin de midi, on va aller poser tes affaires au dortoir. Les filles ont cours jusqu'à treize heures, ensuite il y a la cantine, puis deux heures de pause. L'après-midi est consacré aux rendez-vous avec les médecins et aux ateliers sportifs et ludiques. Tu faisais du sport en dehors du collège ?

— Oui, de la boxe française.

— Ah, de la savate.

La femme lui sourit. Anne-Lise acquiesce de son air d'adolescente blasée qui signifie : « Ouais, super, la vanne. » Mara, habituée, se contente de préciser :

— Ici, ce sera plutôt athlétisme et gymnastique, on a plein d'équipements. Quant à la boxe, il va falloir l'oublier, ma petite. La moindre bagarre et t'es privée de week-ends de sortie, mais ça, tu t'en doutais un peu, pas vrai ?

Mouchée, Anne-Lise darde un regard noir sur le dos de la surveillante tandis qu'elles entrent dans le bâtiment des dortoirs. Mara lui montre la buanderie et le foyer au rez-de-chaussée, puis elles grimpent les escaliers jusqu'à un grand couloir longeant les fenêtres en façade. Un bureau métallique en barre presque l'accès. Deux trentenaires vêtus de blouses blanches sont assis derrière, en train de discuter.

— C'est la nouvelle, on en a parlé ce matin à la réunion. Anne-Lise, voici Jean-Christophe et Nicole, ils sont infirmiers et s'occupent de vous.

Attentive, Nicole observe l'adolescente et comprend rapidement que, sous ses airs bravaches, Anne-Lise est submergée par la peur. Elle se lève et lui tend la main.

— Bienvenue dans ton nouveau chez-toi.

Anne-Lise répond au salut du bout des doigts en s'abstenant de sourire. Nicole se tourne vers sa collègue.

— Je vais lui montrer sa chambre.

— OK, j'attends ici, je dois l'emmener en classe juste après.

— Il y en a pour quelques minutes. Tu me suis ?

Elles passent devant deux grandes chambres avant de pénétrer dans une troisième. Celle-ci contient six lits, trois de chaque côté, chacun doté d'une armoire de fer colorée et d'une petite table de chevet surmontée d'une étagère. Au bout de la pièce une grande fenêtre surplombe un radiateur en fonte.

Anne-Lise repère l'armoire laquée de noir ouverte et vide et le lit fait au carré. Elle y pose son sac et se plante devant la fenêtre pour regarder au-dehors. Il faut qu'elle se retienne de pleurer.

Nicole vient se mettre à ses côtés.

— Le lit de Linda est juste à côté du tien. Elle a treize ans, comme toi. De toute façon, on ne prend personne en dessous de douze ans.

Une pensée horrible traverse l'esprit d'Anne-Lise : et si ses parents attendaient ce moment depuis longtemps pour enfin pouvoir l'enfermer ? Nicole tente de la rassurer :

— Ne t'inquiète pas, c'est une école comme une autre, tu seras juste au pensionnat, comme dans les films. Et avec le médecin, nous allons t'aider et te soigner afin que tu retournes très vite chez toi. D'accord ?

Anne-Lise ne réagit pas, les yeux envahis par la pulpe grise du ciel au-dehors, le corps parcouru de frissons. La voix de l'infirmière l'indispose, mais elle ne doit pas frapper. Son père lui a appris une astuce qui a l'air de fonctionner : « Retiens-toi en sachant que tu le feras de toute façon, plus tard, et le plus violemment possible. » Pour l'instant, elle ne sait pas trop sur quoi elle va se défouler, mais elle trouvera.

— Tu rangeras ton sac ce soir, prends juste tes affaires de classe et ne crains rien, nous restons en permanence dans ce couloir et aucune fille n'a le droit de venir seule dans les chambres.

— Et les autres, elles ont quel âge ?

Nicole lâche un sourire de surprise.

— Eh bien tu parles, finalement ! Dans ta chambre, cela va de treize à quatorze ans, pas plus. Ensuite, on va jusqu'à dix-huit ans, on ne peut plus s'occuper de vous après. Nous avons quarante patientes en tout, la chambre des dix-sept ans se trouve à l'étage du dessus, et il y a trois classes mixtes de la cinquième à la terminale, quoique, en ce moment, seules trois de nos filles préparent le bac.

L'adolescente pense : « Quarante patientes ? Des malades ? Mais de quoi ? Et moi ? De quoi suis-je malade ? »

Nicole semble lire dans ses pensées.

— Oui, on vous appelle patientes, parce que vous êtes là, avant tout, pour vous soigner, comme je te l'ai dit, afin de retourner le plus vite possible chez vos parents.

Anne-Lise secoue la tête avec dégoût.

— Je ne veux pas prendre de drogues.

— On verra, ce n'est pas obligatoire. Ici, ce sont surtout des soins psychologiques. Allez, viens, Mara nous attend.

— Et des filles comme moi, je veux dire qui ont la même maladie, il y en a ?

Anne-Lise s'est rendu compte que le fait de parler dissipe son mal-être.

— Chaque cas est différent, même deux filles anorexiques peuvent avoir deux pathologies complètement opposées. Tu auras ton propre suivi et vous pourrez vous entraider les unes les autres, à condition, surtout, que tu n'agresses personne. Mais j'ai vu dans ton dossier que tu avais promis de t'en abstenir. Si tu en ressens le besoin, viens vite nous en parler.

Anne-Lise se renfrogne.

— Et ça me fera passer l'envie ?

— Non, mais cela t'aidera à comprendre pourquoi ces envies te viennent, et ensuite à les combattre.

— Il n'y a rien à comprendre. De toute façon, je ne frapperai plus personne, j'ai compris la leçon. Vous verrez que je n'ai rien à faire ici.

L'infirmière désigne le haut de survêtement d'Anne-Lise.

— Enlève-le et donne-le-moi, j'essayerai de le recoudre. Tu as un blouson ou autre chose ?

Anne-Lise fait glisser sa veste et la tend à l'infirmière. Nicole a un frémissement devant ses épaules et ses bras couverts de taches bleuâtres et noires, traces des coups qu'elle s'inflige ou qu'elle reçoit lors des bagarres qu'elle provoque.

En voyant le regard inquiet de l'infirmière, Anne-Lise comprend que sa dernière phrase est tombée dans le vide. Elle enfile un sweat à capuche avec un Snoopy dessus, et suit Nicole dans le couloir.

24

— Je vous présente Anne-Élisabeth Lartéguy, elle est en cinquième.

La classe est composée d'une vingtaine d'élèves divisées en trois groupes. Anne-Lise va s'asseoir à un petit bureau du côté des plus jeunes. Le professeur, un bel homme d'une quarantaine d'années, enseigne le français, l'anglais, l'histoire et, insiste-t-il, la musique. Il explique qu'ils sont actuellement en cours d'histoire de la civilisation grecque et qu'elle rencontrera le professeur principal le lendemain matin.

Dès que Mara a refermé la porte derrière elle, il apporte à Anne-Lise un cahier et des feuilles, ainsi qu'un livre d'histoire de quatrième, deux stylos et une petite règle en bois. Il est interdit d'avoir sa propre trousse, mais elle a droit à une pochette à élastique afin de ranger son matériel.

Le professeur retourne sur son estrade et reprend son cours sur le théâtre antique. La classe est exceptionnellement calme. Mais les regards glissent sournoisement de l'une à l'autre, devant, derrière, puis sur le professeur, et à nouveau les filles se surveillent. La tension est palpable. Chaque fois qu'Anne-Lise croise les yeux d'une des élèves, elle y voit de la faim, de la crainte ou, parfois, de la provocation. Surtout chez les plus âgées. Anne-Lise a un gabarit de moineau, elle porte des baskets usées, un jean démodé et un sweat trop grand pour elle, ce qui la fait paraître encore plus chétive. Mais sous ses cheveux très noirs et brillants qui s'emmêlent sur son visage, ses yeux d'un bleu d'acier étincellent comme le clash de deux épées à chaque regard croisé. On la sent elle aussi tendue et en mode survie, que cela soit dans le rôle du prédateur ou celui de la proie.

Elle détaille discrètement les filles autour d'elle. Sur la vingtaine d'élèves de la classe, six au moins ont des problèmes d'anorexie, deux d'obésité et quatre ressemblent à des déménageurs tant elles sont musclées. Toutes font partie des plus vieilles. Viennent ensuite les apathiques à l'air absent, comme drogué, et, au contraire, celles prises de tics – l'une se gratte inlassablement les poignets, l'autre hausse les épaules en poussant des soupirs et la troisième est prostrée au-dessus de sa feuille comme si elle cachait quelque chose sous son ventre et qu'elle craignait qu'on le lui vole.

Deux filles, non loin d'Anne-Lise, paraissent bien dans leur peau. Juste devant elle, la première, les cheveux bruns dressés en crête sur le crâne et vêtue de noir comme une gothique, mâchouille un gros chewing-gum tout en se balançant d'avant en arrière sur sa chaise ; la seconde, sur sa droite, ne prend aucune note, trop occupée à se limer les ongles avec grâce tout en observant son travail d'un air satisfait. Elle a de longs cheveux blonds décolorés, aux racines noires qui lui donnent un certain charme, et son chemisier rose pâle laisse entrevoir un soutien-gorge en dentelle violet. Elle porte pas mal de bijoux – bagues, chaînes en or aux poignets et au cou. Soudain elle lève les yeux sur Anne-Lise au moment où celle-ci tente de voir si la bimbo a une vraie poitrine ou non. L'adolescente replonge le nez dans son cahier en rougissant. Ce qui semble amuser la blonde.

Anne-Lise fait un bond lorsque la gothique devant elle se retourne pour lui demander :

— T'as des CD ?

Anne-Lise reste ébahie en voyant que la fille a souligné ses paupières de gros traits de marqueur noir indélébile. D'ailleurs quelqu'un a frotté avec insistance pour enlever les traces, ne réussissant qu'à les faire blanchir tout en irritant la peau.

— Hein, quoi ? Des CD ?

La gothique force la voix pour lui donner des intonations de dure à cuire :

— Ouais, des CD, de la musique.

— Oui, j'en ai, dans mon sac au dortoir. T'écoutes quel genre de musique ?

— Je m'en fous, tu pourras m'en prêter ?

Elle est sur le point de répondre, quand la blonde sur sa droite la coupe net :

— Nan, ne lui prête pas tes disques.

La fille à la crête pivote pour foudroyer l'intervenante du regard.

— Putain, Linda, occupe-toi de ton cul !

Puis elle se remet face à son bureau pour faire mine de copier le cours. Anne-Lise écrit quelques phrases à son tour avant de murmurer à la blonde :

— C'est toi, Linda ?

L'autre lui fait un sourire moqueur.

— Et toi t'es qui ? Snoopy ?

Quelle idée elle a eue de mettre ce sweat de bébé !

— Hein, non, je m'appelle Anne-Lise.

— Anne ou Lise ?

— Lise, si tu veux, Anne, c'était le nom de ma grand-mère.

— C'est Nicole qui t'a parlé de moi, c'est ça ?

— Oui, j'ai le lit à côté du tien dans la chambre.

— Supeeeeeeer…

Linda se replonge dans le limage de ses ongles. Vexée, Anne-Lise feint de se désintéresser d'elle.

Après le cours, Anne-Lise suit le mouvement et se retrouve à la cantine. Une des surveillantes à l'entrée lui confie un badge de couleur bleue, avec sa photo et son nom dessus, en lui expliquant que c'est obligatoire pour pouvoir manger. L'adolescente se colle dans la file et récupère un plateau et des couverts, comme dans une cafétéria. Quantité d'entrées et de plats chauds sont étalés, sauf que l'on ne peut pas se servir librement. Des agents en blouse regardent le badge de chacune et proposent une sélection de plats. Les obèses ont un badge rouge et, en guise d'entrée, c'est à peine si on leur permet une demi-tomate et un radis. Les anorexiques, en revanche, sont carrément mieux loties. Anne-Lise a droit à une tranche de pâté suivie de poulet avec des frites. Au moment des desserts, une bonne trentaine de filles commencent à aller et venir dans le réfectoire. Toutes grandes et baraquées, ressemblant davantage à une équipe de rugby qu'à une troupe de pom-pom girls, elles font régner une certaine tension. Anne-Lise aperçoit certaines des plus maigres glisser leur dessert, yaourt, fruit, petit paquet de biscuits, dans leurs poches. « Il doit y avoir un véritable marché de la bouffe, ici », pense-t-elle.

Munie de son plateau, elle va s'asseoir à côté de la gothique, seule au bout d'une table.

— Je peux ?

La punk relève la tête en enfournant une fourchette de pâtes.

— Vas-y, Snoopy, on va pouvoir parler musique.

Anne-Lise pose les fesses sur le banc. Une voix railleuse jaillit dans leur direction :

— Hé, Carla, tu comptes te faire la nouvelle !

Des rires éclatent, provenant d'une tablée voisine où musclées et maigres se mélangent. La dénommée Carla leur fait un doigt, puis se remet à dévorer ses pâtes. Anne-Lise, intriguée, se penche vers la punk pour ne pas qu'on entende sa question :

— Pourquoi elles sont si baraquées, ces filles ?

— Ce sont des folles du sport et des stéroïdes, c'est des drogues, ça les rend agressives et ça leur détruit le corps, c'est pour ça qu'elles sont là. Le problème, c'est qu'elles sont en manque de bouffe. Mais on les emmerde, ces connasses, t'inquiète, Snoopy. Alors, tes disques, tu me les prêtes ?

En temps normal, Anne-Lise aurait eu une envie folle de se jeter sur le groupe des sportives pour les massacrer. Alors qu'à présent sa volonté de se sociabiliser et le fait de découvrir des créatures aussi différentes qu'elle la laissent fascinée. Elle se redresse et passe les bras au-dessus de sa tête pour enlever son sweat-shirt et se présenter dans son débardeur noir. Carla pousse un sifflement admiratif en voyant les bleus sur sa peau.

— Putain, t'es une vraie, toi !

Toute fière, Anne-Lise attaque son pâté, puis, en faisant exprès de parler la bouche pleine tout en prenant une voix de mec, elle demande :

— Alors, tu veux quoi, comme zic ? J'ai de tout, du Supertramp, du Queen, du…

— Nan, je t'ai dit, laisse tomber. Ne lui donne pas tes CD.

Linda vient de poser son plateau en face d'elle.

— Ça va, je fais ce que je veux, de quoi tu te mêles encore ?

Carla agite sa fourchette devant Anne-Lise.

— Méfie-toi, c'est une folle, elle va vouloir t'emmener avec elle.

Anne-Lise tourne la tête vers la blonde, affichant un air sarcastique.

— M'emmener où ? Dans le bois derrière ?

Linda répond par un petit sourire moqueur avant de changer de sujet :

— Je suis curieuse de connaître ta maladie, t'as l'air… normale.

C'en est presque vexant. Anne-Lise rétorque :

— Et toi, c'est quoi ton problème ? T'as treize ans et tu veux te faire sauter ?

Linda découpe délicatement un radis en deux avant de le porter à sa bouche. Elle attend d'avoir avalé sa bouchée avant de répondre :

— On est toutes pareilles, on a toutes besoin d'amour. Mais on est différentes. Au début, quand t'arrives ici, tu te dis que non, c'est pas vrai, ce sont les autres qui sont différentes. Tu es là, tu essayes de te montrer, tu crois que tu vas plaire parce que t'es entourée de plus tarées que toi. Mais tu vas vite voir que c'est faux. On nous rejette, on nous déteste, et tu sais pourquoi ? Parce qu'on fait peur. Même toi, Snoopy, je suis sûre que tu leur fous une trouille terrible, aux gens du dehors. Pour l'instant, t'as pas envie de te faire vomir, ou de te scarifier, ou je ne sais pas ce que tu peux faire, mais ça va revenir. On est différentes, c'est la seule vérité, et on nous juge pour ça.

Anne-Lise observe Linda en silence. Celle-ci, des petites flammes dans le regard, ajoute :

— Tu crois que je m'habille comme ça et que je me fais belle pour plaire aux mecs ? C'est le contraire, petit Snoopy, je leur montre ce qu'ils n'auront jamais. Et ces abruties, là-derrière, qui nous traitent de lesbiennes, en vérité, tu sais ce qu'elles veulent ? Moi, elles me veulent moi, elles aussi.

Anne-Lise examine le groupe qui continue de les mater en se moquant d'elles. L'image se met en place dans son cerveau : elle va vider son plateau sur le sol et se diriger vers les grandes. En frappant avec le tranchant on peut faire des dégâts.

Comme par hasard, deux surveillantes viennent se placer entre les deux tables, demandant aux grandes de cesser leurs ricanements et de manger, sans lâcher Anne-Lise des yeux. Comprenant qu'elle est surveillée, celle-ci replonge le nez dans son repas. Linda la jauge d'un air appréciateur.

— Finalement, tu n'es peut-être pas si normale que ça.

Anne-Lise se sent flattée.

25

Après le déjeuner, les élèves ont une heure de récréation. Elles se retrouvent sur une grande terrasse aux balustres de pierre à l'arrière du bâtiment, avec vue sur de vastes bandes d'herbe grisées par le froid, encadrées d'allées de gravier, avec, tout de même, une fontaine de ciment au milieu. De toute façon, il est interdit de quitter la terrasse. Sur le côté droit, quatre grandes portes vitrées s'ouvrent sur une ancienne salle de bal reconvertie en préau, au fond duquel se trouvent les toilettes. La salle n'est pas chauffée, mais elle a de l'allure avec ses lustres en cristal suspendus à plus de cinq mètres de hauteur. Des bancs sont disséminés un peu partout, et les filles discutent par petits groupes. Quelques-unes – les plus grandes – fument à l'extrémité de la terrasse, collées au mur, sous l'œil indulgent des surveillantes qui font de même.

Anne-Lise traîne un moment avec Carla la gothique, qui rêve de s'en griller une, tout en cherchant Linda des yeux. Elle remarque le manège de celles qu'elle appelle l'équipe de rugby. Une demi-douzaine de filles baraquées entre quatorze et quinze ans, qui entourent en permanence une grande fille de dix-sept ans au gabarit de catcheur. Son visage respire la méchanceté, et ses compagnes tournent autour d'elle comme des mouettes autour du corps d'un pigeon éventré. Elles vont harceler les anorexiques, ainsi que d'autres filles qui font partie des craintives ; Anne-Lise comprend qu'elles récupèrent les desserts pour leur propre compte, un vrai racket organisé sous la menace. Elle les voit ensuite s'éloigner discrètement vers l'intérieur du préau. Tout au fond sur la gauche, une partie de la salle est clôturée par des barrières en bois, des rubans de travaux et de grands panneaux triangulaires sur lesquels est inscrit : « Danger. Risques de chute ». Elle donne sur une autre terrasse, plus petite, au sol lézardé et aux balustres défoncées par le temps. Les baraquées passent sous les rubans et vont s'installer dans un coin à l'abri des regards. L'endroit, protégé par un toit de tôle ondulée, sert à stocker la bétonneuse, la brouette et les outils. La cheffe s'assied sur une planche posée sur deux piles de parpaings au bord de la petite terrasse, et les autres lui donnent les gâteaux, cakes, fruits et yaourts qu'elles ont récupérés. La grande s'occupe de la redistribution. Anne-Lise a presque de la peine devant les yeux brillants des filles. Une tension liée à la peur les prend tandis qu'elles engouffrent à toute vitesse les sucreries. Cela va au-delà de la gourmandise, il s'agit d'une véritable toxicomanie, et elle comprend cela. Elle connaît les douleurs du manque, la soif et la détresse qui amènent la dépression sauvage.

Une surveillante vient la chercher pour l'emmener dans le bureau du professeur principal. Dès qu'elle se retrouve seule, si loin de son foyer, de son frère

Camille, de leur père, Anne-Lise est oppressée. Le professeur, qui s'attendait à rencontrer une préadolescente enragée aux accès incontrôlés de violence, n'a droit qu'à une tête d'enterrement longue comme une piste d'atterrissage pour épaves. Si une couleur caractérisait son état d'esprit à ce moment-là, elle serait d'un gris plombé mouvant vers l'obscurité. En ressortant du bureau, Anne-Lise regrette de ne pas avoir pris son Discman avec elle. Écouter de la musique au casque est ce qu'elle a découvert de plus passionnant dans la vie. Cela l'isole et en même temps l'ouvre sur des univers magiques, parfois lyriques et tristes, d'autres fois enlevés, fusant tels des busards à travers le ciel, virevoltant, planant, plongeant et remontant en piqué vers le soleil.

Plus tard, elle retrouve les filles au gymnase, une autre salle de bal aménagée avec des agrès et un terrain de basket et de hand, où on lui donne un haut et un bas de jogging de coton bleu ciel fourni par l'établissement. Les deux profs de sport, un vieil homme au survêtement passé de mode et une grande femme aux bras musclés, crient comme des adjudants, ce qui, pour Anne-Lise, est assez vivifiant. Elle lève la main pour être volontaire afin de former une équipe de handball. Mis à part les musclées, les filles semblent avoir le sport en horreur. Anne-Lise choisit Linda en premier dans son groupe, ainsi que Carla, qui roule déjà des épaules, puis décide de prendre aussi la meneuse des musclées afin de la mettre dans les buts. La fille refuse d'un air dédaigneux. Anne-Lise hausse les épaules en regardant la prof, qui se met à hurler :

— Béatrice, bouge ton cul et ramène-toi par ici !

La fille maugrée mais obéit. En passant près d'Anne-Lise, elle chuchote :

— C'est moi qui désigne les gens, pas l'inverse.

Un aiguillon de combat tend le dos d'Anne-Lise : elle ne supporte pas ce regard de haine et y répond sans un mot, de ses yeux froids explicitement violents, ce qui semble amuser la grande, qui ajoute :

— T'es nouvelle, tu apprendras.

Le match est une catastrophe. Linda rate toutes les balles, comme si elle avait peur de se blesser, et envoie des coups d'œil furax à sa capitaine, Carla confond football américain et handball en projetant les filles de l'équipe adverse sur le parquet (même lorsqu'elles n'ont pas le ballon), et Béatrice fait exprès d'encaisser les buts, étant donné que c'est une musclée qui a formé l'équipe adverse. Anne-Lise réussit tout de même à planter quelques points, non sans avoir été molestée en traître. Puis elle entend crier son nom et se retourne.

La balle la frappe en plein visage, l'impression d'une claque phénoménale – Béatrice a envoyé le ballon de toutes ses forces. L'adolescente titube. Elle entend le rire de l'équipe adverse, sent monter la rage de son ventre à sa poitrine, jusqu'à ses bras, ses poings ! Une lave chaude qui reflue sur la peau de son visage. Elle se redresse et se trouve face au vieux prof de sport.

— Tombe pas là-dedans, petite.

Les bras tendus le long du corps, les deux poings serrés, Anne-Lise tremble par saccades. Tellement enragée qu'aucun son ne parvient à sortir de ses mâchoires crispées. Un silence de cathédrale s'abat sur le gymnase. Seul le ricanement de la grosse Béatrice résonne, provenant de la cage au bout du terrain.

Le prof se penche pour se mettre à son niveau.

— Tu sais ce qui arrivera si tu provoques une bagarre ? Tu seras privée de sortie pendant plusieurs week-ends. C'est ce que tu veux ? Reste calme, vous vous expliquerez plus tard, il y a un temps pour tout.

« Un temps pour tout »... les mots que lui répète son père. « Tu peux te défouler, mais pas n'importe comment. Retiens ta rage, va courir, nager, frapper un sac de sable, apprends à te contrôler. » Anne-Lise pousse un rugissement de frustration ; elle sait que lorsque cela éclatera, un sac de sable ne suffira pas, mais le vieux prof a raison, ce n'est pas le moment.

Linda pousse un petit cri :

— Elle saigne ! Il faut l'emmener à l'infirmerie.

— D'accord, on va faire une pause. Linda, tu l'accompagnes et tu la ramènes dans trente minutes, pas plus, tu as compris ?

— Oui, monsieur. Allez, Snoopy, suis-moi.

Anne-Lise se contraint à ne pas regarder vers Béatrice : dans le cas contraire, ses poings partiraient malgré elle. Le combat fait rage en elle, mais la voix douce et veloutée de Linda la calme.

Elles quittent le gymnase. Linda sort un mouchoir en papier de sa poche et fabrique deux petites mèches qu'elle fourre dans les narines de son amie, puis elle regarde de tout côté, avant de lui serrer la main et de la tirer derrière elle.

— Viens, vite, et reste contre le mur.

26

Elles courent jusqu'à l'angle du bâtiment, puis Linda leur fait traverser une grande bande d'herbe pour rejoindre le petit bois, où elles font fuir des corbeaux. Anne-Lise ne ressent plus de haine ni de douleur, quelque chose de joyeux et de frais étincelle dans les yeux de Linda et fait tambouriner son cœur. Elle voudrait que leurs mains restent soudées jusqu'à la fin de l'éternité. Enfin, elles s'arrêtent devant un amoncèlement de branches enchevêtrées contre le mur d'enceinte. Linda balaie les alentours de ses yeux plissés avant d'écarter les ramures. Celles-ci dissimulent une petite porte de fer rouillée. Une vieille chaîne et un cadenas la relient au mur, mais quelqu'un, à coups de pierre, a brisé la gâche rongée par le temps. Linda applaudit doucement tout en sautillant sur place.

— À toi l'honneur, Snoopy.

— Comment ça ? Je comprends pas.

Le sourire de la blonde se fige. Elle pousse un soupir de dédain.

— Quoi, tu te dégonfles ?

— Tu veux qu'on fugue, c'est ça ?

— Fuguer ? Non, je veux qu'on s'évade, qu'on parte, qu'on aille vivre la vraie vie, avec des gens normaux !

— Mais on est normales !

— Toi, je ne sais pas, mais moi je le suis. Je n'ai rien à faire avec toutes ces tarées. Ce sont des plaies, des parasites, des saletés de merde. Je ne les supporte plus. Alors, tu viens ?

Anne-Lise ne sait pas trop quoi répondre. Linda la supplie :

— S'il te plaît, je ne peux pas y aller seule. J'ai de l'argent, on pourra prendre le train et aller à Nice, on vendra des glaces sur la plage, on va s'amuser, tu verras.

— Je peux pas, j'ai promis à mon père de me tenir à carreau la première semaine.

— Ton père ? Mais qu'est-ce qu'il a fait pour toi ? À part te faire enfermer avec des folles et te mettre à l'écart des autres ? Tu as vu les guerres qu'il y a ? Tu as vu les jeunes qui se font tabasser par des flics ? Le monde est plein de tarés, et nous, ils veulent nous faire passer pour des monstres ? Tu crois qu'il t'aime ? Tu vois pas qu'il veut juste se débarrasser de toi !

« Mais je suis un monstre », pense Anne-Lise, bien que le germe du doute commence à s'insinuer en elle. Linda a l'air si désemparée qu'elle a envie de la serrer dans ses bras. Tremblant de honte, Anne-Lise fait non de la tête. Linda tente une autre approche :

— Écoute, Snoopy, on n'aura pas d'autre occasion, on va juste faire un tour, une balade, il faut que je respire, que je voie d'autres gens, que je m'éclate. Allez viens, après on rentre.

— Linda... pas maintenant, s'il te plaît. C'est pas que je veux pas, mais c'est pas le jour. Tu comprends ?

Je te promets que dans une semaine ou deux, on ira la faire, ta balade !

Aussitôt, les étincelles se remettent à valdinguer dans les prunelles de la blonde.

— Tu me jures ? Tu me promets que dans une semaine tu m'emmèneras ?

« Tu m'emmèneras ». La formule fait sourire Anne-Lise. Linda a inversé la situation ; sciemment ou pas ?

— Moi aussi j'ai des sous, là-bas, dans mon sac. On ira se faire un bon McDo ! Allez, s'il te plaît, il faut qu'on y retourne.

— OK, OK, OK, tout de suite, ma chérie. *Subito, subito !*

En deux secondes, Linda a remis les branches devant la porte et est partie en courant dans l'autre sens. Cette fois, elle ne lui a pas pris la main. Anne-Lise esquisse un sourire et s'élance à sa poursuite.

Quand elles rejoignent le gymnase après être passées à l'infirmerie, où les deux filles ont pouffé pendant une demi-heure en se moquant de la grande Béatrice, la tension dans les bras d'Anne-Lise est retombée et il n'y a plus aucune envie de vengeance dans son âme, ce qui est inhabituel. La professeure lui annonce qu'elle lui a mis vingt sur vingt pour son implication et son esprit sportif, ce qui l'emplit de joie. Le temps qu'on leur distribue deux tranches de pain d'épices pour le goûter, et la classe est déjà repartie dans l'aile gauche pour une fin d'après-midi culturelle à la bibliothèque. Pendant qu'elles marchent en rang dans le couloir, Carla la gothique les rejoint.

Linda se penche vers Anne-Lise :

— Ton pain d'épices, tu le manges pas ?

— Non, j'aime pas trop, tu le veux ?

— Heu, oui, donne-le-moi, pour plus tard.

Anne-Lise lui tend son goûter sous cellophane. Deux musclées remontent à leur hauteur, et Anne-Lise voit que Carla leur file discrètement ses tranches de pain d'épices. Puis elles se tournent vers ses deux compagnes. Linda acquiesce d'un signe, avant de sortir les deux goûters de sa poche et de les leur tendre. Anne-Lise n'en croit pas ses yeux. Certes, son amie a voulu lui éviter la confrontation, et le racket semble admis, pourtant elle ne peut se retenir et tend la main pour bloquer le poignet de Linda.

— Hé, attends, je croyais que c'était pour toi, le pain d'épices !

La voix de Linda tremble :

— C'est pareil, t'aimes pas ça, qu'est-ce que t'en as à foutre ?

Anne-Lise récupère son goûter et le fourre dans sa poche.

— C'est vrai, mais j'aime bien savoir à qui je donne les choses.

Une des deux baraquées lui fait un sourire désolé.

— Écoute, je m'appelle Valérie, et je voudrais vraiment qu'on soit amies. T'es nouvelle, je comprends que ça te choque, mais c'est la solidarité entre filles. On se rend des services, c'est normal. On te filera des clopes ou de l'alcool si tu veux, on peut même t'avoir du shit, mais ici tout le monde garde son goûter pour les filles qui en ont besoin. Allez, donne-nous ton pain d'épices. Tu le feras de toute façon, il y a des règles, c'est comme ça. Il faut qu'on se serre les coudes, tu comprends ?

Linda lui fait oui de la tête, avec, tout de même, un petit air de panique dans les yeux. Anne-Lise rétorque :

— Et ma main dans ta gueule, tu la veux ?

Le sourire de la grande disparaît. Christine secoue sa manche et lui montre un des pions qui remonte les rangs. Valérie dévisage les trois filles ; Linda affiche un air contrit, Carla semble aux anges avec son sourire goguenard, quant à Anne-Lise, son regard est effrayant de tension. Valérie ne se laisse pas démonter.

— On en reparlera.

Anne-Lise fait semblant de lui donner un coup de tête, ce qui la fait bondir hors du rang. Les deux musclées se rapatrient vers l'arrière à toute allure, alors que le surveillant crie :

— Valérie et Christine, vous passerez prendre vos heures de retenue à la vie scolaire.

Carla pouffe de rire en donnant une tape dans le dos d'Anne-Lise.

— Alors, là, Snoopy, tu m'as sciée !

— D'accord, mais toi, pourquoi tu leur donnes ton goûter ?

Elle hausse les épaules.

— Bah, je veux pas avoir d'histoires. C'est déjà bien la merde d'être ici.

Anne-Lise se tourne vers Linda. La blonde montre ses paumes dans un geste défaitiste – elle non plus ne veut pas avoir d'histoires. Anne-Lise se rappelle avoir vu Linda rigoler avec les deux racketteuses pendant le cours de sport. « Après tout, songe-t-elle, si c'est ainsi que ça fonctionne, pourquoi pas ? » Mais son père lui a inculqué le refus de l'injustice et de l'oppression des faibles par les forts, ce qui a provoqué sa réaction. Peut-être a-t-il tort. La preuve, il l'enferme dans une sorte d'école pour filles à problèmes... Toutes ces réflexions l'énervent et sa main droite broie le pain d'épices dans sa poche, avant de le sortir et de le balancer dans une poubelle. Carla voit que Linda est désemparée d'avoir fait une entourloupe à Anne-Lise. Elle se tourne vers elle avec un grand sourire.

— Eh bien, ma Lili, t'es toute triste, viens me faire un câlin.

Un peu gênée, Anne-Lise les regarde se serrer dans les bras l'une de l'autre.

Les trois filles restent silencieuses jusqu'à leur arrivée dans la grande bibliothèque, où elles demeurent ensemble pour lire une pièce de Molière qu'elles auront à interpréter par la suite. Chaque petit groupe d'élèves de la classe a un passage à travailler, et les trois amies passent leur temps à pouffer et à faire les idiotes en jouant Harpagon. La bande de Béatrice leur jette des regards assassins.

À la fin de la journée, Anne-Lise a les joues rougies d'excitation et de plaisir, les vannes s'enchaînent entre les trois filles, ainsi que les petites bêtises. Sans s'en rendre compte, elle s'est adaptée à ce nouveau monde. En fait, dans sa vie extérieure, à la boxe ou au collège, Anne-Lise n'a jamais réussi à se faire de vraies amies. Il y avait bien une fille ou deux, et autant de garçons, qui acceptaient de faire leurs devoirs avec elle, ou de se mettre en binôme lorsque c'était nécessaire, mais il s'agissait d'ados encore plus coincés ou complexés qu'elle. Ici, à l'institut spécialisé Camille-Claudel, toutes les filles peuvent afficher naturellement leur mal-être ou, comme le répète Linda, leur... « différence ».

27

Linda regarde Anne-Lise ranger ses affaires dans son armoire métallique.

— Allez, dépêche-toi, il faut qu'on aille à la douche tant qu'il n'y a pas trop de monde, après on pourra parler de notre plan.

— Quel plan ?

Linda baisse la voix :

— Le plan de notre évasion.

— Tu comptes t'évader cette nuit ?

— Non, ça va, j'ai compris que t'as pas envie, mais on peut quand même préparer.

Anne-Lise soupire tout en récupérant sa serviette et ses affaires de toilette.

— On y va ?

Alors qu'elles se rapprochent du bout du couloir où se trouve la salle de bains commune – les toilettes sont dans un espace séparé à côté des bureaux des infirmiers, afin que les filles n'aillent pas se faire vomir, ou pire, à l'abri des regards –, Anne-Lise commence à sentir l'angoisse lui nouer le ventre. Les pensionnaires entrent et sortent des douches, de la buée flotte dans l'entrée, des rires et des petits cris résonnent, couverts par le bruit du jaillissement de l'eau. Elle ralentit avant de s'arrêter au milieu du couloir.

— Hé, ça ne va pas, t'es toute pâle ? s'inquiète Linda.

— Vas-y, toi, j'irai après. Je préfère quand y a pas de monde.

— Mais je suis avec toi.

Le ton d'Anne-Lise devient agressif :

— C'est bon, j'ai pas besoin de nounou ! Dégage !

D'abord choquée, Linda demeure sans voix, puis elle regarde tout autour d'elle d'un air désespéré.

— C'est ton traumatisme, c'est ça ? Hein ? C'est là que tu t'es fait tripoter ? Ou alors ta mère te faisait prendre des douches glacées ou brûlantes ? Pauvre choute ! Tu crois que t'es la seule ? À ton avis, toutes les filles que t'as croisées aujourd'hui, elles sont là pourquoi ? À cause de leur problème de poids, de nerfs, de solitude, ou bien à cause de ce qui leur est arrivé ? On a toutes morflé ! Oh, c'est sûr, pas au même niveau. Carla, tu sais ce que lui faisait sa mère ? Elle lui mettait des baffes ! Tiens, Noël, tu veux ton cadeau ? Une baffe ! Ton anniversaire ? Une baffe ! Son père, il rentrait du boulot et sa mère lui disait que Carla avait déconné, alors rebelote, le père allait dans sa chambre, et que je te foute des baffes. Pourtant ça, c'est rien ! Moi et d'autres, on aurait vraiment préféré se prendre des baffes. Mais le mal est fait. Ça nous a transformées, sauf que personne ne nous considère par rapport à ce qui nous est arrivé. On regarde juste ce qu'on est devenues. C'est ça, la grande injustice de ce monde de merde ! Alors on a un point commun. Enfin peut-être pas, parce que je t'ai bien entendue quand la prof a dit qu'elle te mettrait vingt sur vingt. Tu as dit : « Putain, mon père va être trop content. » Parce que t'as peut-être morflé un jour, dans une salle de bains ou je ne sais pas quoi, mais t'as quelque chose qu'on est nombreuses à ne pas avoir. Tu sais ce qui faisait le plus chier, Carla ? Ce n'était pas les baffes, non, c'était que personne ne la prenait dans ses bras. Jamais ! Je te laisse, je vais me laver.

Elle pivote et se dirige d'un pas résolu vers la salle de douche. Anne-Lise reste comme une conne au milieu du couloir. Elle ferme les yeux. La colère, comme chaque fois, prend le dessus et, comme chaque fois, elle est dirigée contre elle-même. Les mots de Linda l'ont blessée. Qui est-elle pour envoyer les gens paître ? « Tu te crois seule au monde ? » Pourtant, décidément non, elle ne peut pas prendre sa douche au milieu des autres corps, des mouvements autour d'elle – cela finirait en carnage.

Elle retourne dans la chambre commune. Trois filles en pyjama jouent au Uno sur un des lits. Juste à côté, deux copines sont en train d'écrire sur un cahier en chuchotant. Une petite maigrichonne s'est déjà couchée sous ses couvertures, roulée en boule, ses yeux immenses grands ouverts. Anne-Lise sort son Discman de son placard avant de s'allonger sur son lit. Au moment où elle va enfiler son casque, Carla apparaît, toujours habillée, ses cheveux noirs dressés en brosse sur le crâne. Elle s'assied à côté d'elle en désignant la pochette des CD.

— Alors, t'as quoi comme skeuds ?

Les mots de Linda à propos de Carla lui reviennent en mémoire, et Anne-Lise lui fait un sourire chaleureux.

— J'ai de tout, en fait. Ça va des Clash à Supertramp et Queen.

Tout en glissant deux tablettes de chewing-gum entre ses lèvres, Carla secoue la tête.

— Connais pas.

— T'écoutes quoi, toi ?

— Gogol Premier, du punk français, mais c'est vieux.

— Jamais entendu parler.

— « J'encule mon père, j'encule ma mère, et j'encule les serpillières ! »

— Ah… ouais, ça a l'air bien.

— File-moi Supertruc, t'as l'air de bien aimer.

— Tiens. T'as quoi comme Discman ?

— Hé, j'ai vu comme t'étais tendue cet aprèm, quand la grosse elle t'a shooté le ballon dans ta gueule. T'avais envie de la défoncer, pas vrai ?

Anne-Lise s'assombrit. Elle met un petit moment à répondre, tandis que Carla fait claquer les bulles de son chewing-gum.

— Et toi, t'aurais pas eu envie ?

— Si, bien sûr. Tu sais c'est quoi mon jouet préféré ? Une batte de baseball. J'en ai tapé, des mecs, avec ! Mais ici, faut pas déconner. Tu vois, si j'aurais ma batte, je préférerais démonter une de ces armoires en ferraille que de frapper quelqu'un. Tu sais qu'on est toutes à deux doigts de passer sous jurisprudence, que même nos parents, si ils veulent, ils ne pourraient pas nous récupérer. Ce que je veux dire, c'est qu'ici, faut surtout pas péter un plomb, ils t'envoient direct dans un centre de redressement, et là, c'est plus la même limonade.

À la simple idée de finir dans un centre de redressement, Anne-Lise tremble. À ce moment-là, Valérie et Christine pénètrent dans la chambre et se dirigent vers le lit de la maigrichonne prostrée sous ses couvertures.

Carla les regarde arriver.

— Putain, je sens que ça va pas me plaire.

Elle quitte la pièce au moment où Linda entre, toute pimpante, un grand sourire aux lèvres. À son tour, elle fait la gueule en voyant les deux filles. Anne-Lise l'observe d'un air intrigué. Linda vient se poser à côté d'elle, toute querelle oubliée. Elle sort sa brosse à cheveux de sa trousse et commence à se coiffer.

— Putain, je rêve vraiment de tuer quelqu'un. Je te jure, Snoopy, j'en rêve.

Elle le dit sans la regarder. Anne-Lise s'attarde sur ce qui se passe en face. La maigrichonne gémit : Valérie a glissé la main sous sa couverture et doit la pincer, alors que Christine lui parle :

— On t'avait dit de garder ton goûter, tu le bouffes pas de toute manière, pourquoi tu l'as jeté ?

— Laissez-moi… Laissez-moi… Aïïïïïeeeee… J'ai pas fait exprès.

Anne-Lise observe les autres filles de la chambre. Toutes sont gênées, mais feignent de ne rien voir.

— Putain, vous dites rien !

— C'est comme ça ici, lui rétorque Linda. Chacune s'occupe de ses affaires, et on n'en parle jamais aux blouses blanches.

— Aïe !

Christine vient de gifler la gamine. Anne-Lise se lève.

— Foutez-lui la paix et sortez de cette chambre, c'est pas la vôtre.

Valérie lui lance un coup d'œil ironique.

— Tiens, voilà Snoopy ! Ne t'inquiète pas, on a parlé de toi à Béatrice, elle va s'occuper de ton cas demain. Alors sois gentille, attends ton tour.

Christine se tourne vers elle pour chuchoter :

— Et surtout, mêle-toi de tes affaires.

Mais elle semble regretter ses paroles devant le regard d'Anne-Lise, qui vire du bleu clair à celui, foncé, d'une mer déchaînée.

— Aïïïe.

Valérie a pincé encore une fois sa victime avant de se lever.

— On y va, de toute façon.

Anne-Lise se place devant elle dans le passage entre les lits. Se penchant lentement, elle attrape une serviette de bain qu'elle roule autour de sa main droite, puis se colle à Valérie jusqu'à la plaquer contre l'armoire métallique.

— Laisse… laisse-moi passer.

Vlam ! Anne-Lise a envoyé un coup de poing à quelques millimètres de son visage, en plein dans l'armoire. Valérie bredouille :

— T'es… t'es folle ? Laisse-moi partir. S'il te plaît…

Vlam ! Vlam ! Vlam ! Anne-Lise tape de toutes ses forces. La porte de l'armoire plie sous les coups. Valérie s'est ratatinée, les mains sur la tête, avec l'horrible bruit de la ferraille qui claque dans ses oreilles. Christine est tétanisée. Le visage d'Anne-Lise suinte la folie, donnant l'impression qu'à tout moment elle peut réduire en bouillie le visage de l'adolescente en face d'elle.

— Y a cinq minutes tu voulais pas partir, et maintenant tu as changé d'avis ?

Et *vlam*, encore un grand coup, ce qui fait faire un bond de frayeur ridicule à Valérie, au bord des larmes.

Une voix résonne dans la chambre :

— Qu'est-ce qui se passe ici ? C'est quoi ce bordel !

Stéphanie, une des surveillantes, se dirige à grands pas vers les quatre filles. D'un signe, Christine enjoint à Anne-Lise de se débarrasser de la serviette. Bien que surprise, celle-ci la laisse glisser sur le lit. Un cri s'échappe de la gorge de la surveillante quand elle voit l'état de l'armoire.

— Mais c'est pas possible ! Qu'est-ce que vous avez fait ? Je vous préviens, ça ne va pas se passer comme ça !

Valérie réussit à balbutier :

— C'est l'armoire, madame, elle est tombée, on a essayé de la remettre, elle s'est cassée.

— Vous foutez pas de ma gueule !

Stéphanie tourne un regard suspicieux vers Anne-Lise.

— C'est toi qui as fait ça ?

— Mais, heu, comment elle aurait fait ? la défend Christine.

Anne-Lise n'en revient pas, qu'elles prennent sa défense. Il doit s'agir de la fameuse solidarité qu'elles ont évoquée dans l'après-midi.

— Je veux des explications, je vais devoir me justifier. Je vous préviens, il va y avoir des punitions !

La maigrichonne, assise sur son lit, pousse un cri de désespoir.

— Elle est tombée, on vous dit ! On vous jure, on n'a rien fait !

Elle semble au bord de la crise de nerfs. D'autres filles dans la chambre reprennent en chœur :

— C'est vrai, madame !

La surveillante pousse un long soupir, elle s'apprête à répliquer quand un hurlement retentit. *Hiiiiiiiiiiiiiiii ! Hiiiiiiiiiiii ! Hiiiiiiiii !*

Une petite boulotte d'une quinzaine d'années se tient sur le seuil de la chambre, criant au rythme de ses respirations.

— Charlotte, calme-toi ! Qu'est-ce qu'il se passe ?

— Dans les douches, madame ! Du sang, il y a du sang partout !

Stéphanie se précipite dans le couloir, toutes les élèves sur les talons. C'est la course jusqu'à la salle d'eau. La surveillante se retourne, bloquant les filles d'un bras et appelant son collègue au bout du couloir :

— Samir ! Viens vite, il y a un problème ! Et vous, les filles, ne bougez pas d'ici.

À peine a-t-elle franchi l'entrée que toutes les adolescentes se jettent à sa suite. Anne-Lise, Linda collée à son dos, pousse les autres pour mieux voir. Une des portes de douche est fermée et une flaque rouge s'étale par en dessous. Samir les bouscule pour se frayer un passage.

— Poussez-vous, putain, poussez-vous !

Stéphanie désigne le box fermé. Samir pousse délicatement la porte, pour pouvoir être le seul à voir. Mais la petite maigrichonne qui, cinq minutes plus tôt, était encore prostrée dans son lit se glisse jusqu'au premier rang et envoie la porte claquer contre le mur. Deux mètres plus loin, le corps allongé dans de l'eau stagnante mélangée au sang, gît Carla. Sa main droite serre *Breakfast in America*, le CD qu'elle a sectionné en deux, et son bras gauche, à la manche relevée jusqu'au coude, est strié d'une profonde coupure.

Samir se tourne vers sa collègue.

— Va chercher la trousse, vite !

Puis il lance aux filles :

— Une serviette ! Donnez-moi une serviette !

Dès qu'il en a une en main, il s'agenouille pour faire un point de compression à Carla.

Quand Stéphanie revient, alors que d'autres infirmiers courent déjà dans le couloir, elle ordonne aux élèves de dégager. Quelques-unes résistent, fascinées par le spectacle. Anne-Lise aussi aimerait rester : elle veut savoir. Linda la prend par la manche.

— T'inquiète pas, c'est pas la première fois, elle va s'en sortir.

Sa voix est lasse. Anne-Lise la regarde, affolée, tandis que quelque chose l'étouffe, une profonde tristesse, une douleur intime. Linda prononce la phrase – il faut bien qu'elle la prononce –, mais il n'y a pas de reproche dans son ton :

— Je t'avais dit de ne pas lui donner de CD.

28

De nos jours

À son réveil, Lise était toujours soucieuse, elle avait besoin de réfléchir. Elle se fit couler un café et commuta l'ampli sur CD avant de glisser l'album *Into the Labyrinth* de Dead Can Dance dans la fente du lecteur. « Yulunga » débuta par une longue note chantée parsemée de petits bruits frémissants : un mélange de son indien et gothique au rythme et à l'atmosphère de l'aurore.

Ses yeux s'emplissaient de la lumière de la verrière et son esprit voguait sur les vagues lancinantes de la musique. Paupiette n'aurait jamais dû tirer sur Lucas. C'était tout à fait le genre de combat qu'elle, Lise, maîtrisait : couteau, poings et pieds, coups de tête. Pourtant, elle avait manqué de nerfs, de gnaque, la volonté n'y était pas. Où était sa fureur ? Sa capacité à faire mal ?

Lise se sentait étrangement bien. Quelque chose avait changé dans son corps. La tension était partie, comme à son habitude après une de ses crises, sauf qu'elle semblait très loin. À une distance telle qu'elle donnait l'impression de ne plus jamais pouvoir revenir. Et si c'était possible ? Si la fois où Lise avait lâché la Bête sur les quatre garçons de Bondy avait été la dernière ? Quelque chose au fond d'elle lui soufflait d'y croire. Elle se sentait… libérée !

Pourquoi ? La mort de Boisfeuras ? Ou bien ce qu'il s'était passé cette nuit-là ? Elle avait été frappée, déshabillée, malmenée, puis s'était relevée et avait cogné à son tour. La Bête avait surgi d'entre ses entrailles et s'était déchaînée. Plus le temps passait, plus elle revivait l'enchaînement des événements avec netteté. Les rotules qui se déboîtent, l'œil qu'elle transperce, le sang qui gicle, les chairs qui brûlent… les cris. Le corps humain est résistant, et la Bête se faisait une spécialité de l'abîmer jusqu'à son extrême limite. Jusqu'à tuer ? Non. Lise savait qu'elle n'avait pas franchi cette frontière-là.

Pourtant, le trou noir subsistait. Elle avait pris sa moto, roulé dans la nuit, quitté les lumières pour plonger dans l'obscurité de la zone… et puis plus rien, le réveil glacé dans les poubelles de Paris.

Était-ce pour cela qu'elle se sentait si bien ? Parce que la Bête avait tué Boisfeuras, son parrain ? Parce que enfin elle avait été rassasiée ? « Et cette histoire de gamin égorgé à Bondy ? Juste après mon passage ? » Le fantasme de la mort hantait le Monstre depuis si longtemps… Des larmes coulèrent sur les joues de Lise. Les craintes de son père s'étaient-elles réalisées ? Lise Lartéguy, lieutenante à la PJ de Paris, était-elle une tueuse ?

« Je dois savoir ! Suis-je coupable ou pas ? » Elle appuya ses deux poings sur ses paupières, plongeant son esprit dans une noirceur sans fond. « Bête, dis-moi, parle-moi ! »

La moto sur le goudron luisant, le slalom sur le périphérique, le bourdonnement du sang dans les oreilles. Tu serres la poignée des gaz, tes épaules se hérissent de rage, tes cuisses enserrent la selle, le casque compresse de plus en plus ta cervelle, le bout de ton pied fait claquer les vitesses et l'autre pousse sur le frein. La Bête n'a plus faim, tu brûles des feux, une fourgonnette débouche sur ta droite, il y a un cri dans ton sang, un déraillement et les volets claquent sur tes yeux.

Puis l'odeur de gasoil et de poubelles te réveille.

« Je ne suis jamais arrivée jusqu'à lui. »

Lise détacha les poings de ses paupières, poussa un long soupir.

« Je n'ai pas tué mon parrain, j'ai eu un accident, je ne suis jamais arrivée jusqu'à lui. »

La Bête n'a pas tué, mais elle a eu peur. Si peur qu'elle s'est calmée, recroquevillée, éteinte. Pour toujours ? Lise avait l'habitude de sentir palpiter en permanence l'haleine endormie du Monstre près de son cœur, ce qui lui permettait de se battre avec force et rage lorsqu'elle en avait besoin. Pourtant ce souffle, cette braise, elle ne les avait pas perçus contre Lucas. Avaient-ils disparu ? L'espoir se remit à palpiter dans sa poitrine.

« Je me sens si bien. Fraîche, éveillée, claire. Je ne suis plus fatiguée. »

C'était le moment de reprendre sa vie en main. Désormais, elle respectera les règles au travail. Et puis il y avait Jade et son frère. Camille avait tenté de l'aider, et maintenant il la détestait. Elle ira les affronter et s'excuser. Elle n'avait plus le droit de se cacher, de fuir.

Elle pensa à Solveig. Elle se revit au cours des semaines précédentes, énervée, stressée, travaillant sans relâche, baisant brusquement. Solveig avait supporté l'ancienne Lise, elle devait pouvoir profiter de la nouvelle. « Je vais m'excuser, l'emmener, la charmer, l'embrasser… » Quelle heure était-il ? Neuf heures quarante-cinq. Elle allait lui envoyer un message. « J'irai la chercher à son boulot, et on sortira dans le quartier Jourdain. »

Son portable s'était déchargé et elle dut le brancher avant de pouvoir l'allumer. Aucun message de Solveig. Lise prit son courage à deux mains et appuya sur le petit téléphone vert à côté du nom de Solveig-damour. Au bout de deux sonneries, la communication fut coupée. Ses doigts pianotèrent un message :

Ma chérie d'amour, je suis tellement désolée, j'ai déconné, je ne veux plus jamais te blesser. J'aimerais tant te voir. Ce soir ? Je viens te chercher ? Juste un verre, pour parler. Je t'aime. Dis-moi ? Mille bises d'amour.

Le message était un peu puéril, mais c'était leur manière de faire. Deux minutes plus tard, son téléphone émit la musique de « The Trooper », d'Iron Maiden. Le nom de Solveig clignota sur l'écran lumineux. Lise avait la main qui tremblait ; elle ne savait pas si c'était de peur ou de joie.

— Allô, ma chérie ?

— Lise, je suis tellement désolée ! Tellement désolée !

La voix de Solveig était désespérée, au bord du gouffre.

— Solveig, qu'est-ce qu'il y a ?

— Je… j'ai déconné !

— Mais non, c'est moi, c'est moi ! Dis-moi ce qu'il se passe.

— J'ai voulu le faire pour toi, et… c'était une énorme connerie. Je me sens si mal.

— Quoi ? Qu'est-ce que tu as fait ?

— Une chose terrible ! Terrible ! J'ai tellement honte. J'ai fouillé, et…

— Solveig, où es-tu ? Il faut qu'on parle.

— J'ai quitté Paris, n'essaye pas de me joindre ou de me retrouver avec tes trucs de flique, je… j'espère que tu pourras me pardonner. Je t'aime, je t'aime, c'est vrai, je t'aime… mais je ne veux plus te voir, c'est trop dur.

Elle raccrocha.

29

Folle d'inquiétude, Lise la rappela plusieurs fois, en vain. Elle contacta son service à l'hôpital qui lui répondit que Solveig serait absente pour plusieurs jours, sans vouloir lui donner plus de précisions ; elle réussit même à joindre la gardienne de l'immeuble où logeait son amie : la « petite » n'était pas rentrée chez elle depuis la veille de leur dernière rencontre. Elle fut tentée de contacter Stephen, son pote qui bossait aux écoutes et aux repérages GPS afin d'avoir la dernière position du téléphone de Solveig, mais elle venait de se promettre de ne plus enfreindre les règles. Ce n'était pas la seule raison de son hésitation. Ses yeux se rivèrent sur les matelas superposés sur le plancher. Elle détourna la tête. « Ce n'est pas possible. »

Elle fonça vers la cuisine, ouvrit le congélateur et avala une rasade de vodka. L'alcool glacé lui brûla l'estomac. Elle alluma une cigarette en pensant : « Je vais finir par avoir une haleine de chacal. » Puis : « Solveig n'aimerait pas. » Du coup, elle écrasa sa clope et se rua dans la salle de bains pour se brosser les dents. On aurait dit qu'elle allait se décrocher la mâchoire tant elle frottait avec énergie. Elle se rinça la bouche, cracha, recracha, et s'assit sur le bord de la baignoire.

Le ton de Solveig l'avait bouleversée. Les larmes lui montèrent aux yeux et roulèrent sur ses joues. Pour une fois que Solveig avait besoin d'elle ! Mais pourquoi ne répondait-elle pas ? Et c'était quoi, cette chose horrible qu'elle avait faite ? Afin de l'aider ?

Elle repensa aux paroles de son amie : « J'ai fouillé, et… » Le moment de vérité était arrivé. Elle marcha jusqu'aux matelas, s'agenouilla et les souleva. La pochette en plastique était toujours là, ses élastiques rabattus. Lise l'ouvrit. Tout était en ordre, quoique… Elle la secoua ; il y eut un cliquètement métallique.

Ses doigts sortirent les différentes fiches, chaque dossier accroché par un trombone. Les dernières feuilles étaient volantes. Trois trombones étaient tombés au fond de la pochette, comme si quelqu'un avait lu les pages et les avait remises précipitamment en place. Lise se sentit faiblir ; en même temps, elle se raisonna : il ne s'agissait que de fiches de renseignements sur des criminels en liberté ou en voie de l'être…

Non, ce n'était pas ça le plus important. Solveig avait dit avoir fait quelque chose de grave. Lise envoya les matelas valdinguer sur le parquet. Ils se retournèrent, emportant la couette et les oreillers. Le cœur de la jeune fille cessa ses battements. Par acquit de conscience, elle fouilla, souleva, passa la main sur le sol.

La deuxième barre de fer avait disparu.

Qui l'avait prise ? Solveig ?

Et pourquoi ?

Ses jambes fléchirent d'un coup. Lise se retrouva le cul par terre, les mains plaquées sur son visage, le dos secoué de frissons, quand une décharge électrique lui vrilla le corps. « The Trooper » ! Elle se propulsa à quatre pattes, retourna le matelas, farfouilla dans les draps et récupéra son portable. Ce n'était pas Solveig, mais sa cheffe de groupe.

— Brigitte ?

— Lise, il faut que tu viennes, vite.

— Qu'est-ce qu'il se passe ?

— Paupiette est à l'hôpital. Elle a été agressée tôt ce matin à deux pas de chez toi. Elle était inconsciente, des passants l'ont emmenée aux urgences. Cette abrutie avait laissé ses papiers dans sa voiture et elle vient à peine de se réveiller.

« Ouf, pensa Lise, si Brigitte traite leur copine d'abrutie, c'est qu'elle va bien. »

— Comment ça, agressée ?

— Des coups à la tête, une matraque, une barre de fer, mais elle a réussi à faire fuir son agresseur avant de s'évanouir. Je fonce à Saint-Louis, tu me rejoins ?

— J'arrive tout de suite.

— Lise, il y a autre chose.

Quand Brigitte lui raconta ce qu'ils avaient découvert, Lise sentit quelque chose palpiter au fond d'elle. Sa vue se brouilla et les toits devant ses yeux se couvrirent de bruine.

30

— Je suis passée devant l'hôtel du Nord, je voulais prendre l'écluse où Louis Jouvet allait pécher, mais l'accès était fermé. Alors j'ai fait demi-tour pour emprunter la passerelle. En arrivant de l'autre côté, j'ai entendu des pas dans mon dos, mais j'ai pas fait gaffe.

Paupiette était allongée sous les draps de son lit d'hôpital dont on avait relevé le dossier afin qu'elle puisse se tenir droite. Un bandage entourait sa tête. Lise et Brigitte, accompagnées de Suaut qui notait ses propos sur un cahier, écoutaient son histoire, chacune d'un côté du lit.

— Tu aurais dû m'obéir et dormir un peu plus, lui fit remarquer Lise.

— Tu te rends compte que l'agresseur attendait que je sorte de chez toi ?

Lise serra la main de son amie.

— Comment tu t'es fait surprendre ?

— À cause de ces abrutis de bœuf-carottes ! Ma voiture était au milieu de la ruelle, juste après le pont, il avait plu, les pavés glissaient. J'ai senti le gars se rapprocher dans mon dos, je me suis dit : « Attends, mon coco ! » et j'ai glissé la main dans mon sac.

Purée ! J'avais oublié que j'avais donné mon flingue à l'IGPN après le drame d'hier après-midi. Le temps que je farfouille pour saisir ma bombe lacrymo, j'ai senti comme un avion percuter ma caboche, là, sur le côté. Heureusement que j'avais baissé la tête pour fouiller dans mon sac. Donc, je vois des étoiles, je me retourne comme je peux, le mec me collait, son bras se levait pour me frapper, je me suis jetée, et je l'ai comme qui dirait embrassé, quoi. Et avec le poids que je fais, on s'est retrouvés sur les pavés en moins de deux. Mais bon, je fais pas la fière non plus, j'avais du raisiné plein les mirettes et dans mon crâne, c'était le Grand Prix de Monaco, ça crissait, ça vrombissait, ça y allait à plus de trois cents à l'heure, j'avais l'estomac au bord des lèvres, pour vous dire…

— Ma pauvre Paupiette, compatit Brigitte.

— Tu te fous de ma gueule ?

— Non, je te jure.

— Le Grand Prix de Monaco… rien que ça ! renchérit Lise.

Paupiette, surprenant le coup d'œil qu'échangeaient les policières, éclata de rire, suivie par les deux autres. Suaut releva son stylo, ne sachant s'il pouvait se joindre à elles.

— C'est ça, marrez-vous, reprit la blessée, j'aurais aimé vous y voir. Alors, je continue le rapport ou quoi ? Heureusement que le jeune, là, il est sérieux, mais bon, William, le Grand Prix, tout ça, c'est pas la peine de le noter. Donc, on s'étale sur le bitume, comme deux amoureux enlacés, j'ai le cerveau qui fuit, le gars se tire en arrière mais moi je m'accroche et lui arrache les poches de sa gabardine. Il s'est relevé, je l'ai vu ramasser un truc, un putain de marteau, puis il s'est sauvé.

— Tu lui as fait peur, t'es résistante, bravo, ma Paupiette !

Cette fois, Lise ne riait plus, sa voix était tiraillée par l'émotion. Oui, Paupiette l'avait échappé belle. Brigitte prit un sachet en plastique transparent sur la table de chevet.

— Quand les secouristes ont récupéré Paupiette, elle était dans les vapes. Ils ont ramassé son sac, et il y avait aussi ça, juste à côté. Ça devait être dans les poches de l'agresseur.

— Qu'est-ce que c'est ? Un scalpel ? s'étonna Suaut.

— Deux scalpels, répondit Brigitte, plus une paire de gants de chirurgien et une feuille de bloc-notes pliée en quatre, avec une inscription dessus. La pluie a déformé les lettres, mais on peut quand même lire : « Sans contrefaçon ». C'est lié à une autre affaire sur laquelle on travaille, deux Chinois égorgés boulevard Saint-Denis. Ils avaient été découpés au scalpel et une note similaire traînait à côté de leurs corps.

Lise en avait mal au ventre, mais elle devait dire ce qu'elle savait à ses amies.

— Il y a autre chose, ajouta-t-elle. L'agression de Paupiette constitue la troisième affaire liée à ce tueur au scalpel.

— Comment ça ? l'interrogea Brigitte.

— Martignon m'en a parlé hier, quand je l'ai croisé dans les couloirs du Bastion. On a retrouvé un jeune qui aurait été tué la même nuit et à la même heure que Boisfeuras – c'est juste pour te préciser la date, pas pour dire qu'il y a un lien. Ce jeune a été égorgé, comme les Chinois, mais juste avant il avait été frappé à coups de barre ou de matraque, et le tueur a découpé son bec-de-lièvre au scalpel pour le déposer à côté du corps. Il y avait un mot, aussi, mais Martignon n'a pas voulu me dire son contenu.

— Pourquoi ? s'insurgea Brigitte. C'est nous qui sommes sur cette enquête !

— Tu lui demanderas. En tout cas, à présent, on sait ce qu'il y a écrit sur ce deuxième mot, enfin, on peut imaginer.

— Oui. Le premier : « Puisqu'il faut choisir », le troisième : « Sans contrefaçon »… toi aussi tu connais la chanson. Il devait y avoir marqué : « À mots doux je peux le dire ». Mais quel sens ça a ? Et pourquoi s'en prendre à Paupiette ?

Cette dernière frissonna sous ses draps.

— Et il comptait me découper quoi, le monsieur ?

Lise lui fit un sourire narquois.

— Je ne sais pas, t'as pas de moustache. Quoique, en y regardant de plus près…

Malgré cette pointe d'humour, une lourde inquiétude pesait sur les trois policières. Paupiette ajouta :

— Ah oui, j'ai repéré un truc, aussi : quand je l'ai enlacé, j'ai senti du cuir sous son manteau, comme s'il portait un blouson dessous, et quand il s'est relevé, le manteau s'est entrouvert et je l'ai vu briller. C'était du cuir rouge.

Brigitte remarqua l'air songeur de Lise.

— À quoi tu penses ?

— Je ne sais pas, il s'agissait peut-être d'un motard. Ça nous donne une piste pour le visionnage des vidéos du quartier.

La cheffe acquiesça, faisant signe au brigadier-chef de noter, puis elle donna ses ordres :

— Bon, Suaut, tu vas rester auprès de Paupiette jusqu'à ce qu'on ait un gardien à sa porte, ensuite tu me rejoindras. Lise, on va devoir se partager les affaires. Tu restes sur Boisfeuras, il faut essayer de retrouver Jeanne à tout prix. Il y a aussi du nouveau sur l'enquête de voisinage au passage Monplaisir, Camilla t'expliquera, tu le gardes avec toi. De mon côté, je vais aller voir Martignon et essayer de tirer cette histoire de meurtrier au scalpel au clair. C'est quoi ces cachotteries ? Il commence à me courir sur le système, celui-là ! On va lancer les recherches vidéo en suivant ton idée de motard. Et puis, ce truc me chiffonne vraiment : pourquoi Paupiette ?

— Et moi, justement, qu'est-ce que je fais ?

— Tu te reposes, Paupiette. Mais je te connais, tu serais capable de quitter ta chambre pour enquêter. Je vais te faire envoyer un double des rapports sur les Chinois, et si M. Martignon veut bien coopérer, celui du gars au bec-de-lièvre. Tu vas farfouiller là-dedans et essayer de trouver un lien.

— Un lien avec moi aussi, j'imagine ?

— Ou nous ! Tu sortais de chez moi, après tout, précisa Lise.

Sa collègue fit la moue.

— Quand même…

— Oui, bon, soyez prudentes, en tout cas, reprit Brigitte. Le gars court toujours et il va peut-être avoir envie de finir le travail avec l'une de nous. Lise, on se retrouve ici vers dix-sept heures pour faire le point. Ne t'inquiète pas, ma Paupiette, on te rapportera de quoi manger.

31

Quelques minutes après avoir quitté l'hôpital, Lise poussait la porte de Chez Marcel, un bar branchouille sur le quai. Elle alla se coller à la vitre qui donnait sur le canal ; la pluie crépitait sur le verre et la passerelle surplombant l'eau froissée par le vent avait quelque chose d'intemporel et de romantique. Baudelaire avait habité ce quartier, son fantôme continuait de distiller son spleen à ses habitants. Jean-Pierre, le serveur, lui envoya un « Salut, ma biche » de derrière le comptoir, avant de replonger le nez dans les faits divers du *Parisien*. Si Lise avait besoin de quelque chose, il le saurait bien assez tôt.

Après toutes ces émotions, elle aurait bien commandé un remontant, mais un pincement au cœur la ramena à Solveig, qui lui avait fait jurer de ne plus boire d'alcool fort avant dix-huit heures. Et à cette histoire de barre de fer qui avait disparu, tout comme Solveig. Est-ce que son amie se cachait de quelqu'un ? Ou de quelque chose ? Mais pour quelle raison ? Lise essaya de la rappeler : messagerie, messagerie, messagerie ! Où Solveig pouvait-elle bien se trouver ?

Il y avait une autre raison qui l'avait fait s'arrêter dans ce petit bar. Avec les événements qui s'étaient enchaînés, Lartéguy avait complètement oublié le carnet qu'elle avait récupéré dans le sac de Jeanne. Elle le sortit de la poche de son manteau et commença à le feuilleter. Les premières pages dataient de deux mois auparavant, et les remarques habituelles de son parrain amenèrent un sourire sur ses lèvres. *Nomination : Marchand ou Poiret, ne pas oublier que Marchand t'a cassé chez le préfet l'année dernière, mais Poiret est vraiment mauvais.* Ou bien : *Le Chinois a encore réduit ma facture de restaurant. Il croit qu'il va pouvoir me demander un service. Toujours des services.* Mais aussi un peu de tristesse lorsque Boisfeuras parlait de sa vie privée : *Éric va enfin revenir à Paris, si seulement cela pouvait apporter de la lumière dans ce maudit pavillon d'Auteuil !*

Lise tourna les feuillets jusqu'à atteindre les derniers jours de la vie de son parrain. Son écriture reflétait son humeur du moment : sur les ultimes pages, le stylo s'enfonçait dans le papier, les arrondis se faisaient aigus, les points crevaient presque la feuille. Son parrain était sous tension, mais, malheureusement, il n'enfreignait jamais la confidentialité exigée par son poste et ses expériences passées. Lise était perplexe.

20 novembre, quinze jours plus tôt :

Brunel ! Brunel ! Brunel ! Que veut-il ? De l'argent ? Se venger ? Oui, c'est ça, il nous avait prévenus. Vous ne vous en tirerez pas comme ça, je reviendrai, les balances, on les crève. L'enfoiré, c'est nous qui aurions dû le buter !

Deux jours plus tard :

B. m'a encore rappelé : Tu vas payer ! Et ton pote Lartéguy aussi ! S'il savait que Paul n'est plus. Il serait capable de s'en prendre à elle ?

Martignon a commencé à me chercher des noises quelques jours après ma candidature au Sénat. Ce n'est pas un hasard. Pour qui travaille-t-il ? Il me demande les rapports sur Lise. Qu'il essaye de me planter, c'est de bonne guerre, je m'y attendais, mais pas elle. Il a enquêté sur elle, mais aussi sur moi et sur Paul. Il m'a parlé de Brunel ! Y a-t-il un rapport avec le retour de ce malade ? En même temps, c'est un dossier tellement pourri, n'importe quel magistrat s'intéressant à mon passé se pencherait dessus. Mais on a fait ce qu'il fallait. C'est pour elle que je m'inquiète.

Trois jours plus tard, les mots partaient en zigzags, décousus, comme affolés :

Elle sort la nuit. Elle se transforme ! Une fille ? Un être hybride ! Un monstre ! J'ai découvert son secret ! Et si ça se sait ? Elle me met en danger. Lui parler.

Plus tard encore :

Jeanne m'a suivi, elle sait que je vais la voir. Elle m'a menacé, je ne peux pas lui expliquer. Je ne peux pas prendre de risque. Je vais devoir l'éloigner. Je vais devoir éloigner ceux que j'aime. Pour leur bien. B. m'a rappelé, je lui ai proposé de l'argent, il a dit qu'il était revenu pour nous tuer, Paul et moi. Je dois savoir où il se trouve, je dois le surveiller. Lui aussi. Martignon me demande le dossier de L., je le savais.

Je le savais… Lui ? Elle ? Ce qu'elle fait ? Je dois lui parler. Comprendre, comprendre, comprendre.

Puis venait la page du jour où Lise avait été convoquée dans le bureau de son parrain :

Des détraqués, des malades, et elle ? Ce qu'elle fait ? C'est monstrueux. Ce soir, je lui parlerai. Jeanne est partie furieuse, je lui ai dit que c'était fini. Tant pis, je règle tout. C'était l'occasion ou jamais, ce con de Martignon m'a rendu service. Je dois l'éloigner. Je n'ai plus le choix, B. a compris… Je dois la prévenir. Je lui expliquerai dans la soirée, je l'appellerai, je lui dirai. Avant ou après ?

Enfin ces derniers mots :

L'amour c'est le diable, mais je me battrai. Jusqu'au bout, je me battrai.

32

Les yeux mouillés de Lise étaient encore aimantés par les derniers mots de son parrain : « L'amour c'est le diable ».

Parlait-il de son amour pour elle ? Son parrain avait apparemment découvert son secret, et c'était ce qui l'horrifiait le plus. Lise serrait les mâchoires pour empêcher son dégoût d'elle-même de jaillir de ses entrailles. Quels sentiments avait-il éprouvés à ce moment-là ? Il l'avait écrit : « un être hybride », « un monstre ». C'était pour cette raison qu'il voulait l'éloigner de la PJ, mais pas seulement. Qui était ce Brunel ? L'homme qui avait appelé Boisfeuras dans son bureau le jour de son entrevue avec Lise ?… La honte la submergeait et les larmes dégoulinaient de ses yeux, étalant l'encre comme des taches de sang sur le petit carnet. Elle aurait tant voulu lui parler, s'expliquer.

Son téléphone vibra dans sa poche. Numéro inconnu. Avant de décrocher, Lise se moucha avec une serviette en papier qu'elle roula en boule dans son poing.

— Lieutenant ? C'est Camilla. Je vous attends au Bastion et…

— Qui vous a donné mon numéro ?

— Mais… le capitaine Lancier. Elle m'a dit de voir avec vous pour les nouveaux éléments concernant la mort de…

— Oui, bon, pardon, William, c'est bien William ?

— Euh, non, c'est Philippe, William c'est Suaut.

« Merde. »

— Excusez-moi. Je vous rejoins tout de suite. En attendant, pouvez-vous faire des recherches sur un dénommé Brunel ? Tout ce qu'on a. Et de votre côté, vous avez trouvé quoi ?

— On a peut-être un témoin du meurtre.

— Comment ça, peut-être ?

— En fait, c'est un peu maigre. J'ai épluché les enquêtes de voisinage effectuées par nos collègues de la Sûreté. Dans une rue derrière le passage Monplaisir, une femme dit avoir vu un homme entrer dans un immeuble abandonné à plusieurs reprises la semaine dernière. Il s'agit d'un ancien orphelinat qui appartient au ministère de l'Intérieur. J'ai regardé sur le cadastre, la façade opposée donne sur le passage Monplaisir.

L'instinct de flique de Lise reprit immédiatement le dessus.

— Il faut aller vérifier et interroger cette femme.

— Justement, c'est pour ça que je vous ai appelée. Elle nous attend chez elle jusqu'à quatorze heures, ensuite elle doit partir voir sa sœur qui est hospitalisée à Suresnes.

— J'y vais. Vous n'avez qu'à faire les recherches dont je vous ai parlé, on se retrouve au Bastion.

— Ah, comme vous voulez.

Une pointe de déception perçait dans la voix du brigadier. Lise ajouta :

— Vous pouvez venir si vous voulez. On ira faire un tour dans ce fameux immeuble. Prenez deux Maglite, un appareil photo, des gants et de quoi prélever des échantillons.

— OK, oui, super ! Ne vous inquiétez pas, je suis à scoot, je fais vite. Je prends un deuxième casque au cas où.

— Supeeeeeer… Et juste avant, n'oubliez pas de m'envoyer le nom et l'adresse de la dame.

— Oui, oui, bien sûr, à tout de suite.

— Et n'oubliez pas les chaussons !

— Les chaussons, quels chaussons ?

— Les chaussons pour ne pas laisser de traces.

Lise sourit en imaginant la rougeur monter aux joues de son collègue. Son visage redevint grave lorsqu'elle reporta les yeux sur le carnet. Elle réfléchit intensément, pesant le pour et le contre, puis elle chercha dans ses contacts le numéro de Julien Humbert, un Antillais, ancien gardien de la paix qui bossait au commissariat du 14e arrondissement avant de se faire virer pour des problèmes de drogue. Lise l'avait connu au club de *fight*, ils avaient échangé quelques coups ensemble, c'était un mec bien. Malheureusement, il n'avait jamais vraiment réussi à décrocher de l'herbe. Il en fumait comme d'autres boivent des sirops de fraise, sans que cela affecte ses capacités. Des collègues l'avaient dénoncé et deux cents grammes d'herbe avaient été découverts dans son vestiaire. Elle composa son numéro.

— Hello, Julien, ça va ?

— Ouais, Lise, qu'est-ce qu'il t'arrive, tu t'inquiètes pour ma santé ?

— C'est vrai que tu ne viens plus trop au club en ce moment. Non, j'aurais un petit service à te demander, si tu veux te faire un peu d'argent.

— Ça tombe bien, j'en ai marre des vacances.

— Il faudrait que tu surveilles un mec en dehors de son boulot et que tu prennes des photos des gens qu'il rencontre, c'est surtout ça qui m'intéresse.

— Quoi, sa vie privée ?

— Pas vraiment, plus un truc genre restaurants d'affaires, rendez-vous en ville, si tu vois ce que je veux dire, des politiques, des collègues…

— Donne-moi le nom du gars et où je peux le trouver, je m'arrangerai pour avoir son adresse.

— OK, super, t'es un chou.

33

Années 2000

Dès le lendemain, Anne-Lise, comme la totalité des pensionnaires, a droit aux entretiens avec la directrice et le psychologue afin d'évaluer le traumatisme subi, ce qui fait bien rire Linda.

— Quel traumatisme ? On s'en trimballe une demi-douzaine au moins.

Anne-Lise n'a pas été inquiétée pour avoir donné le CD à Carla. Qui aurait pu se douter que la jeune gothique allait passer à l'acte ? Elle aurait très bien pu casser une fenêtre ou un miroir... ce genre de geste de désespoir était censé être traité par la préventive, or cela faisait plus de deux mois que Carla se tenait à carreau.

— Ils pensent que ton arrivée a déclenché le truc, lui dit Linda lors de la récréation d'après déjeuner.

— Mais enfin, pourquoi ?

— Parce qu'elle voulait peut-être se faire remarquer par toi ?

Le sourire de la blonde est sarcastique, Anne-Lise ne sait quoi répondre. Linda enroule sa pomme dans une serviette avant de la glisser dans sa poche. Anne-Lise, pour sa part, a dévoré la sienne. Elles tournent les yeux vers l'endroit où se trouve la bande de Béatrice.

— Tu vas leur donner ta pomme ? demande Anne-Lise.

— Bah oui, et tu devrais faire pareil, petit Snoopy, tu te prends la tête pour rien. Tu sais, moi aussi j'ai la haine, mais pas à cause de leur racket à la con, ça, je m'en fous. Non, c'est de me faire traiter de différente alors que cette grosse vache, là-bas, on ne voit que ça, qu'elle est différente ! Je fais tout pour me fondre dans le moule, et elle, rien ! Je les déteste ! Imagine : s'il n'y avait pas de Noirs, pas de gros, pas de grands, on serait tous pareils, on ne serait jugés que sur notre aptitude à nous rendre beaux et sur notre intelligence. Toi, au moins, Snoopy, t'es pas différente comme les autres. T'as un look de blaireaute, ça c'est sûr, mais ça peut s'arranger.

— Hé ! Arrête de m'appeler Snoopy.

— Comment tu veux que je t'appelle ? Anne-machin-truc ou Lise ? Tiens, je vais t'appeler Lise.

L'adolescente regarde son amie par en dessous, cachant un sourire timide. Seul son père l'appelle Lise. Elle a envie de prendre la main de Linda dans la sienne et de la serrer. Au lieu de cela, elle dit :

— Tu sais, depuis ce qu'il s'est passé hier soir, j'ai de plus en plus envie de la faire, cette escapade avec toi.

Les yeux de la blonde se mettent à briller.

— Pour de bon ?

— Ouais, d'autant que j'ai l'impression que ce week-end, ça va être chaud pour les sorties.

— Compte sur moi pour te préparer une belle balade, mais chut, voilà la cheffe qui se ramène.

L'infirmière qui s'est occupée de Carla la veille se plante devant elles.

— Andréoni, Lartéguy, venez avec moi. Le médecin a dit que Carla pouvait avoir des visites et elle a demandé à vous voir.

Quand elles entrent dans la chambre, Carla se redresse en repoussant le *Strange* qu'elle lisait, un immense sourire sur le visage.

— Snoopy, putain, je suis désolée d'avoir pété ton disque.

— C'est rien, Carla, de toute façon je ne l'écoutais plus trop, celui-là.

— C'est pour ça que tu me l'as refilé ? Salope, tu m'avais dit que c'était de la bombe.

— Ah ça, vu le résultat, c'en était, de la bombe ! ajoute Linda.

Les trois filles éclatent de rire.

— Eh, non, sans déconner, Snoopy, il faudra que tu me donnes le nom exact de l'album, que je puisse me le réécouter plus tard, en me disant que c'est ce truc qu'a failli m'envoyer dans l'autre monde ! C'est pour ça que je t'ai demandé à toi, t'imagines si j'avais demandé à Linda ? L'autre blondasse, elle ne s'écoute que du Mylène Farmer !

Linda devient rouge comme une pivoine. Anne-Lise n'en rajoute pas ; elle a remarqué les photos de l'artiste dans le placard de sa voisine et sait que le sujet est sensible. D'ailleurs, Linda tente de se justifier :

— Tu devrais écouter les paroles, sans déconner, elle dit des super trucs vrais.

— Genre quoi ? rigole Carla. « Maman a tort » ?

— Tu sais ce qu'elle raconte, cette chanson ? L'histoire d'une fille enfermée dans un asile.

— Ouais eh bien, moi, je préfère Bérurier noir. Tu connais, Snoopy ?

Et Carla hurle :

— « Et vive, et vive, et vive le feu ! »

— Putain, Carla, ferme-la, on va se faire virer.

— Vous avez rien à grailler, les filles ? Ils m'ont servi que de la bouffe en compote, et pas de la compote de pomme.

Linda fouille dans sa poche.

— Bah, j'ai une pomme justement.

— T'es une sœur. Tu la gardais pour les grosses ? Tu leur expliqueras que tu me l'as refilée, elles pourront rien te dire. Total respect pour moi dans c'te boîte, je suis la reine des douches.

Elle commence à croquer dans la pomme. Anne-Lise la complimente :

— C'est pas mal, tes paroles de Bérurier, c'est genre révolutionnaire, on fout le feu, j'aime bien.

— T'es une sœur, une rebelle, je le savais. Et Ministère A.M.E.R., tu connais ? « Nique la police ! Nique la police ! »

Anne-Lise rit.

— Houlà, c'est encore plus chaud ! Si mon père me chope en train d'écouter ça, il va faire une crise de ouf ! T'imagines ? Il est flic.

Une ambiance glaciale tombe sur la chambre. Linda dévisage Anne-Lise comme si elle venait de se transformer en Adolf Hitler, quant à Carla, sa main serrant la pomme devant sa bouche s'est paralysée. Elle déglutit et repose doucement le fruit devant elle.

— Et tu l'aimes bien, ton père ?

— Euh, oui, pourquoi ?

— Rien. T'as de la chance.

Linda referme le magazine qu'elle était en train de feuilleter.

— Bon, on va y aller, là. Les cours vont reprendre dans pas longtemps.

— Oui, merci d'être venues, les filles.

Carla interpelle Anne-Lise avant qu'elle ne sorte.

— Hé, Snoopy, viens voir.

Anne-Lise se rapproche. La punk lui saisit la manche et se colle à elle, les larmes aux yeux.

— Je t'aime bien, je te jure, je t'aime bien. Mais promets-moi un truc, vraiment, promets-moi que jamais, jamais tu deviendras flique comme ton père ! Il faut pas, c'est des enculés, jamais ! Promets-moi, jure-le-moi, Snoopy ! Tous les flics sont des ordures !

— Euh… oui, bien sûr, je te le jure. T'inquiète, je veux faire vétérinaire.

Carla relâche son emprise. Linda revient vers le lit, histoire de briser la glace.

— Moi aussi, je veux devenir vétérinaire. Vétérinaire pour grosses, je leur découperai la viande !

Dans le couloir, Anne-Lise ne peut s'empêcher de demander :

— Qu'est-ce qui lui a pris ? Putain, elle m'a foutu la trouille !

— Elle t'a foutu la trouille ? T'as oublié où t'étais ? Chez les folles !

Sa réponse est acerbe. Anne-Lise n'ose pas répliquer mais, selon son habitude, Linda change d'attitude au bout de trois minutes.

— Il faut que je t'explique, pour Carla. Son père est flic, je sais pas quoi, je sais pas où. Le genre de flic qui traite les Arabes de bougnoules et les pédés de fiottes. Mais c'est pas pour ça qu'elle est comme ça. Les baffes qu'elle se prenait, c'était un hors-d'œuvre par rapport au reste. Son père picolait et il bastonnait sa mère, et Carla aussi. Sauf que quand elle est devenue plus grande, elle a appris à se servir d'une batte de baseball et elle a commencé à défendre sa mère. Sa mère était une cogneuse aussi, elle provoquait tout le temps son père à cause de sa maîtresse, et se prenait des rincées dans la foulée, mais Carla intervenait et le père se barrait. Carla s'est fait monter le cerveau par sa vieille, elle est devenue mauvaise. Elle a suivi son père et elle l'a vu avec sa maîtresse, c'était aussi une flique. Il lui payait des restos, ils rigolaient. Carla a voulu faire plaisir à sa mère, elle a pris sa batte de baseball et elle a tabassé la maîtresse de son père. Elle s'est retrouvée en foyer. Sauf que son père s'est contenté de passer prendre ses affaires et de se rendre au chevet de sa policière. Sa mère est tombée en dépression, elle a tenté de se suicider et elle a rejeté Carla. Elle dit que tout est de sa faute. Les juges l'ont placée ici, personne ne vient la voir. Son père ne boit plus, il refait sa vie comme si elle n'existait pas.

Anne-Lise a froid dans tout le corps. Carla n'a pas plus de treize ans.

— Tu sais ce qui fait le plus mal, Lise ? C'est pas les coups.

— Je n’ai jamais été frappée.

— Alors tu sais.

— Oui.

— Lise, je te l’ai dit, on a toutes un secret. Un jour je te dirai le mien, et il faudra que toi aussi, tu me dises le tien.

34

Après toutes ces émotions, les infirmières et les profs sont aux petits soins avec les filles, et la journée file comme dans un rêve. Anne-Lise, préférant attendre le lendemain matin, se retrouve à nouveau seule au moment de la douche. Christine l'interpelle dans les escaliers :

— Hé, la nouvelle, y a Béatrice qui veut te voir.

Sa doublure, Valérie, surveille le coin d'un air prudent.

— Tu diras à cette pouffiasse qu'elle n'a qu'à se déplacer !

Christine remue la tête d'un air désolé.

— C'est pas gentil, ça, Snoopy ! T'as compris qu'ici, on est toutes solidaires, ça fait partie d'un tas de règles. C'est juste qu'il y en a d'autres que tu n'as pas encore assimilées. Béatrice veut discuter, et puis, tu sais, c'est une sorte d'honneur. Elle a dit qu'elle te trouvait maligne, elle veut passer un accord avec toi. T'es pas curieuse ?

L'adolescente hésite, sensible à cet intérêt, et, tel le corbeau de la fable, se fait piéger.

— OK, d'accord.

— Suis-nous, petit Snoopy.

À l'étage, il n'y a personne derrière le bureau des employés. Valérie et Christine font passer Anne-Lise à toute vitesse devant la première chambre, où deux infirmières tournent le dos à l'entrée, prises à partie par deux filles qui pleurnichent. En arrivant au bout du couloir, Anne-Lise ralentit. Une grande blonde au corps de mannequin, complètement nue, les cheveux enturbannés d'une serviette et des tongs aux pieds, sort des douches, sa trousse de toilette à la main. Elle jette un regard dédaigneux à Christine et Valérie.

— Qu'est-ce que vous magouillez avec cette môme, les boudins ? Dites à Béatrice qu'à force de vouloir bouffer, elle va nous attirer des emmerdes.

Les yeux à hauteur de la poitrine tendue et humide, Anne-Lise baisse la tête en rougissant. Le regard de la blonde se fait perçant :

— C'est qu'elle est mignonne, cette petite ! Quel âge tu as ?

— Treize ans…

— Treize ans, j'ai commencé à me caresser à cet âge-là. Et toi, tu te touches ?

Le visage d'Anne-Lise s'embrase, elle pique du nez vers le sol, les yeux comme aimantés par la toison blonde et brillante de gouttes d'eau.

— Et embrasser, tu l'as déjà fait ? Je veux dire un vrai baiser de salope, avec la langue. Ha ! Ha ! Ha ! Je plaisante, petite ! Allez, je te laisse avec les grosses, ça va pas être le même jeu, tu vas voir, mais tu t'y feras.

Une porte s'ouvre sur leur gauche et Anne-Lise est poussée dans un cagibi garni de balais, de seaux à serpillière et de rouleaux de papier-toilette. Il doit y avoir six filles à l'intérieur, toutes baraquées et plus âgées qu'elle. Béatrice est debout au fond. Un vrai physique de rugbyman, mais de pilier plus que d'ailier. Le corps moulé dans un survêtement noir brillant, des épaules énormes, des seins de la taille d'une tête, et des mains comme des gants de baseball.

— Bonjour, Snoopy, c'est sympa d'être venue nous voir ! Viens t'asseoir.

Sa voix est fluette, mais le pli de sa bouche dénote une cruauté ancrée en elle depuis toujours, ou bien, pense Anne-Lise, depuis qu'elle a commencé à détester la vie, le monde et ses occupants, à détester ce qu'ils renvoient d'elle. Un être gênant, repoussant, une personne qui n'a pas sa place. Ne pensant alors plus qu'à se nourrir et se muscler, afin de grandir plus vite.

Il n'y a qu'une seule chaise, en face de celle sur laquelle Béatrice s'assied. L'atmosphère, étouffante, sent la sueur aigre de celles qui ne se lavent pas souvent.

Anne-Lise préfère demeurer près de la porte.

— Tu voulais me parler ?

— Viens t'asseoir, qu'est-ce qu'il y a ? Tu n'as pas confiance ?

La phrase qui fait tomber les belles âmes du monde dans les pires pièges. La boule au ventre, l'adolescente s'avance vers le fond du cagibi, les ricanements des filles de la bande faisant comme un roulement de tambour autour d'elle.

Anne-Lise affiche un sourire pour dire : « T'es satisfaite ? » en s'asseyant, quand tout à coup des bandes de draps enserrent sa tête et ses chevilles, l'immobilisant sur la chaise. Elle tente de se débattre, mais elle a les coudes plaqués au corps, seuls ses avant-bras gigotent comme ceux d'une poupée. Béatrice fait un signe à une de ses sbires dans son dos, et un nouveau drap passe devant ses yeux pour recouvrir sa bouche et son menton. Furieuse, elle réussit dans un accès de rage à soulever la chaise, pourtant bien maintenue par au moins trois filles, en poussant un rugissement à travers son bâillon. Une gifle la cueille, lui provoquant une douleur foudroyante derrière les yeux.

— Ferme-la ! Tu crois qu'on s'amuse ? Hein ? C'est ça ? Quand on te dit de garder ton goûter ou ton dessert, tu le gardes, t'as compris ?

— Mmmah te fairrr meuhmheumheu ! tente-t-elle, mais la fille dans son dos tire encore plus fort le drap sur ses lèvres, lui tordant la nuque.

« Je te tuerai ! » crie le regard d'Anne-Lise.

Béatrice trouve la scène amusante.

— Elle croit qu'on rigole !

Les ricanements redoublent.

— Valérie, attrape-lui la main droite, et toi, Christine, empêche-la de s'exciter avec l'autre.

La première s'agenouille pour mieux plaquer l'avant-bras de sa victime contre le plat de sa cuisse, tandis que son amie, de l'autre côté, lui tord le poignet en arrière.

Les yeux d'Anne-Lise s'agrandissent d'effroi : Béatrice sort une petite boîte transparente de sa poche de survêtement. À l'intérieur s'entrechoquent de fines aiguilles de couturière argentées, avec leurs petites boules rouges, vertes et jaunes.

Béatrice bloque deux de ses doigts dans son énorme main.

— On appelle ça la torture chinoise. Je vais glisser une aiguille sous ton ongle. Le secret, c'est de ne pas faire saigner, juste déchirer la chair où les nerfs ne sont pas protégés. Qu'est-ce que tu en penses ?

Le corps d'Anne-Lise se tend tel un câble d'acier, elle hurle à travers son bâillon :

— MMMnnoonnnn !

L'expression de Béatrice se fait compréhensive… et la pointe de l'aiguille se pose juste sous l'ongle de sa victime.

— T'as changé d'avis, pas vrai ? Tu as compris qu'on n'avait pas envie de s'amuser, c'est ça ? Tu vas garder tes goûters et desserts et nous les donner, ainsi que tous les colis que tu recevras, parce que tu vas en demander à tes parents et tes grands-parents, avec du saucisson, des rillettes, et des Pitch. J'adore les Pitch, pas toi ?

Anne-Lise fait de grands « oui, oui » de la tête.

Tout autour d'elle, le cagibi donne l'impression de se dépressuriser. Un long soupir silencieux sort des poitrines crispées des filles. Anne-Lise sent, à chaque tremblement de son corps, la pointe de l'aiguille frotter sous son ongle.

— Oui, c'est évident, tu as compris, poursuit Béatrice. Mais je vais quand même te donner une leçon.

À nouveau, l'air dans la petite pièce se comprime – toutes les occupantes en ont avalé une grande goulée et se sentent incapables de la recracher, les poumons tétanisés par la peur. Le cagibi lui-même retient sa respiration. Anne-Lise est d'abord épouvantée, puis son sempiternel sentiment d'injustice vrombit en elle et elle bande ses muscles dans un bouclier de haine et de colère. Cela n'empêche pas un cri inaudible de lui transpercer les entrailles lorsque Béatrice appuie la pointe de l'aiguille sur sa chair.

Dans le couloir, les filles sortent de la douche en riant et en jacassant, sans se douter que tout près d'elles, juste derrière la porte du cagibi, la minuterie d'une bombe est en train de se mettre en route.

35

Lorsque Linda retrouve Anne-Lise, celle-ci est comme un animal enragé. Les mots s'entrechoquent dans sa bouche, ses gestes sont violents et incontrôlés. Linda la menace de l'abandonner si elle n'arrête pas de la griffer ou de lui donner des coups de poing dans les cuisses et les épaules.

— Tu es trop nerveuse, dit-elle en passant de la pommade sur le bout du doigt cramoisi et gonflé de son amie. Il faut faire les choses calmement, et profondément, sans ça, on ne va pas au bout.

— Que… que veux-tu dire ? grommelle Anne-Lise.

— Quand elles t'ont détachée, tu t'es jetée sur Béatrice en croyant que ta colère la vaincrait, pas vrai ? Et elle t'a mis une baffe qui t'a flanquée par terre. Elle pèse trente kilos de plus que toi et elle est deux fois plus forte. Même avec toute la volonté du monde, tu n'as aucune chance. Et même, finalement, si tu l'avais frappée, ça n'aurait mené à rien. Il faut aller au bout des choses.

Elles sont seules dans la grande chambre, toutes les autres étant à la salle télé, à regarder une nouvelle émission où des jeunes enfermés dans un appartement luxueux sont filmés en permanence. Linda grimpe sur la petite table qui sert de bureau pour dévisser l'ampoule du plafond. Malgré les rideaux tirés, la lumière de la lune passe à travers la vitre.

Anne-Lise essaye de contenir ses tremblements tout en réfléchissant aux phrases de son amie.

— Qu'est-ce que tu veux dire, Linda ?

— Es-tu prête à aller jusqu'au bout pour te venger ?

— Tu veux dire la tuer ?

Linda darde ses pupilles brillantes sur Anne-Lise.

— Non, quand même ! Nous sommes des monstres, pas des bêtes.

Le petit rire qui accompagne la phrase sonne faux.

— Quand je dis jusqu'au bout, c'est de ton âme que je parle, pas des conséquences. Nous tenons trop à notre liberté et à notre envie d'aller voir de l'autre côté du mur, pas vrai ?

— Tu as déjà tout un plan dans la tête ?

— Oui, tout un plan, je t'expliquerai demain. Mais les filles vont revenir et tu dois te calmer. Allonge-toi dans le lit.

L'adolescente s'exécute en continuant de trembler. Linda se glisse à côté d'elle et remonte le drap au-dessus de leur tête. Anne-Lise s'affole en imaginant la réaction des autres si elles les découvraient ainsi.

— Ah, tu penses déjà à autre chose qu'à donner des coups, pas vrai ? Tu vois que je sais y faire avec toi, s'amuse Linda en se serrant contre elle.

Puis elle chuchote d'une voix douce :

— Alors, comme ça, tu as croisé la belle Isabelle chez les grandes ? Tu sais que je la connais bien ?

Tout en étant tendue tel un serpent prêt à mordre, Anne-Lise est envahie par une chaleur langoureuse.

— La blonde dont je t'ai parlé ? Elle s'appelle Isabelle ?

— Elle t'intéresse, pas vrai ? Elle m'a montré des trucs.

La gorge de l'adolescente devient très sèche.

— Des trucs ?

— Oui, souffle Linda, tout près de la bouche de son amie, des trucs. Par exemple, on n'est pas obligées de s'embrasser, mais on peut frotter nos lèvres les unes contre les autres.

Les yeux grands ouverts dans le noir, Anne-Lise sent les lèvres de Linda effleurer les siennes, puis appuyer doucement, et à nouveau les effleurer dans un lent va-et-vient. Le sang bat à ses oreilles.

— Et puis on peut aussi sortir le bout de notre langue et le frotter sur celui de l'autre.

La voix de son amie est un peu plus rauque, sa salive est chaude, ses lèvres mouillées. Anne-Lise entrouvre la bouche et sort la pointe de sa langue. Quelque chose brûle dans son ventre, et cette fois, elle ferme les yeux.

36

De nos jours

— Comme je l'ai dit à vos collègues, je n'étais pas chez moi. Ma sœur est hospitalisée, j'essaye d'aller la voir le plus souvent possible. Mes neveux sont venus exprès de Nice, nous pensions que… enfin, nous avons passé la nuit là-bas. Je ne comprends pas, j'ai déjà été interrogée, je suis épuisée, qu'est-ce que vous voulez ?

Lise regarda le brigadier Camilla en tendant la main. Il lui glissa la pochette à rabats qu'il avait apportée sur son scooter à trois roues flambant neuf.

— Madame Asnar, nous sommes vraiment désolés de vous importuner à nouveau, et encore merci de nous recevoir. Je sais que c'est difficile, tout ce que vous vivez…

— C'est terrible… Oh, pardon, je ne vous ai pas proposé… vous désirez boire quelque chose ? J'ai du pastis ou du Martini, ou un café ?

La lieutenante lui fit un sourire doux. Mme Asnar était une femme un peu forte d'une cinquantaine d'années avec l'accent et la chaleur des pieds-noirs. Elle les recevait dans son appartement du deuxième étage, au milieu des bibelots de porcelaine et des photos de famille. Un attirail à tricoter débordait de pelotes de laine sur un grand tapis arabe aux teintes rouges, et des factures d'hôpital se mélangeaient à des magazines people sur la table basse d'où la poussière était bannie.

— Merci, madame, nous n'allons pas rester, je vous demande encore deux petites minutes. Je vois sur le rapport que, quand le policier vous a demandé si vous n'aviez rien remarqué d'anormal dans la journée, ou les jours précédant le crime, vous avez répondu qu'un homme de haute stature se serait introduit dans un immeuble situé en face de chez vous. Vous l'auriez vu, le soir, à plusieurs occasions. Vous rappelez-vous quels soirs ?

— Oui, le samedi et le vendredi de la semaine dernière. Venez voir.

Elle les mena jusqu'à la fenêtre de la cuisine et leur désigna une double porte de bois sur le trottoir d'en face.

— Il devait être dix heures et demie, je crois, après le film. Je suis venue chercher un verre d'eau, je n'allume pas la lumière. J'aime bien boire mon verre d'eau en regardant la rue à travers les rideaux. Et je l'ai vu.

— Comment était-il ?

— Grand, avec un manteau, mais il pleuvait. Il avait une écharpe jusqu'au menton, la tête enfoncée.

— Grand comment ? demanda Camilla qui prenait des notes.

— Vous voyez la porte en bas, eh bien, je dirais que sa tête arrivait à dix centimètres du montant. Ses cheveux semblaient noirs, mais ils étaient mouillés.

— Et l'écharpe, le manteau, ils étaient de quelle couleur ?

Lise interrompit Camilla :

— Madame, on vous demandera de passer au 36, rue du Bastion pour faire une déposition. En attendant, je ne veux pas abuser de votre temps. Vous dites l'avoir vu deux fois ? Et les semaines précédentes ?

— Il est peut-être venu, mais je ne m'en suis pas rendu compte. Je l'ai aperçu le vendredi soir, il trifouillait la serrure, puis il a disparu à l'intérieur. Cela m'a un peu inquiétée, puis je me suis dit qu'il s'agissait d'un SDF qui cherchait un endroit à l'abri de la pluie. Le deuxième soir, il est arrivé pareil, vers dix heures trente, onze heures moins le quart. Il fumait une cigarette, la tête baissée. Il a trifouillé la serrure à nouveau, puis il est entré. Je ne sais pas pourquoi, j'étais rongée de curiosité, quelque chose m'attirait vers cette fenêtre. Je me suis relevée plusieurs fois dans la soirée, pour venir voir, seule dans le noir de la cuisine. Comme si je savais.

— Comme si vous saviez quoi ? demanda Camilla, les yeux écarquillés d'intérêt au récit de la dame.

— Qu'il allait réapparaître. J'ai regardé la pendule, une heure moins le quart. Il est ressorti, a bidouillé la serrure, et il est parti. J'ai compris qu'en fait, ce n'était pas un SDF. Le lendemain, je suis allée voir la porte. Elle était fermée à double tour. Et le soir même, et le suivant, j'ai guetté à nouveau, mais il n'est plus réapparu.

— Et le vendredi, soir du crime, vous n'étiez pas là, précisa Lise.

Elle se tourna vers Camilla :

— Et les autres voisins ?

— J'ai épluché tous les rapports, personne n'a rien vu.

— Eh bien, merci beaucoup, madame Asnar, et encore désolée pour le dérangement. Cela n'a peut-être aucun rapport avec l'assassinat perpétré dans le passage, mais c'est tout de même important. On va vous laisser.

La dame les raccompagna jusqu'à sa porte.

— Ah, une dernière chose ! lança Lise. Le deuxième soir, vous l'avez vu jeter sa cigarette ou l'écraser avant d'entrer ?

— Non, je ne crois pas, enfin, je ne sais pas. Il était de dos, penché en avant, on aurait dit qu'il avait les clés mais qu'elles avaient du mal à tourner, et pour la cigarette, je ne pourrais pas vous dire.

— Ce n'est pas grave, encore merci, madame, et…

Lise aurait voulu ajouter une formule, comme : « Bon courage avec votre sœur », mais cela faisait tellement convenu qu'elle se contenta de répéter :

— Merci.

Mme Asnar la salua d'un regard compréhensif. Elle referma la porte derrière eux et se dirigea directement vers la fenêtre de sa cuisine. Elle vit les deux flics sortir de son immeuble en discutant et traverser la rue. L'homme scruta le sol autour d'eux avant de secouer la tête négativement et de sortir une lampe de poche de son sac, tandis que la jeune femme au visage couvert de bleus s'accroupissait au niveau de la serrure.

Le nez collé au bois moisi de la porte, Lise était perplexe. Il y avait bien des traces de rayures sur le cuivre entourant l'entrée de la clé, mais cela pouvait avoir été fait par n'importe qui. « Et merde, comment savoir si la serrure a été crochetée ou pas ? »

Elle releva la tête.

— Il va falloir appeler la Scientifique.

Camilla dégaina son portable, parla quelques minutes avant de raccrocher ; son expression disait que c'était fichu.

— Ils n'ont personne pour le moment, le serrurier est en banlieue, il devrait revenir vers dix-huit heures. De plus, ils veulent l'accord écrit de Delrieux pour une intervention sur un bâtiment de trois étages, à moins qu'on circoncise l'endroit où chercher.

— Je veux bien qu'on « circoncise » l'endroit, comme tu dis, mais il nous faudrait d'abord le putain de serrurier. Si on crochète la porte, on élimine les chances d'apprendre si notre gars avait les clés ou pas. À moins que…

Lise récupéra une Maglite et observa plus attentivement la serrure.

— Tu as un tournevis ?

— Oui, dans la sacoche du scooter.

— Va le chercher.

Deux minutes plus tard, la lieutenante s'affairait sur l'ouverture de la porte en expliquant :

— Le gars est un pro, il a dû crocheter la serrure le premier jour, et ensuite il l'a démontée de l'intérieur, afin de ne pas s'emmerder à chaque fois. Regarde, il a désolidarisé le système.

Elle fit glisser la lame du tournevis dans l'espace entre la porte et le mur, et l'appuya sur la gâche d'acier pour la faire glisser vers l'intérieur.

— Et en plus, il l'a graissée.

La porte s'ouvrit devant eux.

Lise se tourna vers son subordonné.

— On s'équipe et on y va. Tu fais gaffe où tu marches, il faut qu'on retrouve ce mégot.

Ils enfilèrent les chaussons et les gants, allumèrent les torches, et passèrent à l'intérieur, les longs faisceaux blancs des lampes balayant le sol. Ils effectuèrent un rapide tour du rez-de-chaussée. Toutes les fenêtres étaient murées. Ensuite ils s'engagèrent dans les escaliers. Lise eut un pincement au creux de l'estomac en voyant les grands couloirs, avec les douches et lavabos au fond, et sur le côté gauche les entrées des chambres. De vastes pièces rectangulaires, dont certaines étaient encore occupées de lits rouillés où s'accrochaient des toiles d'araignées. Les souvenirs affluèrent dans sa tête. En même temps qu'une petite lumière clignotait, comme un signal, lui disant qu'il y avait quelque chose d'important dans ces lieux. Ses yeux traquaient le moindre détail, des débris de feux, des restes de repas, des mégots moisis, des canettes de bière… le bâtiment avait été squatté.

Lise inspecta la première puis la deuxième chambre, tandis que Camilla s'occupait du dernier étage. Elle marcha lentement au milieu des papiers déchirés et des bouts de bois arrachés, pour se diriger vers la fenêtre tout au bout. Il n'y avait ni rideaux ni volets et la lumière extérieure peignait la pièce d'une couleur monochrome tirant sur le gris. De la fenêtre, on voyait nettement le passage Monplaisir. Lise se trouvait juste au-dessus de l'endroit où son parrain avait été tué. La vitre était recouverte d'une épaisse couche de poussière, sauf à l'endroit où on l'avait frottée en faisant un rond afin de mieux voir dehors.

« De mieux voir quoi ? Mon parrain en train de se faire assassiner ? »

Elle se mordit l'intérieur de la joue, alors qu'une autre pensée la traversait : « Un guetteur… » Lise examina chaque recoin autour de la grande fenêtre, veillant à se déplacer hors de l'axe principal ; il y avait bien quelques traces de pas, la Scientifique allait peut-être en tirer quelque chose. Mais son idée de guetteur continuait de lui trotter dans la tête ; elle redescendit au rez-de-chaussée et repassa les pièces du fond au peigne fin. Bientôt, elle découvrit ce qu'elle cherchait. Aussitôt, elle appela Camilla :

— Hé, brigadier, venez voir !

Il se trouvait lui aussi au rez-de-chaussée…

— J'arrive, vous allez être contente.

« Mais de quoi parle-t-il ? »

En attendant, son attention se focalisa sur la petite porte de service qu'elle avait repérée. La serrure avait également été trafiquée et la gâche glissa sans peine dans la graisse. Lise poussa le battant, brièvement aveuglée par la lumière. Elle se tenait passage Monplaisir, à quelques mètres du lieu de l'assassinat.

Elle aperçut une silhouette en haut de la rue. Un homme d'une soixantaine d'années, aux larges épaules, à la moustache d'un autre temps, qui parut surpris en l'apercevant. Il plongea les mains dans ses poches, baissa la tête et avança dans sa direction. Il portait un blouson en daim de couleur fauve, à l'image de ces personnages de film des années 1970, et ses cheveux filasse censés cacher sa calvitie voletaient au-dessus de son crâne comme de longues herbes sales.

Camilla arriva, tout excité.

— Mince alors ! Il y a une porte qui donne sur le passage !

— Oui, et elle a été utilisée, lui répondit Lise. Cette fois, il va falloir que la Scientifique envoie l'armada, on tient quelque chose.

— Vous voulez dire que ce serait le tueur ? Alors, on va peut-être résoudre l'affaire plus rapidement que prévu : regardez ce que j'ai trouvé sous les escaliers !

Le brigadier agita un petit sachet transparent contenant un mégot. Les yeux de Lise s'agrandirent de surprise lorsqu'elle reconnut la marque de cigarette. « Mais qu'est-ce que ça veut dire ? »

Une voix cria dans son dos :

— Lartéguy ! C'est bien toi ? Lartéguy !

Elle tourna la tête. L'inconnu était maintenant à dix mètres d'elle ; sa main droite, tendue dans leur direction, serrait la crosse d'un revolver Manurhin à six coups, une antiquité qui tirait des balles de calibre 9 mm Parabellum. Elle eut le temps de voir la haine dans son regard avant qu'il ne commence à vider son chargeur sur eux.

37

La première balle passa sur sa gauche. Lise se jeta sur Camilla pour le plaquer au mur, puis l'envoya au sol. Les deux balles suivantes éclatèrent sur le crépi au-dessus de leurs têtes. L'homme continuait d'avancer. La gueule de son canon cracha des flammes. En voulant protéger Camilla, Lise l'avait fait chuter devant elle et c'est lui qui morfla. Son corps tressauta une première fois contre le sien, puis elle vit la rotule de son genou exploser dans une giclée de sang. Le troisième projectile se planta dans le goudron à deux centimètres de son talon droit.

Clic, clic, clic, clic.

Le tireur la fixait du regard en continuant d'appuyer sur la détente. Lise porta la main sur la crosse de son automatique. Est-ce qu'une autre balle allait jaillir et lui déchiqueter le cœur ? Son agresseur avait lâché le Manurhin, pour sortir un énorme flingue de sous son blouson. Elle plongea dans l'encadrement de la porte. Tout à coup, il y eut des hurlements de femmes qui s'étaient mises à leur balcon. Enfoncée dans l'angle du mur, son Glock serré dans ses mains, Lise attendait que l'homme apparaisse. Qu'est-ce qu'il foutait ? La sueur lui inondait le visage, son cœur battait à mille à l'heure, elle passa la tête dehors ; le tireur fuyait vers le haut du passage. Mon Dieu, ce qu'elle avait eu peur !

Elle sortit et se laissa tomber à genoux près de son collègue blessé.

— Camilla ? Ça va ?

Il gémissait, recroquevillé contre le mur. Du sang imbibait son côté, qu'il comprimait de ses deux mains, sa jambe au genou éclaté tremblait par saccades, mais ses yeux fiévreux de douleur étaient grands ouverts.

— Ça… ça va… sur le flanc, la balle m'a arraché du gras, mais elle est ressortie. Par contre, mon genou… je ne sens rien.

— Ça va aller, Camilla, j'appelle les secours, on en a réparé des pires que ça.

Lise sortit son téléphone et, instinctivement, composa le numéro de sa cheffe et amie.

— Brigitte, on est au passage Monplaisir, un type nous a tiré dessus, Camilla est touché, envoie vite les secours. Le gars est parti en cavale par le haut de la rue, je ne sais pas s'il a une voiture, mais la rue des Cendriers est en sens unique vers le boulevard de Ménilmontant, il va sûrement redescendre, envoie la cavalerie du 20e arrondissement. Il porte un blouson fauve, moustachu, à moitié chauve, il faut faire boucler le quartier de la Banane !

— OK, ma belle, calme-toi, je préviens tout le monde, l'ambulance arrive. Tu dis que le type est armé ?

— Comme un porte-avions, putain ! Grouillez-vous !

Elle raccrocha et se pencha vers le brigadier.

— C'est bon, l'ambulance arrive.

— C'était qui ce fou ?

Il se mordait les lèvres pour ne pas gémir.

— Je n'en sais rien.

— C'est vous qu'il voulait…

Les deux femmes qui avaient crié sortaient de chez elles et couraient dans leur direction, imitées par des voisins.

— Il est blessé ? demanda la plus âgée. On a prévenu la police et les secours, ils seront là dans deux minutes.

Lise lui envoya un regard empreint de gratitude.

— Merci d'avoir crié, sans vous…

— Vous savez, après ce qu'il s'est passé à Paris et à Nice, je m'étais juré d'essayer de faire quelque chose si… si l'occasion, enfin…

— Je comprends, merci.

— Il allait vous assassiner, on l'a vu, toutes les deux. Et puis cet homme, nous l'avions remarqué, avec ma fille, cela fait plusieurs jours qu'il rôde dans le passage, depuis qu'on a trouvé le policier mort.

— Et avant la découverte du corps, vous l'aviez vu dans les parages ?

— Non, jamais. Il traînait en haut du passage, ou en bas, appuyé contre un mur à regarder dans cette direction, comme s'il attendait quelqu'un.

La chair de poule recouvrit les bras de la policière, alors que la main de Camilla serrait son poignet.

— Lieutenant… s'il vous plaît, allez-y. Allez-y !

Pas la peine de faire de longs discours… La rage de Camilla lui faisait du bien autant qu'à elle.

Ça y était, le son de la sirène d'ambulance se rapprochait. Lise planta ses yeux dans ceux de Camilla.

— OK, brigadier, je vais le rattraper, ce salopard !

Elle se leva, dégaina son arme, et partit en courant vers le haut du passage.

38

Au moment où elle débouchait sur la rue Delgrès, l'homme au blouson fauve enfourchait une vieille BMW. Il était à une cinquantaine de mètres, ses yeux se braquèrent sur la lieutenante le temps qu'il enfile un casque noir, puis sa main tordit la poignée des gaz. Lise tapa le sprint de sa vie. Un camion de livraison obligea le motard à grimper sur le trottoir, le ralentissant, mais dès qu'il eut atteint le boulevard de Ménilmontant, il mit les gaz pour le traverser et prendre plein sud vers l'angle du Père-Lachaise. La policière déboula quatre secondes plus tard, et faillit s'emplâtrer dans une voiture de police qui arrivait, sirène hurlante. Lise plaqua sa carte contre la vitre, que le passager s'empressa de descendre. Il s'agissait d'une jeune flique en uniforme ; le conducteur à ses côtés, qui ne devait pas dépasser les vingt-trois ans non plus, se pencha par-dessus sa collègue pour crier, tout excité :

— On était en patrouille sur le boulevard, on vient d'avoir la nouvelle à la radio, vous êtes après le tireur ?

— Oui, il est sur une BMW blanche, casque noir, blouson fauve, prévenez le central qu'ils activent les caméras.

La fille portait un casque audio avec micro relié à sa radio.

— Central et voitures, le suspect descend le boulevard, à moto, heu…

Lise grimpa à l'arrière du véhicule et tendit la main vers le casque de la policière.

— Donnez-moi ça, vite ! Et la radio ! Faites demi-tour et descendez-moi ce putain de boulevard.

Elle fixa le talkie à sa ceinture et enfila casque et micro.

— Il est sur une moto blanche BMW avec un casque noir, il descend Ménilmontant vers l'angle du Père-Lachaise, nous sommes à cent mètres, peut-être deux cents derrière lui. Vous me recevez ?

— Ici voiture 112, nous remontons Charonne dans votre direction.

— Ici voiture 118, nous arrivons vers vous.

Le quartier commença à s'emplir du bruit des sirènes.

— Ici le central vidéo du 12e, qui est l'appelant ?

— Lieutenant Lartéguy de la PJ. J'ai assisté à la fusillade. Vous le voyez ?

— Nous entrons les paramètres.

— Ici la 118, nous venons de croiser le suspect, il nous a vus et a bifurqué. Impossible de traverser le boulevard.

— Ici Lartéguy, où ? Où a-t-il bifurqué ?

— Rue de la Roquette.

— C'est là, à trente mètres, on fonce !

La circulation était fluide, ils doublèrent trois voitures en zigzaguant – le jeune avait de la maîtrise dans les doigts. Lise appela au micro :

— On arrive à Voltaire, vous le voyez ?

— Ici la 112, nous sommes sur le boulevard Voltaire, nous fonçons sur le rond-point.

— Nous aussi ! cria Lise.

Les deux voitures aux lumières bleu, blanc, rouge débouchèrent en même temps sur la place Léon-Blum.

— Ici le central, match vidéo, la moto est rue de la Roquette, sur le haut, en sens interdit, je répète, en sens interdit. Elle vient de passer sur le trottoir devant notre caméra, un bouchon de voitures est en train de se former.

— L'enfoiré !

Lise se pencha vers le chauffeur.

— Vite, appuie sur ce putain de champignon.

Ils débouchèrent sur l'entrée de la rue, mais impossible d'y accéder en sens interdit : un concert de klaxon et les nez des voitures à l'arrêt indiquaient qu'ils risquaient de foutre encore plus de bordel.

Lise s'éjecta de la voiture en donnant ses ordres :

— Prenez par Ledru-Rollin et descendez vers la Bastille. Dites aux autres de bloquer les accès de la Roquette du côté de Richard-Lenoir.

— Mais, lieutenant, qu'est-ce que vous allez faire ?

— Du vélo !

Elle courut vers une station de Vélib' : elle avait repéré un gamin en train de poser le sien.

— Désolée, dit-elle en s'emparant du guidon, je te promets de le déposer à une borne avant ce soir.

Deux secondes plus tard, elle pédalait sur le trottoir de la rue de la Roquette en pensant : « Si tu crois m'échapper, mon salaud, t'as mal choisi ton quartier. T'es chez moi ! » Puis elle ajusta le micro devant ses lèvres.

— Central vidéo, je descends la rue à vélo…

— Le suspect vient de se signaler devant notre point vidéo à l'angle de la rue Keller. Mais pas encore devant celui de la rue Daval. Il a pu bifurquer avant…

La lieutenante passa devant les ruelles sur sa droite et sa gauche ; son instinct lui soufflait de continuer.

Elle le voyait ! Cinquante mètres plus loin. Il était à pied et poussait sa grosse BMW entre des conteneurs de poubelles et des plots de béton et, surtout, au travers de la foule de badauds qui peuplaient la rue à ce niveau-là.

Lise pédala comme une folle, se faufilant entre les passants. L'homme remonta sur sa moto, voulut tourner rue Daval, mais le hululement des sirènes sur le boulevard Richard-Lenoir le fit changer d'avis ; et pas question de prendre la rue de Lappe : une véritable marée humaine en interdisait l'accès. Il mit pleins gaz sur le trottoir pour atteindre la Bastille. Lise n'était plus qu'à trente mètres. Elle pédala de toutes ses forces, arriva sur la place, traversa les passages cloutés et coupa par le grand trottoir devant l'Opéra. Sur le rond-point, l'homme ne s'était pas rendu compte qu'elle le poursuivait. Trois voitures de flics débouchèrent alors de trois avenues différentes. Le motard fonça plein sud. Encore un sens interdit, le long des quais du bassin de l'Arsenal, boulevard de la Bastille, il se faufilait entre les voitures embouteillées. Les véhicules de la police furent obligés de faire le tour, mais pas Lise.

Elle pédalait sur le trottoir, derrière le tueur, quand soudain elle entendit le hurlement d'une grosse cylindrée et fut doublée par une sorte de flash écarlate. Une moto rouge, probablement une Ducati, chevauchée par un conducteur recouvert de cuir rouge et coiffé d'un casque intégral de même couleur.

« Qu'est-ce qu'il fout, ce con ? » pensa Lise, avant de se rappeler les paroles de Paupiette à l'hôpital : « L'agresseur portait un blouson de cuir rouge sous sa gabardine. »

Elle vit la moto rouge dépasser la BMW et continuer vers le fleuve. Non, il s'agissait sans doute d'une coïncidence, quoique… cela faisait tout de même beaucoup de monde à emprunter les sens interdits au même moment. La Ducati avait disparu ; quant à sa proie, elle ne pouvait plus lui échapper.

Elle cria dans son micro :

— À toutes les voitures, à toutes les voitures ! Il va arriver quai de la Rapée, il faut bloquer le pont Morland, vite !

— Lise, c'est Brigitte, on est dans une bana, j'arrive par le Bourdon, on va te bloquer la rue !

— Ici la 112, nous arrivons en bas de Ledru-Rollin, nous serons sur vous dans une minute.

— Ici la 103, nous sommes sur le pont d'Austerlitz, nous arrivons sur le quai.

— Putain, Brigitte, t'es où ? Il vient de sortir du boulevard, je le vois, il s'engage quai de la Rapée, mais en sens interdit encore ! Il va provoquer un accident !

Le cœur de Lise fit une embardée : alors qu'elle venait juste de prendre le dernier virage, les jambes en feu, le souffle en vrac, elle aperçut, deux cents mètres plus loin, la moto qui se couchait et son conducteur qui valdinguait. Elle poussa sur les pédales comme une possédée. Le gars se releva et se mit à courir en arrachant son casque. Celui-ci rebondit devant les roues du vélo, et Lise faillit bien se prendre une gamelle à son tour. Une voiture de flics coupa la route à l'homme, il l'évita et continua tout droit. Plus loin, des gyrophares annonçaient la fin de la partie.

Lise jeta son vélo, dégaina son flingue et courut de toutes ses forces. Des flics sortaient de leur voiture, cherchant du regard le fuyard. La lieutenante sauta par-dessus la barrière du square Albert-Tournaire en criant :

— Il est là-dedans, cernez le jardin !

Le jardin était de dimensions réduites et, heureusement, désert. De hauts arbres s'élevaient du côté du quai, formant une petite forêt sur le pourtour ; du sable crissa sous les pieds de Lise, qui se trouvait sur une sorte de rotonde avec un bosquet feuillu au milieu.

— T'es cuit, le square est cerné, sors de ton trou !

« Putain, il est où, cet enfoiré ? »

Elle s'avança vers le fond, entre les arbres, et elle vit quelque chose bouger de l'autre côté des grilles. Il les avait escaladées pour atterrir sur le toit du tunnel du métro. L'enfoiré se plaquait contre la clôture, à moitié caché par des branches qui traversaient les barreaux.

« Mais qu'est-ce qu'il fout ? »

Elle entendait ses collègues courir et crier autour du square : il était coincé comme un rat. Il ne l'avait pas vue et se tenait accroupi, comme s'il guettait quelque chose. « Est-ce qu'il envoie un message sur son portable ? » Elle fourra son arme dans son dos et passa par-dessus la grille pour se laisser glisser sur le toit de ciment blanc.

Le sol vrombit sous ses pieds. Lise entendit Brigitte crier :

— Lise, où es-tu ? Sors de ce square !

Le fuyard se releva. Son arme à la main, il la regardait. Ils n'étaient qu'à quinze mètres l'un de l'autre. Le sol vibrait de plus en plus. L'homme fit une grimace en forme de sourire puis se tourna et… disparut.

Lise se précipita.

Ils étaient sur le tunnel de sortie du métro aérien. La rame était en train de grimper, juste sous ses pieds, à près de quarante à l'heure vers la passerelle d'Austerlitz qui traversait le fleuve. Son assaillant avait sauté sur le toit de la deuxième voiture ! Il était allongé, une main agrippée aux arêtes de sortie d'air. Son gros pistolet chromé lui avait échappé et tressautait sur la tôle. Dans un dernier rebond, il tomba sur les rails. Lise eut un sourire mauvais. Puis une sourde colère empoigna son cœur.

« Il va s'échapper ! »

Brigitte arriva derrière la grille.

— Qu'est-ce que tu fous ?

Lise calma son souffle, s'accroupit sur la bordure du tunnel. Le train défilait à moins d'un mètre sous elle ; elle n'avait pas le choix, encore deux secondes et elle sauterait. Mais comment faire ? Elle repensa au film de son enfance, *Peur sur la ville*, et plongea. Dès qu'elle toucha le métro, son corps fut soulevé vers l'arrière. Elle s'aplatit sur le ventre, ses mains tâtonnèrent et elle réussit à saisir l'arête qui courait sur le bord du toit, ce qui la fit se retourner et manqua la tuer. Elle eut encore plus peur en se rendant compte qu'elle avait bondi sur la dernière voiture de la rame. Le train prenait de la vitesse. Mais tant qu'elle restait plaquée telle une sangsue sur cette saloperie de toit, tout irait bien.

Elle leva la tête et réussit à distinguer sa proie, beaucoup plus loin. Trop loin. Une sorte d'araignée scotchée aux vibrations du métro qui allait de plus en plus vite. « Je suis complètement barge ! » hurla-t-elle dans sa tête. Elle eut un haut-le-cœur en voyant que le train s'engageait sur la passerelle d'Austerlitz, au-dessus de la masse noire et mouvante de la Seine. Cela bougeait dans tous les sens, impossible de faire le moindre geste, juste rester accrochée, ses doigts comme des serres d'acier crispés sur cette foutue aération. Et dire que, sous elle, des gens pianotaient sur leur portable, lisaient ou regardaient les péniches et les bateaux-mouches défiler sur la Seine.

« Bon, calme-toi, le train va entrer en gare d'Austerlitz et tu pourras descendre. » Un énorme doute l'envahit : et si l'entrée du tunnel de la gare ressemblait à celui de la sortie du quai de la Rapée ? Lise avait remarqué qu'il ne subsistait qu'un espace de dix centimètres entre le toit du train et le plafond d'entrée de tunnel. « Je vais me ratatiner comme une merde ! » Elle essaya à nouveau de lever la tête. « Le gars se fera écrabouiller avant, et peut-être qu'à ce moment-là le train s'arrêtera. Ou peut-être que cet enfoiré sait que l'entrée du tunnel est bien plus haute que ce que j'imagine. »

Alors qu'ils atteignaient le milieu du pont, le train ralentit. Encore quelques soubresauts, un long crissement, puis ce fut le calme plat. La rame avait stoppé. C'était sûrement Brigitte qui avait prévenu la RATP.

Lise poussa un soupir. Les muscles de ses bras étaient si tétanisés qu'elle eut mal en les bougeant. Elle se déplaça tout doucement, au cas où cette connerie de métro se remettrait en route. Elle se positionna à quatre pattes puis, enfin, se mit debout en ayant l'impression que le vent cherchait à la déséquilibrer. La hauteur était impressionnante et il paraissait difficile de descendre : Lise ne voyait rien à quoi s'accrocher. Au loin, l'homme s'était aussi relevé. Il examinait les grandes arches de fer qui montaient en demi-cercle de chaque côté du train. Peut-être y avait-il moyen de sauter sur une des poutrelles pour rejoindre le tablier du pont ?

Les doigts serrés sur la crosse de son Glock, elle se mit en marche. Puis, se rappelant que le tireur n'avait plus de flingue, elle se mit à courir. L'homme se tourna dans sa direction, sa main glissa dans son dos et il poussa un juron de colère en se rendant compte qu'il avait perdu son arme. Quand Lise ne fut plus qu'à une voiture de lui elle hurla :

— À genoux, mains sur la tête !

Quelque chose dans les yeux de l'homme fit se dresser les poils sur ses bras. Elle répéta :

— Tu m'entends, fils de pute ! Fous-toi à genoux et les mains sur la tête !

Il resta debout, la fixant d'un air sauvage.

— Viens me chercher, Lartéguy !

Elle sauta sur la voiture. Il était maintenant à quatre mètres du bout de son arme.

— Comment tu connais mon nom, enfoiré ?

Elle le braqua au niveau du visage, les deux mains serrées sur la crosse.

— Je connaissais ton enculé de père.

— Et tu voulais me faire la peau ? C'est ça ?

Elle n'était pas à l'aise. Le danger rôdait autour d'elle sans qu'elle parvienne à le saisir, alors que d'habitude un sixième sens lui permettait d'anticiper le moindre risque, la moindre attaque. Il fit un pas vers elle.

— Alors, tu viens te battre ?

— Je vais surtout te coller une balle dans le cigare !

— T'as peur, Lartéguy ?

Il se précipita sur elle. Lise eut le temps de tirer, mais le rata. Ils roulèrent sur le train. D'un coup de genou, elle lui broya le foie, puis se dégagea. Son arme avait voltigé dans le vide. « Et merde, je vais devoir me coller un rapport ! », puis : « L'enfoiré, je vais le massacrer ! » Elle se rapprocha pour le frapper, mais il envoya ses pieds dans ses chevilles et la fit basculer. Elle roula sur elle-même pour se rétablir. Cette fois, il allait morfler ! Ses réflexes revenaient. D'un bond, elle fut sur lui et lui cogna le visage.

Le train eut un soubresaut. Il se remettait en marche ! Instinctivement, elle recula. La machinerie cahota, et la rame repartit, à toute petite vitesse. Debout, l'homme la fixait de toute sa haine en passant ses doigts sur sa bouche emplie de sang. Il cracha une dent, son râtelier avait dégusté. Lise le toisa.

— Reste tranquille, c'est fini.

— On se reverra, Lartéguy !

Il prit son élan, courut en diagonale et sauta dans le vide. La policière en eut le souffle coupé. Elle alla jusqu'au bord du métro en faisant gaffe à ne pas tomber sous les cahots. Elle eut juste le temps d'entendre un gros *plouf* avant de voir la gerbe d'eau et les remous qui s'éloignaient. Ils n'étaient pas à une hauteur abyssale : ce salaud allait s'en sortir ! Elle commença à courir, puis freina et manqua dégringoler entre les rails et la rambarde. Nom de Dieu, si elle avait sauté, elle se serait ramassée sur une péniche. Elle rampa sur les fesses en essayant de voir si l'autre enfoiré était remonté à la surface, mais plus aucun remous ne troublait le miroir de l'eau.

Lise se figea en apercevant la moto rouge sur le quai, avec son conducteur en combinaison de cuir tout aussi rouge. La visière, tournée dans sa direction, sembla lui faire un signe, puis la bécane poussa un rugissement en faisant brûler sa gomme dans un demi-tour sur place, pour filer telle une balle vers Bercy.

Le train s'arrêta juste avant l'entrée de la gare d'Austerlitz. Lise sentit de la glace dévaler dans ses veines en voyant qu'elle aurait pu s'écrabouiller comme un moucheron sur l'entrée du tunnel, beaucoup trop basse. Des uniformes de la RATP et de la police nationale l'attendaient au bord des rails, d'autres remontaient le train, fusils-mitrailleurs en bandoulière. On lui fit passer une échelle, et elle put descendre. Brigitte l'attendait de pied ferme.

— Tu m'as fait peur, abrutie ! Et le gars ?

— Cet enfoiré a sauté dans la Seine.

Sa cheffe lui fit un sourire malicieux.

— Tu ne l'as pas suivi ?

— Tu me connais, je suis comme les chats, j'aime pas l'eau froide.

— Tu crois qu'il va s'en tirer ?
— Il avait l'air de savoir nager.
— Fait chier !
— Et Camilla ?
— Il est à Saint-Louis, deux étages au-dessus de Paupiette, sous surveillance. Les chirurgiens craignent un caillot dans le sang, à cause de son genou pulvérisé.
— Merde !
— Lise, je… j'ai vu Martignon, il m'a dit des trucs sur toi, enfin, sur une motarde habillée de…
— Une motarde habillée de cuir, je sais. Ce n'est pas moi. Et puis, quel rapport avec notre enquête ? En revanche, le gars qui a tiré sur Camilla… Allez, viens, on va voir Martignon, justement.
— Mais pourquoi ?
— J'ai deux mots à lui dire.

39

Années 2000

« C'est une belle journée »
Mylène Farmer

Elles prennent leurs économies, plus celles gracieusement offertes par Carla, un pull chaud, son Discman et une brosse à dents pour Anne-Lise, sa trousse de toilette et des culottes propres pour Linda. Elles arrivent à récupérer quelques cakes sous cellophane, ainsi que des pommes, en expliquant aux copines qu'elles comptent s'évader dans la journée. Mais avant, elles ont une vengeance à accomplir.

Le déjeuner est terminé et les filles profitent de leur pause sous le plafond de la salle de bal et sur la petite terrasse pour papoter et fumer. Anne-Lise et Linda ont réussi à éviter Valérie et Christine, qui procèdent au ramassage, et se sont planquées dans un des coins sombres du préau.

— Ça y est, elle arrive, chuchote Linda d'une voix excitée.

Une heure plus tôt, elles ont quitté la cantine avant les autres ; Anne-Lise a fait le guet pendant que Linda bidouillait du côté du banc où Béatrice et sa bande se retrouvent quotidiennement. Quand une surveillante s'est pointée, elle a crié à son amie de se dépêcher, mais Linda est descendue sous le muret soutenant la terrasse et n'est remontée que plusieurs minutes après.

À présent, la question démange Anne-Lise :

— Qu'est-ce que tu faisais en bas du mur ?

— Rien, je vérifiais un truc. Bon, t'es prête ? Tu t'avances vers elle par le côté gauche, d'accord ?

Lartéguy n'est pas rassurée mais elle s'est engagée, c'est une question d'amitié à présent ; à la vie, à la mort !

— OK, j'y vais. On se retrouve le long du bâtiment.

Elle se secoue pour se donner du courage. Linda ramasse son sac en plastique et lui fait un signe, pouce levé. Prenant une longue inspiration, Anne-Lise traverse le préau, trois cakes emballés dans les mains. Elle se faufile entre les pans de plastique et débouche sur la petite terrasse aux rambardes cassées où se trouve la bande des musclées. En voyant les gâteaux, les filles la dirigent vers leur cheffe. Béatrice est assise sur son habituel linteau de bois reposant sur des parpaings empilés, dos aux rubans colorés qui délimitent la partie détruite des garde-corps donnant sur le vide. Quatre mètres plus bas s'étale un minichantier, avec une brouette et des briques à côté d'une bétonneuse. Linda a poussé le banc le plus près possible du bord et mis un parpaing bancal, coincé par un bout de bois prêt à rompre à la moindre secousse, à l'extrémité droite du soutènement. Béatrice regarde les cakes, puis Anne-Lise, un sourire mauvais aux lèvres.

— Je vois que tu comprends vite.

Anne-Lise prend une grande aspiration.

— Toi, par contre, t'es plutôt longue à la détente.

Béatrice n'a pas le temps de réagir. En deux pas, l'adolescente est sur elle. Lâchant les gâteaux, elle pousse la grande. Le banc craque et Béatrice, au lieu de tomber dans le vide, s'affale sur le bord. « Merde ! » pense Anne-Lise. Mais quand Béatrice veut se relever, son pied gauche glisse et elle est emportée vers l'arrière, sous les yeux horrifiés de ses amies. Elles entendent un glapissement, un bruit sourd. Anne-Lise ne peut s'empêcher de regarder en bas. Ce qu'elle voit lui glace le sang.

Linda n'a pas rejoint le bout du bâtiment pour l'attendre. Elle est en bas, à une dizaine de mètres de Béatrice. Elle paraît tétanisée. Non pas à cause de l'accident, mais par la déception. Anne-Lise ne lui connaissait pas ce visage. Elle reporte les yeux sur le corps de Béatrice étalé dans le tas de sable. Elle semble inconsciente. Juste à côté d'elle, précisément sous l'endroit où se trouvait le banc, une dizaine de parpaings remplis de béton ont été disposés, et de chacun d'eux dépassent des tiges de fer rouillées. Si Béatrice n'avait pas roulé sur elle-même avant de tomber, elle se serait empalée sur les tiges !

— Vite ! crie Linda, dépêche-toi !

Anne-Lise s'enfuit, court le long des murs du préau, puis elle se force à marcher d'un pas normal en traversant la grande pelouse qui mène aux murs d'enceinte de la propriété.

40

Une pluie fine s'est mise à tomber. Une fois franchie la porte de fer aux gonds rouillés, les deux filles se retrouvent en rase campagne, devant un spectacle monotone de champs, d'arbres squelettiques, de terre gris et noir. Linda a étudié une carte et prétend connaître le chemin.

— Quand on aura passé le bois, ils ne pourront plus nous trouver. Il y a des centaines de petites routes dans ce patelin. Et puis, tu connais la règle, les filles ne nous dénonceront pas. Avec un peu de chance, personne ne va se rendre compte de notre absence avant ce soir.

Elle fait des bonds dans ses Buffalo à talons compensés, alors qu'Anne-Lise plante ses grosses Vans dans les flaques.

— Putain, il fait pas chaud, hein, Lise ? Quoi ? Qu'est-ce qu'il y a ?

Anne-Lise lève ses yeux sur Linda, veut dire quelque chose, puis baisse la tête et continue d'avancer. La blonde a un sourire mauvais.

— Si tu fais la gueule, t'as qu'à retourner à l'institut !

— Putain ! s'emporte Anne-Lise. Tu te rends compte qu'on aurait pu la tuer ?

Linda prend un air dédaigneux.

— Ah, c'est ça ?

— Tu as mis les parpaings avec les tiges en bas du mur. Hier, quand on a fait notre plan, ils n'y étaient pas !

— Et ton doigt ? Il ne te fait plus mal ?

— Putain, Linda ! T'étais en bas à regarder, à attendre qu'elle tombe, tu voulais la voir crever. C'est pas vrai ?

Une expression rêveuse détend le visage de Linda.

— Elle est tombée comme une merde, la grosse, mais pas là où il fallait…

— T'es complètement folle.

— Et alors ? Regarde-moi, je ne gêne personne, je prends soin des apparences, je ressemble à tout le monde… Après, ce qu'il se passe dans notre tête…

— Mais pourquoi ? Béatrice, elle est comme nous, bourrée de problèmes, c'est juste sa manière à elle de les gérer.

— Non, elle n'est pas comme nous. Elle montre sa différence, elle l'exhibe !

— Tu te rends compte que c'est moi qui aurais été accusée ?

Linda se jette aux pieds de sa copine, lui enserre les genoux.

— Ma chérie d'amour, je te jure que non ! J'aurais tout avoué, j'aurais dit que c'était ma faute, mais je savais que t'allais la pousser sur le tas de sable, c'était pour lui faire peur. Tu me crois, hein ? Allez, arrêtons de nous disputer, on a tant de choses à faire, on va vivre la bohème, on aura un lit d'étoiles.

— « Ma bohème », le poème de Rimbaud ?

— On l'a appris à l'école avec mon frère, et on se le récitait tous les soirs.

— Tu ne m'as jamais parlé de ton frère.

— Ha, ha, tu aimerais bien que je te le présente, hein ? Allez, viens, je sais où trouver des garçons.

— Comment tu le sais ?

— Quand mon père m'a amenée à Camille-Claudel, il s'est arrêté dans un village pour acheter des clopes, et dans le bar, y avait des lycéens. Et aussi un juke-box !

— Alors en route, Arthur, prends ton paletot !

En chemin, Linda explique qu'elle a repéré un village du nom de Guines, « en espérant qu'il ne nous porte pas la guigne ! », qui doit se trouver à moins de quatre kilomètres, puis elle se met à chanter à tue-tête : « Tout est chaos, à côtéééééé ! Génération désenchantéééééééeeeee !!! », ce qui fait d'abord rire Anne-Lise, avant de lui casser les oreilles.

Elles aperçoivent les premières habitations. La petite route se transforme en rue pour aboutir à un grand parking. D'un côté se dresse une église et de l'autre le café des Sports. Linda prend la main d'Anne-Lise.

— Regarde, il y a des motos !

En vérité, il y a une seule petite moto et deux mobylettes dont les chromes étincellent.

Anne-Lise regarde à travers la vitre. Le bar est blindé, il y a même des femmes et des enfants. Toutes les têtes sont dirigées vers un gros écran de télévision.

— Allez viens, je te paye un chocolat, dit Linda.

41

Elles poussent la porte. Le bruit du match de foot rend leur entrée inaperçue, puis un gros chauve au comptoir pousse un sifflement :

— Hé, Raymond, mate ce qui nous arrive !

Le patron, un costaud au pull de laine et au pantalon de velours, jette un œil vers le parking à la recherche d'éventuels parents, puis il hausse les épaules et détourne le visage. Les clients font de même et le brouhaha reprend par-dessus le bruit du téléviseur. Seul le gros au comptoir et son pote moustachu continuent de regarder les deux filles en souriant. Le genre de sourire que des hommes mûrs n'adressent pas à des gamines de treize ans.

Linda repère le coin des jeunes dans une pièce du fond et guide Anne-Lise jusqu'à une petite table à moins d'un mètre d'une banquette occupée par quatre adolescents : trois garçons et une fille qui doivent avoir entre quinze et seize ans. Deux des garçons n'ont pas ôté leur blouson de cuir, style Perfecto ; le troisième est un beau Noir vêtu d'un sweat à capuche gris avec « Slipknot » écrit en rouge dessus ; quant à la fille, elle porte aussi un faux Perfecto et un jean aux genoux tailladés. Un juke-box de table est vissé contre le mur, d'où se déverse une musique violente agrémentée de cris gutturaux. Deux tasses à café et quatre verres d'eau, plus les casques empilés au bout de la banquette, complètent le tableau. Les adolescents scrutent les nouvelles venues d'un air intrigué. Linda leur lance un petit « Salut ! » La fille de la bande toise Anne-Lise d'un air hostile tout en mâchant un chewing-gum. Elle passe un bras autour du cou de son copain noir, histoire de marquer son territoire. Sur sa droite, les deux garçons assis sur la banquette doivent être frères : mêmes yeux marron, mêmes cheveux châtain foncé, sauf que l'un les a longs avec une grosse mèche tombant sur le visage – on dirait Albator, le capitaine des pirates de l'espace –, tandis que l'autre les porte plutôt courts, en une sorte de brosse soyeuse qui dégage son front et son regard malicieux.

Linda a sorti son petit porte-monnaie et ne cesse de tourner la tête en direction du bar pour voir si quelqu'un vient prendre la commande. Le garçon aux cheveux en brosse l'interpelle :

— Hé, vous êtes toutes seules ?

Linda répond du tac au tac :

— On est des aventurières !

— Parce que si tu attends que Raymond vienne te prendre la commande, tu peux t'accrocher. Il faut aller au bar récupérer ses consommations.

Linda lui décoche son sourire le plus charmeur.

— Tu veux pas y aller, toi ? Moi j'ose pas, il y a trop de monde.

— Si tu nous payes un coup, j'y vais.

— D'accord, alors deux chocolats chauds.

Le jeune se tourne vers ses potes.

— Qu'est-ce que vous voulez, les gars ?

La fille fait un sourire méchant.

— Une orange pressée.

Anne-Lise devine que c'est la boisson la plus chère. Les deux autres commandent un Oasis et un Cacolac. Il se lève, Linda lui donne un billet de dix euros.

— Hé, tu ramènes la note et la monnaie !

Il se marre ; il a un côté espiègle, du genre à se foutre de tout. Cinq minutes plus tard, il revient avec un plateau. Dessus, en plus des consommations, il y a un paquet de chips et deux coupelles de cacahuètes.

— Les cacahuètes et les chips, je les ai prises avec mes tunes, précise-t-il en rendant la monnaie. Vous voulez vous asseoir avec nous ?

Anne-Lise et Linda se regardent, puis la blonde hausse les épaules, faussement blasée.

— Si vous voulez.

Elles se lèvent en veillant à ne pas renverser leur chocolat en le déposant sur la grande table avant de s'asseoir en bout de banquette. Linda se retrouve à côté du Black et Anne-Lise de celui qui a la brosse. Il fait les présentations :

— Je m'appelle Kévin, là c'est mon frère Kylian, et lui c'est Tony, notre cousin. Quant à elle, on l'appelle la Flèche, mais son prénom c'est Lucille. Tu veux des chips ?

Linda pioche dans le paquet que le garçon lui tend.

— Merci. Moi c'est Linda, et elle c'est Snoopy.

Anne-Lise devient rouge comme une pivoine, sous le regard ironique des autres, mais aucun n'ose demander son vrai prénom. Linda se sent émoustillée, elle trouve le Black à côté d'elle super beau et ne peut s'empêcher d'envoyer une pique à la fille :

— Alors comme ça, vous deux vous êtes frères, et lui c'est votre cousin ? Et elle ? C'est votre cousine aussi ?

Ils ne se vexent pas ; au contraire, le fait de voir Lucille foudroyer la blonde du regard les amuse, mais Tony précise :

— Non, c'est notre petite sœur à nous trois.

Anne-Lise se racle la gorge.

— Vous formez un clan, c'est ça ?

Ils éclatent de rire.

— Ouais, le clan du café des Sports !

— Non, le clan de la Vargues !

— On n'est pas de là, explique Kévin, on vient d'un village à côté, La Vargues, sauf Tony, qu'habite ici. Mais vous, d'où vous sortez ?

Les deux copines échangent un coup d'œil gêné. Anne-Lise sait que Linda est une professionnelle du baratin, elle attend qu'elle dise quelque chose. La blonde se rend compte que toute animosité a quitté le visage de Lucille, remplacée par la curiosité ; elle en profite pour s'excuser :

— Euh, Lucille, désolée si je t'ai chambrée. En fait, on s'est échappées de l'institut Camille-Claudel, on est pensionnaires là-bas.

Kylian est tout excité, ce qui le rend encore plus attirant aux yeux d'Anne-Lise.

— Échappées ! Trop la classe ! Vous êtes des furieuses !

Linda est tentée de dire : « Ouais, on a commis un meurtre là-bas, et on est en cavale... » Mais Anne-Lise brise net son délire :

— Ouais, enfin, on a juste fugué, en fait. On en avait marre d'être enfermées et entourées de cons. On avait envie de faire la fête.

Les trois garçons et la fille se regardent, amusés. Lucille a remarqué l'air implorant des deux frères et sourit. Elle s'adresse à Linda.

— Ça va, je t'en veux pas, tant que t'essayes pas de me piquer mon « cousin ». Alors vous voulez faire la fête, c'est ça ? Ça tombe bien, c'est ce qu'on avait prévu nous aussi !

Anne-Lise sent une chaleur l'envahir. L'amitié de ce petit groupe est contagieuse, et tellement réconfortante. Linda tend la main pour prendre la sienne. Elle lui chuchote, les yeux emplis de lumière :

— C'est super, Lise, on va faire la fête.

Anne-Lise adore quand Linda l'appelle par son deuxième prénom.

— Alors, c'est quoi le plan ? s'enhardit-elle en se tournant vers Kylian, le trop mignon sosie d'Albator.

Lucille intervient :

— On va aller chez moi vous faire écouter de la vraie musique.

Elle se penche vers son amoureux pour lui glisser quelques mots à l'oreille. Il rechigne, mais Lucille insiste en lui grattant le crâne de ses ongles, ce qui lui envoie des frissons dans tout le corps. Il finit par dire :

— Bon, d'accord, mais si je me fais choper, ma soirée va être foutue, déjà que je devais rester à cause du match !

Il se lève.

— Snoopy, tu viens avec moi. Fais voir ton sac… C'est bon, prends-le avec toi.

Pendant qu'ils se dirigent vers le bar, Tony lui explique :

— Je vais aller dans les cuisines. Dès que tu vois que je pars là-bas, tu demandes à aller aux toilettes, et après tu m'attends au fond du couloir. Et garde bien ton sac sur le dos, t'as compris ?

— Qu'est-ce qu'on va faire ?

— Tu verras bien.

Stupéfaite, Lise voit Tony passer derrière le bar et parler à l'homme massif au teint rougeaud qui tient l'établissement :

— Allez, papa, sois sympa, j'ai eu dix-huit de moyenne générale…

L'argument fait fléchir le patron :

— D'accord, mais pas d'alcool, t'as qu'à prendre le saucisson à l'ail et une plaquette de beurre, je me débrouillerai avec le reste.

Tony embrasse son père et se dirige vers les cuisines, non sans avoir jeté un coup d'œil à Anne-Lise. Elle saisit le message et se fraye un passage à travers la foule pour atteindre le zinc.

— M'sieur, s'il vous plaît, je voudrais aller aux toilettes.

— C'est dans le couloir à droite, tu jettes rien dans la cuvette et t'éteins la lumière en sortant.

Le couloir forme un coude et se termine par une porte sur laquelle est écrit : « Privé ». On y voit à peine et Anne-Lise fait un bond quand Tony, planqué juste derrière la porte, lui chuchote, complètement stressé :

— Tourne-toi ! Vite !

Elle s'exécute. Tony se penche vers un sac de sport sur le sol et en sort trois bouteilles de bière de soixante-quinze centilitres qu'il glisse dans le sac de l'adolescente. Celle-ci fléchit sous le poids. Elle entend le zip qui se referme et les mains du garçon la prennent par les épaules pour la redresser.

— Tiens-toi droite, putain ! Et fais gaffe à ne pas les faire se choquer quand tu passes devant mon vieux.

42

Heureusement, les deux filles ont des bonnets dans leur sac, elles les enfilent avant de grimper derrière les garçons. Aucune d'elles n'est jamais montée sur une mobylette et, malgré l'humidité, l'excitation les empêche d'avoir froid. Lucille se serre contre Tony, sur sa jolie moto noire au pot d'échappement chromé et pétaradant comme une voiture de rallye.

L'air glacé fouette les joues rougies de plaisir d'Anne-Lise, en équilibre sur le porte-bagages du 103, ses doigts accrochés sous la selle du garçon devant elle car elle n'ose pas le prendre par la taille. Tout le contraire de Linda, dont le corps est collé à celui de Kévin, ses mèches blondes s'échappant de son bonnet et dansant dans le vent. Les parents de Lucille ont aménagé une ancienne grange en chambres d'hôtes et Lucille a pu transformer un des studios pour passer ses soirées avec ses potes ailleurs que dans sa chambre de midinette. Son père est le directeur de l'école de Guines, et comme tous les hommes du coin, il ne désire pour rien au monde rater le match. La soirée se déroule autour de la grande télé du salon, où se pressent cousins et amis.

— Il faut espérer que Calais gagne la demie, glisse Lucille en descendant de moto, sinon mes parents nous vireront avant minuit.

Elle passe faire un coucou à ses vieux, préférant cacher la présence des deux filles que personne ne connaît dans le coin, puis ils emportent leur magot dans la grange au bord d'un champ de luzerne.

— Bienvenue dans notre planque ! clame Lucille en les introduisant dans le gîte en rez-de-chaussée.

L'endroit ressemble à un studio d'enregistrement londonien, avec son mur de briques et ses lambris collés entre les poutres au plafond ; il y a même une guitare électrique posée sur un ampli de marque coréenne. Mais la fierté de Lucille est un canapé en cuir couleur cigare, bouffi et râpé, qu'elle a récupéré dans un troc-meubles, le plus dur ayant été de convaincre ses parents de le prendre. On peut aussi s'asseoir sur des coussins étalés sur le grand tapis en raphia, et même sur un de ces gros sacs de skaï emplis de billes qui prennent la forme du corps lorsqu'on s'y enfonce. Une télévision carrée avec un magnétoscope occupe un coin, à côté duquel s'aligne un mur de cassettes vidéo.

Aidé de Kévin et de Kylian, Tony commence à vider les sacs sur la palette de bois qui sert de table basse, pendant que Lucille montre aux filles sa deuxième fierté : un meuble stéréo haut de gamme des années 1980, avec son tourne-disque et son lecteur CD. Les enceintes sur pied montent jusqu'aux épaules de Linda. Des centaines de disques, cassettes, CD et vinyles accompagnent l'ensemble.

— C'est la collection de mon père, il m'a fait jurer d'en prendre soin ! Il utilise cette pièce soi-disant pour écrire son roman, mais en vérité, je suis sûre qu'il se roule des joints en écoutant ses vieux trucs d'ado.

— En parlant de ça, clame Tony, si on attaquait l'apéro ?

Les yeux de Lucille pétillent de malice.

— Pas trop fort alors, je m'occupe de la musique. Pour commencer, « Come as You Are », en hommage à nos invitées. Qu'est-ce que vous en dites, les garçons ?

— Très bon choix, envoie la sauce, Lulu ! réplique Kévin.

Kylian désigne le canapé à Linda et Anne-Lise.

— Alors, mesdemoiselles, qu'est-ce qui vous ferait plaisir avant les fameux sandwichs au saucisson à l'ail de Tony ? Nous avons de la Valstar, du jus de griotte à soixante-dix degrés, attention ça fait mal, et un petit bédo maison pour nous détendre.

Tony dépose du papier à rouler JOB ainsi qu'un petit bout de matière noire et compacte sur la palette.

— Hé, les filles, vous fumez ?

Elles font non de la tête.

— Alors on va en faire un léger, léger, promis.

Kylian verse un verre de bière à Anne-Lise et se colle à côté d'elle, tandis que la voix cassée et larmoyante du chanteur de Nirvana lance sa complainte. Linda entreprend d'aider Kévin à préparer les sandwichs tandis que Lucille et Tony attaquent le joint en se faisant des soufflettes.

Une heure, quelques shots de liqueur de griotte, pétards à moustache et cul sec de bières tièdes plus tard, les filles dansent comme des folles sur « Girls and Boys » de Blur. Kylian enchaîne avec « Killing in the Name » pour les faire bondir encore plus. Anne-Lise saute sur place en secouant ses longs cheveux noirs en tous sens, le rouge brûle ses joues, le moment est empli de ce plaisir foudroyant qui marque l'esprit pour la vie et crée la mélancolie de l'adolescence. Son corps se consume de bonheur, elle est un peu bourrée, un peu défoncée, un peu amoureuse, et Linda essaye de l'imiter en remuant la tête à toute vitesse sur la musique des RATM. Et cela ne risque pas de se calmer : The Prodigy prend la relève, le morceau « Breathe » entre directement dans leurs veines tel un venin électrique et noir. Kévin pousse les cris du refrain tandis que le tempo de la batterie les secoue comme des arbustes en pleine tempête.

La blonde titube, la cervelle retournée, et s'étale en arrière sur le tapis, Anne-Lise se rue vers son amie et tombe dans ses bras. Elles sont mortes de rire.

— « Smack my Bitch Up » ! hurle Tony.

Elles se relèvent et reprennent leur danse.

Un peu plus tard, l'ambiance est plus tranquille : la petite bande sait gérer ce genre de soirée et s'est calmée sur l'alcool et les joints. Pendant qu'ils dévorent des tablettes de chocolat avec du pain beurré, Tony décide de leur donner un cours de metal. Il en parle avec passion et leur fait écouter les morceaux religieusement : Strapping Young Lad, Judas Priest, Iron Maiden… Linda, qui s'ennuie un peu, accepte les caresses et baisers de Kévin sur le canapé, tandis qu'Anne-Lise se laisse envahir par la musique, sous le regard fasciné de Kylian qui lui tient la main.

Quand ils entendent des pétards, Lucille va jusqu'à la porte pour regarder à l'extérieur.

— Oh putain, j'ai l'impression que Calais a gagné !

Tony et Kylian se précipitent dehors, suivis par Anne-Lise. De loin en loin dans les villages et sur les buttes de la campagne, des fusées flashent, des feux d'artifice explosent, des voitures klaxonnent, le son des trompes de bateau résonne, alors que la pluie fouette la nuit, couchant la luzerne et emportant les bruits et les chants.

Lorsqu'ils retournent à l'intérieur, Tony propose de s'en rouler un petit pour fêter ça, Kylian met « Stupid Girl », des Garbage, puis il s'allonge près d'Anne-Lise, affalée sur le pouf à billes. Linda et Kévin redescendent de la mezzanine plongée dans le noir au-dessus d'eux. La blonde fait un petit clin d'œil à sa copine, avant d'aller s'asseoir en face de Tony. Kylian chuchote à l'oreille d'Anne-Lise :

— Tu veux qu'on monte ? Il y a une super couette.

Il veut l'embrasser un peu plus, se serrer contre elle, et Anne-Lise aussi. La prenant par la main, il monte les escaliers. Le plafond est bas et ils marchent à quatre pattes sur le gros matelas qui occupe l'espace. La couette est encore chaude des corps de Linda et Kévin. Les deux adolescents se glissent dessous en pouffant nerveusement. Aussitôt les lèvres de Kylian viennent mouiller celles d'Anne-Lise. Tout en la couvrant de baisers, il lui caresse les seins. Elle ne porte pas de soutien-gorge, mais un gros pull de laine par-dessus son débardeur – de toute façon, ses seins sont minuscules. Tout se passe bien. Ils s'embrassent, poussent des petits rires, se cognent le nez et s'embrassent à nouveau, testant des formules buccales sans trop savoir si c'est par jeu, par plaisir ou par convention.

Kylian enroule ses jambes autour de celles de l'adolescente, quand elle entend crier dans la pièce du bas.

43

Anne-Lise est tellement bien, blottie dans les bras du timide garçon, qu'elle ne réagit pas sur-le-champ. Les deux amoureux suspendent un instant leur étreinte, puis la bouche de Kylian revient effleurer l'oreille d'Anne-Lise. Délicatement, il pose une main sur le ventre brûlant de la jeune fille. Elle sent une décharge la secouer. Ses petits seins ont, à ses yeux, la forme et la taille d'une grosse fraise et elle s'est toujours demandé si un jour un garçon s'y intéresserait, et pour quelle raison. À présent, elle tremble d'excitation. La main de Kylian remonte lentement, creusant l'abdomen d'Anne-Lise. Au moment où il va toucher son sein droit, elle se tend comme un arc et lui fait une clé de bras dans le dos, lui tordant la main dans un tour presque complet qui enflamme ses tendons. Kylian pousse un gémissement, et se retrouve la tête dans la couette. Il tourne son visage vers elle. Anne-Lise est sur le point de lui disloquer le coude, il en pleure de douleur.

— Lâche… lâche-moi…

Elle ne veut pas, elle veut qu'il continue à la caresser.

— Oh pardon, pardon..., murmure-t-elle en le relâchant.

Il se redresse en se massant le bras, ses yeux hébétés braqués sur elle. Un frisson de colère, de peur et de honte saisit Anne-Lise. Son poing s'écrase sur la mâchoire de Kylian. Il roule en arrière, disparaissant dans le noir. Elle pleure et s'enfuit à quatre pattes vers l'échelle de la mezzanine. Elle manque tomber en essayant de descendre précipitamment, la tête en avant.

En bas, Linda est en train de crier :

— Vous n'êtes que des bouseux ! Toi, Tony, tu dis que George Michael est une grosse tarlouze, un dégénéré ! Mais il est normal, lui, il n'est pas différent ! Ce sont les gens comme vous qui cherchent dans la tête des autres des différences, c'est vous qu'il faut éliminer ! Vous êtes trop voyants !

— Putain de raciste, tu vas te casser de chez moi ! s'emporte Lucille.

Linda croise le regard d'Anne-Lise. Perturbée, honteuse, celle-ci n'a que son amie à qui se raccrocher.

— Bien sûr qu'on se casse ! Allez, viens, Lise, on dégage.

On entend un *badaboum*, et tout le monde se retourne. Kylian est avachi en bas des escaliers. Le bas du visage bleui par un hématome, il supplie Anne-Lise :

— Snoopy, attends, c'est pas grave. Ne pars pas.

Elle en a le cœur brisé. Mais Linda a déjà ramassé leurs manteaux.

— Ces putain de gros, de Noirs, de maigres, ce sont eux les plaies !

Comme possédée, elle saisit la main d'Anne-Lise.

— Prends ton sac et viens.

— C'est ça, cassez-vous, bande de folles ! hurle Tony. Vous êtes des tarées échappées de l'asile, vous feriez mieux d'y retourner !

44

De nos jours

Lise et sa cheffe empruntèrent l'ascenseur jusqu'au cinquième étage, où se trouvait le bureau du substitut du procureur. Brigitte avait pris soin de téléphoner à sa greffière afin de s'assurer de sa présence, ce que cette dernière avait confirmé en indiquant qu'il était en rendez-vous. Lise n'avait aucune envie de patienter. Leur badge du Bastion leur donnant accès au couloir surveillé par un gardien de la paix, elle frappa deux fois et poussa la porte pour pénétrer dans le bureau, sous les yeux ébahis du magistrat. Elle fut à peine surprise de voir que le rendez-vous de Martignon était le fils Boisfeuras.

— Tiens, tiens, siffla-t-elle, quelle coïncidence ! Les vipères répandent leur venin ensemble.

— Lartéguy ? Capitaine Lancier ? Qui vous permet de pénétrer dans mon bureau ?

Du coin de l'œil, Lise vit la greffière s'éclipser en emportant des dossiers. De forte corpulence, elle renversa la chaise où pendait son sac et ne prit pas la peine de se retourner dans sa précipitation. Éric se baissa pour ramasser clés et papiers, regardant autour de lui d'un air interloqué : quel était ce vent de panique ?

Brigitte se lança :

— Hier, vous avez dit à ma collègue Lartéguy que notre groupe allait être dessaisi de l'affaire des Chinois, et ce matin vous m'avez annoncé le contraire. J'aimerais savoir de quoi il retourne exactement. Je n'ai pas aimé vos insinuations !

Le magistrat se figea, visiblement embarrassé. Le procureur avait formellement refusé sa demande de changer de groupe d'enquête sur les affaires de meurtres au scalpel et Martignon s'était déballonné au dernier moment, n'osant arguer de ses soupçons concernant un des membres de la PJ, par ailleurs filleule d'un grand patron de la Maison récemment assassiné.

— N'en parlons plus. Vous êtes bel et bien sur l'enquête toutes les trois. Je vous ai fait transmettre le dossier des entrepôts de Bondy afin que vous soyez à même de vous rendre compte des éléments troublants que j'évoquais.

— Quoi, cette motarde en combinaison de cuir ?

— Vous verrez par vous-même. À présent que j'ai satisfait à votre curiosité…

De sa main ouverte, il désigna la sortie. Lise prit la parole :

— Ce n'est pas pour ça que nous désirions vous voir. Il n'y a pas deux heures, le brigadier Camilla et moi-même avons été attaqués par un homme armé. Mon collègue a été touché. Je pense que cet homme est un dénommé Brunel, un nom et un dossier que vous connaissez bien, monsieur le substitut. Vous en aviez parlé au directeur Boisfeuras, tout comme vous lui aviez demandé des informations sur ma personne, ainsi que mon dossier d'admission à la PJ.

— Dossier qu'il a refusé de me transmettre.

— Vous admettez, alors ? Toutes ces questions dans le cadre d'une prétendue enquête de votre part sur une affaire classée, une enquête dans laquelle vous soupçonnez un officier de la PJ d'être impliqué, en l'occurrence ma pomme… c'est votre droit, sauf que vos démarches se sont pas très officielles… Et pourquoi vous adresser à mon parrain et vous servir de son fils, Éric, ici présent ? Vous savez quoi ? Il pensait que votre acharnement était lié à sa candidature au Sénat et que vous étiez mandaté par un de ses opposants afin de lui mettre des bâtons dans les roues.

Le substitut se leva.

— Je ne vous laisserai pas dire cela, mademoiselle Lartéguy ! Il s'agit d'un grave outrage à magistrat !

— Allez-y, lancez une procédure ! J'imagine la tête du procureur général quand il sera au courant de vos petites magouilles politiciennes, quelques semaines à peine avant la mort du directeur sur lequel vous exerciez des pressions !

Le fils Boisfeuras suivait la discussion d'un air stupéfait.

— Lise ? Tu penses vraiment que cela aurait un rapport avec cette candidature au Sénat ?

— En tout cas, tu ferais mieux de t'interroger sur les motivations de ton ami le substitut. Brunel menaçait ton père, ainsi que le mien, ignorant qu'il était mort. C'est pour cela qu'il m'a attaquée ce matin. Et M. Martignon avait parlé de Brunel à mon parrain ! Je veux savoir qui est cet homme et quel est le rapport avec la fusillade de ce matin.

Le visage de Martignon ressemblait à un tas de braises en fusion.

— Vous racontez n'importe quoi ! Oui, j'ai mené une enquête sur monsieur le directeur Boisfeuras parce que je pensais, et je pense toujours, qu'il vous protégeait dans vos activités délictueuses…

Brigitte s'emporta :

— Mais putain, de quoi parlez-vous ? C'est grave, là ! Vous portez des accusations sur un membre de mon équipe et je serais en droit d'avoir accès au dossier, si dossier il y a !

— Il n'y a pas de dossier. Des recherches préliminaires sont en cours. Il s'agit d'une procédure habituelle et confidentielle, même s'il n'y a rien d'officiel pour le moment. Je peux me tromper, mais le devoir m'impose, autant pour déclarer un suspect innocent que coupable, d'aller au bout de chaque soupçon d'entrave à la loi. D'ailleurs, mademoiselle Lartéguy, les zones d'ombre et les coïncidences se multiplient autour de votre personne. Je devais questionner votre collègue, Mme Paulette Slawy, sur vos emplois du temps, et comme par hasard elle s'est fait agresser en sortant de chez vous. Oui, capitaine Lancier, j'enquête sur votre collègue, afin d'être certain qu'elle n'est pas impliquée.

— Impliquée dans quoi ? Vous croyez qu'elle a tabassé Paulette ? s'exclama Brigitte.

— C'est confidentiel, je vous l'ai dit, mais il y a eu d'autres agressions, nous avons des témoignages.

Lise le vit regarder une pochette cartonnée posée sur le bureau devant son collègue huissier. « Le dossier de Bougeard et de son pote Stéphane ? »

— Brunel, monsieur le substitut, je vous parle de Brunel ! coupa-t-elle. Qui est-il, putain ? Et quel était son rapport avec mon parrain ?

Éric semblait réfléchir intensément de son côté. Il échangea un rapide coup d'œil avec Lise, mal à l'aise. Elle sortit son portable et y jeta un regard, puis le remit dans sa poche.

Martignon se racla la gorge.

— En enquêtant sur le passé de Boisfeuras, j'ai découvert une vieille affaire de corruption. Lorsqu'ils étaient à la brigade des stupéfiants, votre parrain, ainsi que votre père, Paul Lartéguy, faisaient équipe avec Gilles Brunel, tous trois au quai des Orfèvres. Brunel était soupçonné de détourner de l'argent et de la drogue durant les perquisitions. Une préenquête avait été ouverte, puis Brunel a démissionné avant de disparaître. L'enquête a été close. C'est tout.

— Quoi, c'est tout ? Vous vous foutez de ma gueule ? Pourquoi avez-vous exhumé ce dossier, alors ?

À nouveau, Martignon était dans ses petits souliers, mais il se drapa dans sa dignité de magistrat intouchable.

— Une enquête avait été ouverte, étant donné que je menais mes propres investigations, je m'y suis intéressé.

— Une enquête qui n'a jamais abouti ? Et vous auriez tenté de faire peur à mon parrain, ou de le menacer, avec un dossier vide ? Je n'en crois pas un mot. Des témoins ont vu Brunel traîner dans le passage Monplaisir ces derniers jours. Et si c'était lui l'assassin ? Vous parlez de Brunel à mon parrain, et trois semaines après, il réapparaît… c'est suspect, non ? Et si vous étiez, d'une manière ou d'une autre, impliqué, monsieur le substitut ?

Lise essayait d'analyser les réactions de Martignon tout en parlant. Il s'était laissé retomber sur sa chaise, abasourdi. Elle tenta :

— Pour qui travaillez-vous ?

La stupeur de Martignon laissa place à la colère, à moins qu'il ne s'agisse de crainte vis-à-vis de ses commanditaires.

— Cessez vos accusations !

— Vous voyez comme c'est déplaisant ! Portez plainte !

— Je… Sortez immédiatement de ce bureau !

— Vous n'avez pas répondu à ma question : quel rapport entretenez-vous avec ce Brunel ?

— Aucun, je vous l'ai dit. À présent, sortez, j'ai des coups de téléphone à donner.

— J'imagine…

Lise se tourna vers sa cheffe, qui s'était aussitôt mise en mode flic en découvrant les derniers éléments. Brigitte s'était éloignée dans un coin du bureau pour passer un appel, elle revint vers la lieutenante en lui montrant l'écran de son téléphone. On y voyait la photo d'identité d'un homme, sans doute celle de sa plaque de police.

— C'est lui ? demanda Brigitte.

— Brunel, oui. Il était déjà ravagé à l'époque, mais pas autant que maintenant.

— On y va ? J'aimerais bien aller fouiller dans les archives avant que ça ferme, voir ce qu'on a sur ce Brunel. Il faudra aussi que tu m'expliques deux ou trois trucs, si tu vois ce que je veux dire.

Lise sentit les ennuis arriver, mais elle ne moufta pas. Elles quittèrent le bureau sans dire au revoir.

Quand elles furent dans le hall, Brigitte l'attrapa par le bras.

— Lise, je ne sais pas si tu te rappelles, mais on enquête ensemble sur la mort de Boisfeuras. C'est quoi, cette histoire de menaces qu'il aurait reçues ? Pourquoi tu ne m'en as pas parlé plus tôt ? Et comment étais-tu au courant pour ce Brunel ? Tu te rends compte de l'avancée que ça nous aurait permise… Et cette histoire de politique ?

Lise était emmerdée : comment satisfaire la curiosité de son amie sans parler du carnet ?

— Excuse-moi, Brigitte. Hier, quand j'étais chez Jeanne, elle m'a balancé cette histoire de menaces contre Boisfeuras et…

— Il n'y avait rien dans ton rapport, je l'ai épluché ce matin.

— Bah, après la bagarre, et sa fuite, j'étais tellement persuadée qu'elle était dans le coup que j'ai cru qu'elle m'avait baratinée, enfin, ça m'est sorti de la tête, et je… j'ai oublié d'en parler.

La capitaine Lancier fixait sa subordonnée d'un air plus que sceptique – elle avait horreur que ses amies se foutent de sa gueule. Lise se couvrit le visage des mains, avant de croiser les doigts, comme pour la supplier.

— Brigitte, écoute, je suis désolée, je te dirai tout très bientôt, je te le promets, donne-moi un peu de temps…

— Ça a un rapport avec cette motarde habillée de cuir ? Ces agressions dont parle Martignon ?

— Tu ne vas pas croire que… Jamais je ne toucherais à un cheveu de Paupiette !

La capitaine piqua un fard – comment avait-elle pu penser ça ? Elle fut sauvée par la sonnerie de son portable. Elle répondit, puis raccrocha assez vite, l'air préoccupée.

— C'est Paupiette, elle va mieux, elle est auprès de Camilla, on vient de le plonger dans le coma.

— Merde.

Un sixième sens titilla la nuque de Lise. Elle se retourna. Éric Boisfeuras venait d'arriver dans le hall et lui faisait signe de l'attendre. La lieutenante serra les mains de sa collègue.

— Vas-y, Brigitte, je te rejoins dans deux minutes. Il faut que je parle à l'autre con.

— Et pour Brunel ?

— Appelle Suaut, qu'il s'en occupe. On se retrouve à l'hôpital.

À peine Brigitte s'était-elle éloignée qu'Éric s'avançait à grands pas.

— Lise, il faut que je te parle.

Elle le dévisagea froidement.

— Tu te rends compte avec qui tu travailles ?

— Tu te trompes. C'est un homme de valeur, il croit en ce qu'il fait.

— En travaillant pour les opposants de ton père ? Des politiques ?

Éric resta silencieux, taraudé par le doute. Mais il ajouta :

— Je ne sais pas. En revanche, je ne crois pas qu'il soit au courant de la vraie affaire Brunel.

— La vraie affaire Brunel ?

— Oui, mon père m'en avait parlé, cela expliquerait beaucoup de choses, dont sa mort.

45

Ils descendirent au coin de la rue du Bastion, chez Bertillon, une petite brasserie qui servait du navarin d'agneau en plat du jour… toute l'histoire de la police française. Lise commanda une pression tandis qu'Éric optait pour un cognac, plus par besoin que par envie. La lieutenante était impatiente de connaître son histoire ; elle attendit que le serveur apporte leurs consommations avant de le questionner :

— Alors ? C'est quoi, l'histoire avec Brunel ?

Éric descendit la moitié de son cognac. Lise était consciente que quelque chose dans le bureau l'avait troublé. La trahison de son ami le substitut ? Ou bien, précisément, l'affaire Brunel qui revenait au grand jour ?

— Cela date d'il y a presque trente ans. Nos pères étaient inspecteurs à la brigade des stupéfiants, comme l'a dit Martignon, et ils faisaient équipe avec Gilles Brunel. Brunel arrivait de Marseille et était plus jeune. Nos pères, eux, se connaissaient depuis l'adolescence. Ils bossaient pas mal sur Barbès et Pigalle et il y a eu des problèmes avec le Marseillais, comme l'appelait mon père.

— Cette histoire, il te l'a racontée récemment ? Il t'avait parlé des menaces de Brunel ?

— Non, on ne se parlait pas beaucoup ces derniers temps. Ça remonte à l'époque où il venait me voir à l'internat, en Allemagne. On passait le week-end ensemble, il prenait une chambre d'hôtel, et nous allions manger une choucroute dans le centre d'Hambourg, ou alors on allait voir la mer et les anciens bunkers. Il me racontait des tas d'histoires, afin de parfaire mon éducation d'homme, comme il disait.

Une sorte de raillerie pointait dans les derniers mots d'Éric.

— Et donc, il t'a parlé de Brunel… Qu'est-ce qu'il s'est passé entre eux ?

— Brunel volait des sommes d'argent lors des interpellations, il mettait la probité du groupe en danger et en plus, c'était une vraie brute, il tabassait les suspects. Une vraie pourriture. Il aurait mis la vie d'une de leurs collègues en danger.

— J'ai vu ça, capable de tirer sur un jeune flic à bout portant.

— Mon père disait que le tien voulait carrément buter Brunel, tant il était choqué et accablé de se sentir complice d'un tel mec. Ils lui ont tendu un piège. Il ne m'a pas donné les détails mais ils auraient profité d'un flag dans un parking pour lui mettre un paquet d'argent sous le nez. Brunel n'a pas résisté à la tentation et s'est servi. Ensuite, mon père a récupéré les cassettes vidéo du parking et ils lui ont mis le marché en main : ou il démissionnait de la PJ et quittait le pays, ou ils le balançaient à la police des polices. Ils lui ont même filé une grosse somme d'argent pour qu'il disparaisse.

Brunel s'est barré au Brésil, en laissant sa femme enceinte. Elle s'est remariée par la suite.

— C'est quand même terrible de faire ça à un collègue. Ils auraient pu lui demander d'arrêter ses conneries ou de se faire muter dans un autre service, remarqua Lise.

— Oui, cela me paraît énorme à moi aussi. Il y avait peut-être autre chose entre eux, mon père n'a pas voulu m'en dire plus.

— Tu as raison, il y avait certainement une autre raison, mais laquelle ?

— Et si Martignon ne se trompait pas ? Je veux dire, si mon père avait trempé lui aussi dans des magouilles ?

— Non, je ne peux pas le croire. Nos pères avaient dans le sang le sens de la justice et du respect du droit.

— Mais Brunel est revenu… Pourquoi ?

— Il a dû claquer tout son fric, et quand je l'ai vu… Il avait une tête de fou, les yeux allumés, cernés, la voix grave, comme un camé. Je crois qu'il est revenu pour tirer encore plus de fric de nos pères ou tout simplement pour se venger. Ce gars a dû toucher le fond au Brésil, et la haine de nos pères lui a permis de survivre. Enfin, on en saura plus quand on l'aura coincé. Mais si c'est vraiment le taré que je crois, il pourrait très bien avoir assassiné ton père et ensuite, lorsqu'il a appris que le mien était mort mais que moi, sa fille, je menais l'enquête, il s'est mis à traîner près du passage en espérant que je me pointe dans le cadre de l'enquête. Et ses vœux ont été exaucés. Sauf qu'il m'a ratée, l'enfoiré, et c'est à mon tour de le chasser. Sa femme était enceinte, il va sûrement essayer de voir son fils ou sa fille. S'il ne s'est pas noyé dans la Seine.

— Comment ça ?

— Après qu'il nous a tiré dessus passage Monplaisir, je l'ai poursuivi. Il a réussi à s'échapper en sautant dans le fleuve. En tout cas merci, Éric, cela explique bien des mystères. Et ça va peut-être nous aider à résoudre l'affaire.

— Et toi ? Comment as-tu su que mon père était menacé ? Que Martignon s'était intéressé à lui ?

Lise ne pouvait pas lui parler du carnet, d'autant qu'elle ignorait le degré de fiabilité du jeune homme – s'il essayait de lui tirer les vers du nez afin de l'attirer dans les filets du substitut ?

— Secret professionnel, répondit-elle en sortant son portable. Solveig ! Elle a essayé de me joindre !

— Qu'est-ce qu'il se passe ? s'inquiéta Éric.

— Rien, c'est… une amie. Il faut que je file à l'hôpital, ils ont plongé mon collègue dans le coma et je dois rejoindre mon équipe pour être avec eux.

— Je comprends.

— Encore merci, Éric.

Lise partit vers la station de métro. Juste avant qu'elle ne descende les escaliers, son téléphone vibra. Son pote Humbert, l'Antillais, lui envoyait un SMS avec des photos :

Pas de rendez-vous d'affaires, mais une vie nocturne agitée. Notre ami a une maîtresse, photo prise au zoom, excuse la netteté. Je continue de chercher ?

Oui, oui, merci, on se verra à la salle pour ton fric.

T'inquiète, ça m'amuse, j'avais peur que tu me demandes d'abandonner.

Elle prit le temps d'observer les photos où l'on voyait son « client » avec une femme. Elle crut reconnaître le visage et essaya d'agrandir. Ce qu'elle vit la troubla encore plus.

« Non, ce n'est pas possible ! »

46

Années 1990. Paris, 36, quai des Orfèvres

L'enquête avançait à pas de loup. Boisfeuras et Lartéguy avaient fait chanter tous leurs indics de la capitale et ils tenaient peut-être quelque chose : une overdose rue de la Pompe – ça ne s'inventait pas. La fille était dans la baignoire, le visage bleu mais moins que ses pupilles dilatées et le corps aussi blanc que l'émail, flottant dans l'eau glacée ; elle devait avoir seize ans. Son petit ami avait appelé le commissariat de quartier et si Francine ne s'était pas intéressée à son cas, ils auraient pu manquer leur coup. Le gars s'appelait Pedro et faisait partie d'un groupuscule néonazi de Montparnasse. Sa bande de skinheads se réunissait au Balto, au bas du boulevard. Il avait un casier long comme le bras d'un basketteur : inculpations pour violences en réunion lors de manifestations antiracistes, agression au couteau à la sortie d'un bar, vol d'une voiture contenant des armes. Ce n'était pas lui qui conduisait, en revanche le chauffeur, qui avait déjà purgé quelques peines à la Santé, était le chef du fameux groupuscule dont l'appellation, non sans provocation, était France aux Français.

Pedro était dans la merde : en voulant sauver sa petite amie, il s'était grillé. Si jamais Bulldog – le nom du chef des fafs – apprenait qu'il consommait de la came, il se ferait suriner. Chez les fafs on ne touchait ni à la dope, ni au cul des autres mecs, ni aux femmes d'origine étrangère. Pedro ayant transgressé une des trois règles, il aurait droit à une petite leçon, histoire de montrer l'exemple. Sa peau ne vaudrait pas plus cher qu'une carpette de salle de bainss dans les vestiaires d'une équipe de rugby. C'était du pain bénit pour l'équipe des Stups. Boisfeuras l'avait convoqué – deux jours de garde à vue. Au bout d'une dizaine d'heures, Pedro commençait à suer et à pleurer sa mère pour qu'on lui donne de quoi se soulager les veines, mais il était fier, pas question de trahir ses frères skinheads. Quatre heures de plus, il était à point, d'autant que Francine lui avait promis une ligne de blanche thaïlandaise saisie du matin.

Boisfeuras l'interrogea seul ; il avait une idée derrière la tête, un souci de plus qui lui faisait passer des nuits blanches. Tout ça à cause de Khaled Kelkal.

Une semaine plus tôt, le préfet avait voulu récompenser les forces de l'ordre pour leur travail exceptionnel à la suite des attentats de la station Saint-Michel. Un dîner de gala avait été organisé dans les salons de la préfecture, et pour l'occasion chaque membre du 36, quai des Orfèvres avait été convié avec femme ou mari. La soirée commençait mal pour Boisfeuras : il devait faire bonne figure au bras de son épouse Marie-Claire, alors que deux tables plus loin sa secrétaire, Jeanne, lui lançait des regards vénéneux en descendant coupe de champagne sur coupe de champagne. Elle n'était pas la seule à avoir le gosier en pente. Son pote Lartéguy était venu avec sa moitié, Maria, et il semblait qu'ils avaient débuté la journée par une engueulade maison. Les deux couples étaient à la même table et Maria faisait exprès de parler fort et de picoler pour emmerder son mari. Sans compter que, manque de bol, elle s'était retrouvée à côté de cet enfoiré de Marseillais. Il était pourtant avec sa propre femme, une jeune brunette terrorisée et soumise. Le jeune flic voyait que Boisfeuras lui lançait des œillades mortelles et en rajoutait dans la drague. Quant à Lartéguy, il était à nouveau dans son monde, peuplé d'emmerdes et de soucis pour sa gamine. Il s'était déjà levé plusieurs fois afin d'aller téléphoner chez lui et prendre des nouvelles auprès de la fille au pair.

Ils eurent droit au discours du préfet à l'apéro, puis le dîner fut vite expédié. On poussa les chaises et l'orchestre envoya la sauce. Les reprises de Stevie Wonder et de Jean-Pierre Mader mirent le feu au plancher plus que centenaire de la salle de bal.

La maison Poulaga avait mis le paquet côté boissons, à croire qu'un concours de cirrhose était lancé. La table débordait de Johnny Walker, Ricard, Smirnoff et Malibu… tous les vices du flicard moyen. Ça clopait sévère, ça braillait, les flics en repos s'échauffaient. Tandis que Marie-Claire dansait avec le sous-préfet, Jeanne avait réussi à choper Boisfeuras pour l'emmener dans les jardins. Du monde se bécotait dans l'ombre des cyprès et un couple dansait le slow à l'horizontale dans l'herbe derrière une fontaine. Boisfeuras crut que son cœur allait lâcher : il avait reconnu la voix de la femme qui haletait de plaisir sous le corps du mec au pantalon sur les chevilles. Il demanda à Jeanne de l'attendre et s'approcha.

Il eut envie de gerber, de tuer ou même de chialer. Maria, la femme de son pote, était en train de s'envoyer en l'air avec l'autre enfoiré de Marseillais. Quand il revint vers elle, Jeanne lui demanda pourquoi il tirait cette tête de déterré. Cassant, il la ramena à l'intérieur. Il en était à sa troisième Gitane lorsqu'il vit Maria revenir dans la salle. Il lui fonça dessus.

— Putain, qu'est-ce que tu fous ?

Elle le fusilla du regard, puis comprit où il voulait en venir.

— Qu'est-ce qu'il y a, t'es jaloux ?

— T'as des gosses, une famille ! Tu veux tout foutre en l'air pour une partie de baise ?

Elle baissa les yeux et se mit à pleurer – encore un de ses revirements psychologiques brutaux.

— Je voulais pas, Pierrot, mais il m'a tellement branchée ! Il m'a filé de la coke et moi, tu me connais…

— L'enfoiré ! Je vais le tuer !

— Tu vas le dire à Paul ?

— Non. Mais tu ferais mieux de rentrer avec lui, il s'inquiète pour votre fille.

Maria redevint colérique.

— Pour *sa* fille ! Il n'y en a que pour elle !

— Maria, arrête les conneries, promets-moi.

Elle lui fit un sourire, plissant les yeux d'un air perfide.

— Si le beau jeune homme à l'accent marseillais me rappelle, je ne te promets rien.

Elle s'éloigna à grands pas sur ses talons de douze centimètres, balançant des hanches dans sa robe rouge sous les regards avides des hommes. Pierrot se prit le visage dans les mains. Si son pote apprenait que Brunel se tapait sa femme, ce serait la catastrophe. Sa famille éclaterait et, cette fois, ce ne serait pas son flingue qu'il laisserait en mission mais sa vie. Boisfeuras devait se débarrasser du Marseillais pour sauver son frère d'armes. D'une manière ou d'une autre. Cette fois, il avait passé les bornes. Quel fils de pute !

Deux jours après la soirée organisée à la préfecture, l'inspecteur Pierre Boisfeuras affranchissait son équipe sur les révélations de Pedro. Un gros deal se préparait. Une bande de La Courneuve, qui se cachait sous la façade d'une association antiraciste sponsorisée par le gouvernement et les communistes de la mairie, devait faire un achat de dope avec les fascistes autrichiens. Il y en avait pour un kilo, d'après le skin aux veines perforées, et donc un gros paquet de fric à échanger. Boisfeuras ne savait pas si le chef du gang nazi serait présent, mais cela ferait tout de même une belle prise, plus de quoi faire trembler les tours de La Courneuve s'ils démantelaient le réseau. Le bruit courait que le fric servant au deal provenait des subventions à l'association SOS Racisme – c'était « Touche pas à ma dope » et tu auras la paix sociale.

L'échange devait se passer au niveau trois du parking souterrain de la galerie Montparnasse. Boisfeuras avait réussi à obtenir le soutien de quatre membres de l'Antigang. Il comptait opérer le flag en encerclant le lieu de deal et en bloquant la fuite des gars de La Courneuve. Ayant sa petite idée en tête, il avait chargé Francine et le Marseillais de garder le niveau quatre, où se trouvaient l'entrée ainsi que la sortie à l'air libre.

Vers dix-sept heures, le groupe des Stups était en place sous la galerie marchande, radio branchée dans les voitures, elles-mêmes garées dans la pénombre du sous-sol. Les fafs étaient venus à moto, et d'après Pedro les cocos de La Courneuve devaient faire de même. Les deux hommes au crâne rasé se trimballaient des fusils-mitrailleurs et fumaient en surveillant les bagnoles qui les entouraient. Boisfeuras et Lartéguy devaient les prendre par la gauche, alors les membres de l'Antigang formeraient une pince pour les coincer.

Mais avant, il fallait que les acheteurs se pointent. La radio grésilla vers dix-sept heures quinze.

— Ici le Marseillais, nos amis viennent de passer. Deux crânes sur une Kawasaki. Ils montent vers vous, celui de derrière a un gros sac sur les genoux.

Le Marseillais et Francine n'avaient pas bougé une oreille en voyant se pointer leurs clients. À présent, ils avançaient la 205 de service pour bloquer le passage vers la sortie. Ils s'apprêtaient à remonter vers le niveau trois quand Boisfeuras hurla dans la radio :

— On est repérés, on tape ! On tape !

Il déclencha le flag. Francine et le Marseillais entendirent des coups de feu au-dessus d'eux, des rafales de mitraillette, le crissement des freins de la moto qui faisait demi-tour pour revenir vers eux.

Brunel dégaina son Beretta en gueulant :

— Francine, sors ton calibre, vite !

Il commença à canarder dès que la bécane arriva. Le pneu avant explosa et la moto glissa sur le ciment laqué comme sur une patinoire. Le conducteur et son passager furent éjectés. L'un d'eux tapa dans un piler avant de se relever pour se mettre à courir. Francine se lança à sa poursuite. Le Marseillais vit le sac bourré de fric rebondir sur le capot de sa bagnole. Il se jeta sur le deuxième gars, qui lui envoya un coup de casque dans la figure. Le flingue de Brunel valsa. Quand le Marseillais se redressa, le type était en train de tenter de battre le record du cent mètres en direction de Francine et de son collègue.

Le temps s'arrêta. Brunel hésita. Son cœur résonnait dans ses tempes, il entendait l'écho des rafales d'armes automatiques au-dessus de lui, les pas de l'homme qui claquaient sur le ciment. Ses yeux repérèrent son arme sur le sol, à quelques mètres de la moto. Il se dirigea vers le sac noir qui reposait devant le pare-chocs de sa voiture.

D'un coup, la vie reprit son cours à deux cents à l'heure. En moins de trois secondes il fit le tour de la bagnole, ouvrit le coffre et souleva la roue de secours. Il fit glisser la fermeture du sac de sport et ne put retenir un sifflement admiratif. Des milliers de biftons de cinq cent balles s'étalaient sous ses yeux. Il entassa une vingtaine de grosses liasses dans l'emplacement vide, puis réinstalla la roue, claqua la porte du coffre et, au moment où il revenait vers l'avant de la voiture, vit Lartéguy qui descendait en courant du niveau quatre.

— On les tient, Brunel ! L'Antigang en a abattu un et Pierre a menotté l'autre. On a la came, et vous ?

Le Marseillais leva le bras, montrant le sac.

— J'ai récupéré le fric.

La gueule de Lartéguy tomba par terre.

— Qu'est-ce qu'on en a à foutre, putain ! Ils sont où, les enfoirés ? Et Francine ?

— Je viens de sortir du coaltar, je me suis pris une beigne dans la tronche et le gars a réussi à se barrer.

— Une beigne dans la tronche ? Et Francine ? Merde !

Boisfeuras arriva à son tour. Il visualisa la scène, repéra le sac dans la main de Brunel et ne put retenir un petit sourire. Mais l'inquiétude de Paulo était malheureusement fondée. Ils partirent à la recherche de leur collègue.

Ils retrouvèrent Francine dans les escaliers de secours ; elle avait été poignardée dans le dos, sans doute par le deuxième fuyard. On l'emmena aux urgences. Elle allait s'en sortir mais devrait se passer d'un rein et mettrait des années à s'en remettre. Lartéguy, furieux, voulait massacrer le Marseillais. Boisfeuras lui expliqua qu'il avait une meilleure idée.

Il lui donna rendez-vous le soir même sur les lieux du flag.

Ils restèrent dans la bagnole, à surveiller la casemate du gardien, et Boisfeuras expliqua son plan à Lartéguy.

— Cet enculé a dragué ta femme toute la soirée, et je les ai vus, tous les deux…

— C'est bon, Pierrot, je ne veux pas le savoir. On le fait.

— Tu es sûr ?

— On le fait, je te dis. Pas pour Maria, pour Francine. Cet enculé n'a plus rien à foutre au 36.

La 205 de Brunel se pointa. Le jeune flic en descendit et se dirigea vers la casemate. Boisfeuras lui fit des appels de phares avant de descendre à son tour, suivi de Lartéguy. Brunel haussa les épaules en souriant.

— Hé, les gars, qu'est-ce que vous foutez là ?

— La même chose que toi, lui répondit Pierre. On est venus récupérer les bandes vidéo.

— Les bandes vidéo ? Ah ouais, on a eu la même idée.

Lartéguy s'approcha de lui.

— Combien ça vaut, la peau d'une flique ?

Brunel lui lança regard noir.

— Qu'est-ce que tu dis, connard ? Je comprends rien.

— Cinquante, soixante mille ? Combien t'as piqué dans le sac des gars de La Courneuve pendant que ta collègue était en danger et qu'elle avait besoin de toi ?

Le Marseillais n'était pas con. Il se tourna vers Boisfeuras, qui sortit une cassette vidéo de sa poche.

— On a les bandes, t'es foutu. Non-assistance à personne en danger, vol de recel, corruption, mise en danger de la vie d'autrui, complicité d'évasion, consommation de drogue. T'es ce que la police produit de pire. La dernière des merdes !

— Vous voulez votre part, c'est ça ?

Boisfeuras eut un petit sourire.

— Notre part ?

Il fit le tour de la voiture et attrapa un sac sur la banquette arrière. Il le posa sur le capot.

— Là-dedans, il y a deux cent mille balles, ils sont pour toi.

Cette fois, Brunel perdit de sa morgue.

— Qu'est-ce que vous voulez ?

— Tu prends le fric, tu démissionnes, et tu quittes le pays.

— Allez vous faire foutre ! Vous avez peur de plonger, c'est ça ? Mais si on se couvre, comme des vrais flics, ils pourront rien contre nous.

Cette fois, Lartéguy explosa. Il se jeta sur lui et le plaqua contre la voiture.

— Espèce d'enculé ! Tu crois quoi ? Qu'on est comme toi ? T'as raison, on va avoir une enquête sur le dos, les bœuf-carottes vont vouloir savoir pourquoi il manquait du fric dans ce putain de sac, et aussi ce que tu foutais alors que ta collègue se faisait suriner ! C'est tout le groupe qui va morfler. À cause de tes conneries, on va passer sur le gril, cramer nos carrières, foutre en l'air nos familles ! Alors écoute-moi bien !

Paulo dégaina son arme et la colla contre la figure de Brunel en gueulant :

— À genoux ! Fous-toi à genoux !

Brunel eut un haut-le-cœur ; il leva les bras en se laissant tomber sur les genoux et en grognant entre ses dents :

— Espèce d'enfoiré !

Paulo vrilla le canon contre sa tempe.

— Tu vas prendre le fric, en plus de celui que tu as déjà volé, et tu vas te barrer ! Dès demain, tu donnes ta démission. Tu donnes ta démission ! Comme ça, les flics comprendront et ils classeront l'affaire. Ensuite, tu quittes le pays. Tu sais pourquoi ? Si tu n'obéis pas, on filera les bandes vidéo aux bœuf-carottes et tu plongeras pour dix piges. Mais il n'y aura pas que ça. Si tu ne fais pas ce qu'on te demande ou si je te revois traîner autour de ma femme, de ma ville, de mon oxygène, je te bute ! Je te jure que je te fous ce canon dans la gueule pour la truffer de plomb. Dis-moi que t'as compris ? Dis-le-moi !

Ces derniers mots étaient sortis de sa gorge dans un cri inhumain.

Brunel comprit que Lartéguy ferait ce qu'il disait. Il répondit d'un ton haineux :

— C'est bon, enculé, j'ai compris !

Il se prit un coup de crosse dans la figure, puis Paulo rangea son flingue.

— Lève-toi, prends le fric et tire-toi. File au Brésil, t'aime la coke et les culs, tu seras bien là-bas. Sinon, tu sais ce qu'il t'arrivera.

Furieux, Brunel récupéra le sac et partit vers sa Peugeot. Avant d'y grimper, il jeta un regard empli de feu aux deux flics.

— Un jour, je vous buterai. Je reviendrai, enfoirés, et je vous buterai tous les deux. Je le jure !

Boisfeuras fit un pas vers lui.

— Pourquoi tu le fais pas tout de suite ? Fils de pute, vas-y, sors ton flingue et fais-le !

Brunel claqua sa portière, fit vrombir les soupapes de sa GTI, accéléra et disparut. Pierrot respira un grand coup. Paulo tenait toujours son pistolet. Il avait la haine, la rage… maintenant, il comprenait ce que ressentait Lise lorsqu'elle frappait.

Et là, dans ce parking, une solution commença à se dessiner dans son esprit. Il y avait tellement de pourritures sur cette planète… si la violence de sa fille pouvait servir le bien ?

La souffrance engendre la violence, mais si cette violence allait vers le bien ? Si c'était ça le vrai défi, le vrai combat, le vrai courage ?

47

De nos jours

Le plomb noir de la nuit pesait sur la ville comme le spleen sur les épaules de Lise. Cette affaire qui la replongeait dans le passé la faisait frissonner. « À moins que ce soit l'humidité du canal tout proche », se dit-elle en remontant le col de sa parka et en pénétrant dans l'hôpital. Les néons blafards des couloirs du service de réanimation éclairaient le désarroi des parents attendant près des chambres. Lise repéra celle de Camilla à l'uniforme bleu du gardien en faction devant la porte et, surtout, à l'attroupement de costards-cravates. Sur des bancs et des chaises disposés par les infirmières, une demi-douzaine de flics en civil, mal à l'aise avec leur flingue gonflant leur blouson de cuir, chuchotaient. « Des collègues de Camilla », pensa la policière. Elle reconnut quelques pontes de la Maison qui la regardèrent passer d'un air impressionné ou réprobateur – la folle qui avait sauté sur une rame de métro afin de rattraper un tueur de flic. Paupiette fumait une cigarette derrière une porte vitrée donnant sur la passerelle de l'escalier de secours. Lise se faufila près d'elle et sortit son paquet de Camel. Sa collègue lui envoya une œillade en souriant.

— Alors, il paraît que tu nous as fait un remake de Belmondo ?

— Oui, reconnut la flique en mâchouillant le filtre de sa clope, sauf que ce n'était pas à La Motte-Picquet mais à Austerlitz.

— Je le savais, pour qui tu me prends ?

— Tu m'avais dit une fois que Belmondo avait joué dans *Flic Story.*

— Je voulais dire *Un flic*, je m'étais trompée.

— C'est pareil, c'est toujours pas Belmondo, mais Delon.

— *Un flic à abattre* ?

— *Trois hommes à abattre*, tu t'enfonces, et toujours pas de Belmondo.

— Bon, enfin, tu sais très bien de quel film je parlais, celui qui se passe à Marseille, avec le mot « flic » dedans.

— *Flic ou voyou*, ça se passe à Nice, pas à Marseille. Tu confonds avec *Le Marginal*, mais c'est pas grave. Paupiette, j'ai une question à te poser.

Devant son air grave Paupiette fronça les sourcils et envoya valdinguer son mégot dans le vent mouillé.

— Oui, bien sûr, chérie, qu'est-ce qu'il y a ?

— Je ne sais pas, une intuition. Quand tu t'es fait agresser l'autre matin, tu crois que ça aurait pu être par une femme ?

— Purée, comment tu veux que je le sache ? Le coup de marteau m'a sonnée, mais comme j'ai eu peur d'en recevoir un deuxième, je me suis retournée et j'ai vu une cagoule noire, avec des yeux clairs dans des toutes petites fentes. C'est tout. Y avait déjà un paquet d'étoiles qui me tiraient vers le bas, tu sais, quand tu vois passer des galaxies.

— Des constellations, oui, je vois très bien, j'ai reçu quelques coups sur la tête moi aussi. Au fait, comment tu vas ? Tu ne devrais pas être au lit en train de manger de la soupe verte en regardant *La Roue de la fortune* ?

— Ça va beaucoup mieux. Je n'ai pas encore le droit de sortir, mais l'infirmière sait que je suis ici.

— Tu aurais pu garder ta blouse, t'étais tellement belle.

— Avec le cul à l'air, non merci ! Le truc, c'est qu'ils veulent que je repasse une radio demain matin avant de me libérer. En revanche, pour Camilla, c'est chaud. Ils l'ont plongé dans le coma de peur qu'il ait une attaque ou quoi. Merde, ses parents sont là…

Lise tourna la tête et vit un couple à l'air abattu sur le seuil de la chambre. Ils étaient en train de discuter avec Brigitte qui en sortait. Elle leur serra la main, puis se dirigea vers ses deux collègues.

Lise avait envie de rentrer ; il faisait froid, sa clope était sur la fin, mais elle savait que sa cheffe allait avoir envie de s'en griller une. Elle fixa à nouveau Paupiette.

— Et ses yeux ? Paupiette, comment ils étaient ?

La lieutenante dévisagea Lise quelques secondes sans répondre. Elle avait mis toutes ces informations dans son rapport ; Lise avait dû le lire, qu'ajouter de plus ?

— Clairs.

— Bleus ?

— Pourquoi ?

— Pitié, les filles, vous barrez pas, ça fait une heure que j'ai envie de fumer !

Elles se poussèrent pour faire de la place à leur cheffe sur la petite passerelle exposée au vent glacial. Brigitte, encore sous deux cent vingt volts, parlait tout en allumant sa clope :

— Putain, Suaut a fait du bon boulot : il a remonté la piste du fils de Jeanne. Il était bien sergent instructeur à la caserne de Pau, il a eu une permission le vendredi à midi et s'est rendu à Toulouse pour prendre l'avion du soir pour Paris.

— Tu veux dire… le soir où le directeur a été assassiné ? demanda Paupiette.

— Oui, vendredi soir. L'avion a eu du retard, il s'est posé à vingt-trois heures trente, et devinez qui est allé le chercher ?

Lise avait compris.

— Jeanne, sa mère ! Suaut s'est procuré les bandes vidéo de l'aéroport, c'est ça ?

— Oui, ma belle. Il dit qu'on voit notre amie la secrétaire embrasser son fils et se diriger vers la sortie du terminal aux alentours de minuit.

La cheffe de groupe remarqua l'expression défaite de sa collègue et lui prit la main.

— Paupiette, même s'il n'était pour rien dans la mort de Boisfeuras, il a quand même failli éventrer Lise. Tu n'as aucun regret à avoir.

— Merde ! On avait le mobile, le sac bourré de fric, la haine de s'être fait tromper, le fils caché, sans parler du tisonnier ! s'emporta Lise.

— Le tisonnier, on l'a retrouvé dans un placard de l'entrée. Jeanne devait s'en servir d'arme de protection. En tout cas, il était vierge de sang. C'était dans le rapport de la Technique qu'on a reçu ce matin.

— Oui, je l'ai lu, intervint Paupiette. Quant au fric, ils ont dû décider de le voler après le meurtre. Lise, tu avais l'air de dire que l'idée venait du fils ?

— Il s'en est presque vanté devant moi, comme s'il avait l'intention de dépouiller sa mère par la suite. Elle a agi dans un coup de sang en fouillant dans les affaires de Boisfeuras après sa mort, pour découvrir avec qui il la trompait. Quant à son fils, le fric lui a tourné la tête : il était prêt à m'ouvrir la poitrine !

Brigitte désigna le groupe d'hommes en costume près de la chambre de Camilla.

— Du coup, c'est l'effervescence chez les pontes. Ils veulent savoir si Brunel pourrait être responsable de la mort du directeur. On m'a adjoint un groupe de la BRI et ils ont déjà des hommes devant les domiciles de son ex-femme et de son fils. Au cas où il se pointerait. Suaut se dépense sans compter pour son pote blessé. Il a remonté des archives un carton plein de toutes les affaires dont ton père, Boisfeuras et Brunel s'étaient occupés à l'époque où ils bossaient ensemble aux Stups. L'inspecteur Gilles Brunel a bien démissionné en 1995, pour raisons personnelles. Mais on va sûrement la trouver, la raison. C'est la clé.

Lise eut une moue appréciatrice.

— T'es vraiment douée, ma chérie, c'est pour ça que je veux rester dans ton groupe. Oui, la clé de cette affaire a un rapport avec la démission de cet enfoiré. Tu peux appeler Suaut et lui dire de ne plus se fatiguer à fouiller. Boisfeuras avait parlé de Brunel à son fils, qui m'a tout raconté.

— Tout à l'heure ?

— Oui.

Paupiette ouvrait de grands yeux : elle avait été briefée par Brigitte sur la fusillade de l'après-midi, mais ne connaissait pas les détails concernant ce fameux Brunel.

Lise leur résuma l'histoire en concluant que Brunel avait pété un câble et était revenu pour se venger. Sa responsabilité dans l'assassinat de Boisfeuras paraissait évidente, surtout après qu'il avait tenté d'abattre Lise. Les filles échafaudaient des suppositions, quand un remue-ménage dans le couloir attira leur attention. Devant la chambre de Camilla, il ne restait plus que le flic en faction et les parents ; tous les autres étaient partis. Les infirmières arrivaient avec un chariot garni de matériel, des médecins s'étaient enfermés avec le malade. Les trois policières allèrent aux nouvelles.

— Qu'est-ce qu'il se passe ? demanda Paupiette.

La mère pleurait en essayant de contenir les tremblements dans sa voix.

— Il a fait un AVC.

— Merde…

Lise serra les mains de la femme. Derrière la porte, on entendait les injonctions de la réanimation, une infirmière sortit en courant pour revenir avec un lit roulant et deux brancardiers. Deux secondes plus tard, toute l'équipe ressortait Camilla, étendu sur le lit, et se précipitait vers l'ascenseur. Un jeune interne prit la peine de s'adresser aux parents :

— On l'emmène au bloc pour une thrombolyse.

Les filles restèrent avec les parents dans la petite salle d'attente, faisant des allers-retours à la machine à café et sur la passerelle extérieure. Quand les infirmières ramenèrent leur collègue dans sa chambre, elles décidèrent de s'attarder encore un peu. Paupiette alla chercher des sandwichs, Lise rêvait d'une bière et Brigitte grillait clope sur clope.

Vers huit heures du matin, Lise était avachie sur Paupiette, elle-même recroquevillée sur la banquette de la salle d'attente, quand Brigitte les réveilla avec des cafés.

— Debout, les filles ! Camilla va beaucoup mieux. Il est parti pour une batterie de tests, mais son pouls a repris un rythme, disons, normal. Les médecins paraissent moins inquiets.

Lise regarda sa collègue en se frottant les paupières : les cernes de la nuit blanche creusaient ses traits, mais un sourire en coin animait son visage d'une gaieté enfantine. Elle remarqua le portable encore dans la main de sa cheffe et lui renvoya son sourire.

— Toi, tu as appris quelque chose. On a coincé Brunel ?

— Réveille Paupiette.

— Tu veux que je me fasse tuer ou quoi ? Écoute-la ronfler !

En effet, on avait l'impression qu'un paquebot entrait dans la salle d'attente toutes les cinq secondes, sa corne de brume poussant chaque fois un beuglement. Brigitte se dévoua et secoua leur collègue, qui se réveilla d'un coup, battit des bras et tomba par terre.

— Mais ça va pas ou quoi ! Purée ! J'étais en plein rêve, sur une plage avec Tom Hardy.

Lise l'aida à se relever.

— Et vous faisiez quoi, sur cette plage ? Du cheval ?

— Il y avait de ça, mais sans le cheval.

Le rire de Brigitte résonna dans la pièce. Les policières avaient les nerfs à fleur de peau et Lise s'esclaffa à son tour, alors que Paupiette se rallongeait. La capitaine lui secoua l'épaule.

— Réveille-toi, ma grosse. Camilla va mieux et on a retrouvé Brunel.

Lise tourna de grands yeux vers sa cheffe.

— On l'a arrêté ?

— Pas vraiment. On l'a retrouvé à Saint-Maur-des-Fossés, sur le parking d'un supermarché. Il a été roué de coups.

— Il est mort ?

— Aussi mort qu'un steak sur l'étal d'un boucher, si je peux me permettre.

Cette fois, ce fut au tour des bouches des filles de s'agrandir.

— Je viens d'avoir un appel de nos collègues de Saint-Maur. Ils m'ont envoyé quelque chose qui pourrait t'intéresser, Lise.

— Pourquoi moi ?

— Tu vas comprendre. Je ne sais pas si l'assassin est une abrutie ou si c'était fait exprès, mais le parking était truffé de caméras vidéo, et elles n'en ont pas perdu une miette.

Elle présenta l'écran de son téléphone aux deux policières.

Un film en noir et blanc. Un parking désert éclairé par des lampadaires. Une camionnette blanche arrivait ; l'horloge en bas de l'écran indiquait deux heures du matin. Le chauffeur, une silhouette vêtue d'un manteau noir et d'une cagoule, allait ouvrir la porte latérale pour en sortir un homme bâillonné, pieds et poings liés par du chatterton. Brunel. Le chauffeur le tirait jusqu'au pied d'un lampadaire, en pleine lumière. Puis il se tournait vers la caméra, placée plein axe en hauteur, avant d'aller chercher un marteau dans la camionnette. Et là, les coups se mettaient à pleuvoir.

— Un marteau…, chuchota Paupiette.

Brigitte jeta un coup d'œil à Lise.

— Attends, ce n'est pas fini. La suite devrait intéresser notre ami Martignon.

Les policières virent le corps de Brunel avachi, une grande tache noire s'élargissant sous lui, le crâne réduit en bouilli, même si la vidéo minorait les détails. L'assassin fixait une nouvelle fois l'objectif en hochant la tête, avant d'ouvrir les portières arrière de la camionnette. Une petite passerelle de métal apparut et une forte lumière éclaira le sol. Une moto descendit, chevauchée par une motarde. La tueuse avait enlevé son manteau pour dévoiler sa tenue de cuir et enfilé un casque intégral. Lise la reconnut immédiatement. Elle n'y avait pas prêté attention lorsqu'elle l'avait aperçue sur sa moto la veille, à la Bastille et sur les quais, mais à présent les formes féminines de la silhouette lui sautaient aux yeux. Celle-ci vint garer son engin face à la caméra, puis se dirigea vers la camionnette, à laquelle elle mit le feu. Ensuite, elle déposa une feuille de papier près du corps de Brunel. Et tandis que les flammes bouffaient le ciel d'une grosse fumée noire, elle grimpait sur son bolide et s'échappait dans une roue arrière d'une grande maîtrise. Lise entendit presque le rugissement du moteur.

— Il s'agit d'une Ducati, dit-elle.

— Une Ducati rouge, précisa Brigitte. Regarde, on a une caméra qui filme l'entrée du magasin, en couleur cette fois. On voit passer la fille à travers les vitres.

Les images défilèrent, ralenties et floues, montrant une motarde entièrement vêtue d'écarlate chevauchant une moto rouge.

— Et sur le mot, il y avait quoi ? demanda Lise. « Pourvu qu'elles soient douces » ? « Maman a tort » ?

— T'y es presque. On est tombés sur une dingue de Mylène Farmer. Cette fois, on a eu droit à « Désenchantée ».

Lise encaissa en silence. Ses doutes se confirmaient, mais elle préférait continuer de se mentir, de se persuader qu'il devait s'agir d'une autre personne.

Paupiette hocha la tête.

— Je n'y comprends rien. D'où sort cette fille ? Qui est-elle ? Ce serait elle qui m'aurait agressée l'autre matin ? Mais pourquoi ?

Involontairement, elle regarda vers Lise en posant cette dernière question, tout comme Brigitte. Les deux policières sentaient confusément que leur collègue avait un lien avec tout ça. D'ailleurs, comme si elle se parlait à elle-même, Brigitte lâcha :

— Si tu n'avais pas passé la nuit avec nous, on aurait pu croire que c'était toi.

— D'autant que j'avais des raisons d'en vouloir à Brunel.

— Oui, et je n'ose pas imaginer la joie de Martignon…

Lise coupa court à ces divagations :

— Sauf que je n'ai pas de Ducati, mais une KTM et, comme vous le savez, ma combinaison de moto est noire.

Sentant un peu d'amertume dans sa voix, Brigitte tint à préciser :

— On déconne, mais c'est la preuve qu'il faut éviter les suppositions hâtives. Tout va trop vite, comme un fait exprès… Il faut qu'on prenne le temps de poser les choses à plat. Enfin, merde, n'oublions pas qu'il s'agit sûrement de la tueuse au scalpel ! Celle des deux Chinois du boulevard Saint-Denis et du gars au bec-de-lièvre de Bondy, qui, je vous le rappelle, a été assassiné à la même heure que Boisfeuras. On ne peut pas la soupçonner pour ça, à moins qu'elle ait un complice et qu'ils trucident à tour de bras rien que pour nous emmerder. Non mais tu y crois ? C'est quoi, le putain de rapport avec Brunel, Paupiette, Boisfeuras et les enquêtes de Martignon ? Et dire que sur certaines affaires on pleure de n'avoir rien à se mettre sous la dent ! Bon, je vais aller sur place rejoindre le gros des troupes qui est déjà au travail. Paupiette, tu as tes radios à faire et toi, Lise, je veux que tu rentres prendre une douche. La journée va être longue et on va avoir du boulot, je compte sur toi. Tu me rejoins dès que tu peux ?

— Et toi ? T'es ravagée, t'as besoin de repos.

— J'ai dormi deux heures cette nuit. On débriefera dès que tu arriveras, et tu taperas les rapports pendant que je rentrerai me changer. Chacune son tour !

— Comme ça, ça me paraît honnête, accepta Lise. Bon, j'y vais.

Les trois policières étaient troublées. Après les émotions de la nuit, les derniers événements… Paupiette ne put s'empêcher d'ajouter :

— C'est quand même une histoire de fou.

Lise avait un air un peu plus grave que ses collègues ; des idées lui trituraient la cervelle, des souvenirs qu'elle refusait de voir revenir.

— Je ne sais pas pourquoi, mais je sens que ça va bientôt se terminer.

Brigitte s'étonna :

— Qu'est-ce que tu veux dire ?

— Rien, j'ai juste besoin d'une bonne douche.

— Lise, tu as vu le nombre d'agressions, de blessures, de morts ces derniers jours ? Tu es en plein milieu. Ne fais pas de… Sois prudente.

— Promis.

Lartéguy descendait la rue menant à son appartement. Le ciel d'un gris laiteux lui renvoyait son spleen, la fatigue la faisait frissonner, les images du passé s'entrechoquaient dans son esprit. Un fourgon noir était garé juste devant chez elle. Lorsqu'elle arriva à sa hauteur, une lampe rouge s'alluma derrière son crâne, mais trop tard. Plus assez de réflexes ou trop de lassitude ? Une masse portant un masque de Batman apparut, le poing tendu vers son visage et, fusant de ce point, un jet brûlant arrosa sa figure. Dans son dos quelqu'un la saisit aux épaules, elle se prit un swing derrière le crâne et un ballot noir écrasa son esprit.

48

Une odeur de pisse, de merde, de mazout… Lise eut envie de gerber. Elle hoqueta et tenta de rouler sur le côté, mais elle était attachée sur une chaise, aveuglée par une lumière crue. Un haut-le-cœur l'emporta, et de la bile et du vomi giclèrent sur sa poitrine. Un jet chaud qui électrisa la pointe de ses seins et la réveilla complètement. Elle était entièrement nue. Ses pupilles étaient martelées de petites pointes d'aiguille, comme si on les avait frottées avec du piment. Elle se secoua, poussa un cri et banda ses muscles. Nom de Dieu, ce que ça caillait ! Cela lui donna envie de rire. « Quelle merde ! Je taillerais une pipe à un bouc contre un cachet d'aspirine ! Non, deux cachets d'aspirine ! » Un nouveau hoquet. Elle frissonna. « Putain, c'est pas la grande forme ! »

Lise regarda tout autour d'elle… Une baraque abandonnée, du papier peint déchiré, une baladeuse avec son ampoule nue, des canettes vides, des restes de foyer, des fils électriques arrachés, des planches clouées aux fenêtres cassées. C'est de là que provenait l'air froid. Elle se retint de claquer des dents. Afin de se donner du courage, elle hurla :

— Hééééééé ! Hoooooooo ! Bande d'enculés ! Y a quelqu'un ? Chuis réveillée !

Pourtant, une énorme lassitude l'empêchait d'avoir la rage. L'empêchait de se transformer en Bête. Cela lui fit presque du bien. « Je suis guérie », pensa-t-elle, et aussitôt le nom de Solveig dans son esprit lui réchauffa le cœur. « Solveig, ma chérie, je suis guérie ! » Bêtement, elle se disait que dès qu'elle rentrerait, elle ferait tout pour retrouver son amie, l'enlacer, la serrer dans ses bras.

Il y eut un raclement dans son dos. Puis un homme se plaça devant elle. Un visage de film d'horreur : boursouflé, écrasé, bouilli, froissé, les yeux à demi enfoncés, la bouche lippue formant un S couché, le crâne rose, comme scalpé.

« Bougeard ! »

— Alors, salope ! Alors, salope !

Le cerveau de Lise se mit au travail – si la Bête dormait en elle, ses vieux démons, eux, subsistaient. Seuls ses bras et ses poignets étaient attachés, ses jambes étaient libres. Elle pourrait le frapper au bas-ventre ou bien se lever et casser la chaise contre un mur. Mais la seule chose qu'elle parvenait à faire, c'était serrer les mâchoires afin de ne pas claquer des dents. Du coin de l'œil, elle observa Bougeard qui tournait autour d'elle.

— Des mois que j'attendais ce moment, cette vengeance ! Et je ne suis pas seul. Devine qui vient dîner ce soir ? Stéphane !

— Ferme ta gueule ! Tu me donnes envie de dégueuler quand tu parles.

— Fais la mariolle, connasse ! Tu riras moins dans quelques minutes.

— Détache-moi, enfoiré, bats-toi comme un homme !

Estomaqué par sa virulence, et histoire de reprendre contenance, il eut envie de l'enfoncer un peu plus.

— Comme ça, tu es flique, salope ! Lieutenant Lise Lartéguy ?

— Oui, et quand mes collègues te tomberont dessus, tu regretteras ta connerie. Allez, détache-moi, et on fait comme si rien ne s'était passé, d'accord ?

— Tes collègues ? Lesquels ? Tu crois avoir des amis, un monstre comme toi ?

— Ce sont des flics qui m'ont balancée ?

— Je n'ai pas dit ça.

— Putain, t'as pas oublié d'être con, à la naissance, tu viens de dire le contraire ! Donne-moi leurs noms, enfoiré !

Elle reçut une gifle en pleine figure, puis une deuxième. Surprise de ne pas en avoir profité pour le frapper avec ses pieds. Qu'est-ce qui la retenait ? La peur ? Non. Alors pourquoi ne réagissait-elle pas ?

Il y eut des pas, puis Stéphane apparut. Dès qu'il aperçut la policière, il se rua vers elle.

— Depuis le temps que j'attendais !

Il la frappa encore et encore, lui cognant les seins, donnant des coups de pied dans ses mollets, mettant des directs dans son abdomen, de plus en plus fort, en ahanant, jusqu'à ce que chaise et victime valdinguent sur le sol. Bougeard se précipita pour les remettre debout, tandis que Stéphane reprenait son souffle.

— Bon, assez rigolé, il est temps de passer au dîner.

Il fit pivoter la chaise. Juste à côté de la porte, une gazinière était branchée à une bouteille de gaz, et dessus une cocotte-minute sifflait doucement.

Lise cracha du sang, le regard vague, le corps meurtri, à deux doigt de tomber dans les vapes. Bougeard la secoua pour qu'elle relève la tête.

— Tu m'excuseras, mais tu n'auras pas droit aux légumes et au bœuf, j'avais la flemme de cuisiner, rigola-t-il en récupérant un torchon. Par contre, tu auras un traitement spécial, l'intégralité de ton corps de pute va y passer !

— Attends, fit Stéphane, les yeux brillants de méchanceté. J'ai bien envie de me la sauter avant, qu'est-ce que t'en penses ?

Bougeard parcourut des yeux le corps de Lise ; c'est vrai qu'elle était bien foutue. Stéphane partit dans ses fantasmes.

— On la garde attachée, je lui tiens les bras et tu la prends par-derrière, cette pute ! Moi, je vais l'obliger à me sucer, tu vas voir !

— Ouais, bonne idée !

Lise reprenait doucement ses esprits. Elle se redressa légèrement pour fixer cette saloperie de cocotte-minute, se forçant à ne pas croiser le regard lubrique des deux enfoirés. « Putain, elle est passée où, ta rage ? Tu vas voir si je vais te sucer, connard ! Je vais t'arracher les couilles, oui ! » Mais, au fond d'elle, Lise en doutait. À nouveau, une prodigieuse envie de vomir remonta de ses tripes. Puis quelque chose apparut dans son champ de vision. Une chose qui la réchauffa instantanément.

Une forme rouge, étincelante !

Elle se tenait à l'entrée de la pièce, portant son casque de motarde, sa combinaison de cuir rouge et ses bottes écarlates aux bouts ferrés. Même ses gants aux phalanges recouvertes de carbone avaient cette couleur de sang. Reposant négligemment sur son épaule : une batte de baseball.

Deux pépites brillaient dans la pénombre du casque à la visière ouverte. Sa voix s'éleva, douce et forte, légèrement assourdie :

— Messieurs ?

Stéphane se retourna. Lise le vit bondir en arrière comme s'il venait d'apercevoir le diable. Bougeard pivota lentement. Un mot, un seul, s'étira entre ses lèvres boursouflées :

— Noooooon…

La batte vola, envoyant le défiguré embrasser un carton à pizza sur le sol et faisant fuir les cafards agglutinés dedans. Stéphane tenta une sortie de rugbyman, tout droit sur la motarde, mais la frappe le cueillit sur le crâne comme on tranche le billot à la hache. Il s'écroula sur les genoux. La fille continua de cogner, méthodiquement, passant d'un homme à l'autre.

Même si la tête lui tournait, Lise se détendait, alors que son cœur se serrait. De voir les deux hommes se faire défoncer ainsi lui donnait la nausée, faisant baisser sa tension… elle tournait de l'œil – une sorte de protection, de repli, de fuite, à moins que ce ne soient les coups portés par Stéphane après sa blessure à la tête. Elle entendit vaguement les cris, les bruits flasques de la chair qui éclate, puis celui de la vapeur de la cocotte-minute qui fuse, suivi de rugissements de terreur. Elle sentit l'odeur de chair bouillie… Elle plongeait de plus en plus… On la ballotta, la transporta, elle était si fatiguée, si fatiguée, comme si elle mourait…

Elle se réveilla dans son lit, habillée, courbaturée. Il était dix-neuf heures. Son appartement empli de silence la rassura : elle était seule. Sa tête hurlait, son corps aussi. Elle se traîna jusqu'à la salle de bains et avala plusieurs cachets antidouleur. Puis elle tâta doucement l'arrière de son crâne. Une plaie sanglante avait empêché la formation d'un œuf et la zone, bien qu'extrêmement sensible, ne semblait pas fendue. Elle se lava doucement les cheveux à l'eau tiède, posa un gant sur sa plaie en tapotant, puis se déshabilla et se doucha avant d'enfiler son peignoir. Elle retourna s'allonger, quand une pensée la fit paniquer. Son portable était sur la pile de BD qui lui servait de table de nuit ; il y avait un mot de Brigitte :

Pas de souci, ça devait arriver, désolée de ne pas avoir anticipé. Prends ton temps, on n'a rien de neuf pour le moment.

Elle fit défiler la conversation ; quelqu'un, ou quelqu'une, avait envoyé un message à sa place :

Suis malade, épuisée, désolée, donne-moi deux jours, je te tiendrai au courant.

En revanche, rien de la part de Solveig. Finalement, se dit Lise, ça tombait bien. Elle avait besoin de réfléchir. Elle eut un frisson en repensant à Bougeard et à son pote. Merde, quel cauchemar ! À chaque retour en arrière, la nausée, celle du dégoût, revenait.

Lise s'était vue à travers la motarde rouge. Le Monstre qu'elle était quand elle lâchait la Bête. Pour rien au monde elle ne recommencerait. D'une certaine façon, cette motarde l'avait guérie. S'en doutait-elle ? « Il faudrait que je le lui dise. » Lise savait qu'elle la reverrait, c'était écrit.

49

Années 2000

Linda et Anne-Lise se retrouvent sous une pluie battante, perdues au milieu de nulle part. Une camionnette les a emmenées dans une ferme isolée appartenant à deux hommes. *L'un d'eux veut enfermer Anne-Lise dans la salle de bains et l'autre conduit Linda à l'étage... Il ouvre une des portes et pousse Linda dans la chambre. L'adolescente se sent de plus en plus lasse et fatiguée. Si seulement elle pouvait récupérer ce cutter ! La lumière éclaire les murs, et, avec un frisson de dégoût, elle comprend comment la soirée se terminera.*

Au rez-de-chaussée, Roger, qui a réussi à maîtriser Anne-Lise, la projette à l'intérieur de la salle de bains, puis claque le battant derrière elle.

— Quelle furie ! Allez, prends une douche et fais ça bien, sinon c'est moi qui viendrai te frotter le dos !

Terrorisée pour elle, pour son amie, sous l'emprise de l'alcool et de la marijuana, prisonnière des murs blancs, elle crie, se jette contre la porte, la griffe, la martèle, hurle, hurle à s'en arracher les cordes vocales. Puis elle s'affale sur le sol. « Pense à Linda, pense… pense au marteau ! » Un éclat malsain s'allume dans ses yeux. Elle se redresse tant bien que mal, grelottante de froid, et examine la petite fenêtre. Puis elle arrache le porte-serviette du mur avec une force qui la surprend elle-même et, s'aidant de la barre d'aluminium, fait sauter les planches qui l'obstruent. Elle grimpe sur le bidet et passe son corps dans l'ouverture. Sa tête est aussitôt frappée par une cascade de flotte tombant d'une gouttière cassée. Le choc la secoue si brutalement qu'elle se met à rire en se laissant tomber dans la boue. Son visage est recouvert de glaise noire, ainsi que ses vêtements. Ses pieds font des bruits de succion à chacun de ses pas.

Elle ramasse le marteau dans la caisse puis recule pour observer l'étage. Une des fenêtres est allumée. « Linda ! »

L'adolescente regarde l'outil dans sa main. Elle sait comment s'en servir. Un an plus tôt, elle a accompagné son père à un stage d'autodéfense et de maniement de tonfa. L'instructeur expliquait qu'il fallait frapper les os : coudes, genoux, clavicules…

Tout doucement, elle ouvre la porte d'entrée. Un éclair suivi d'un roulement de tonnerre fait trembler la campagne derrière elle.

Anne-Lise se glisse à l'intérieur. Roger lui tourne le dos. Face au téléviseur qui retransmet des scènes de liesse à Calais, il boit un verre de vin rouge en tanguant légèrement, une main posée bien à plat sur la toile cirée de la table du salon afin de garder son équilibre. Anne-Lise frappe de toutes ses forces. Les os de la main s'écrasent dans un bruit de brindilles qui craquent. Roger pousse un glapissement de goret. Il se retourne, pour voir le regard empli de folie d'Anne-Lise dans son visage couvert de boue. Le marteau s'envole une nouvelle fois, l'atteignant au menton. Roger s'écroule. « Il faut l'achever ! » pense-t-elle, mais elle n'ose pas.

Soudain, il y a ce cri horrible :

— Liiiiiiise ! Liiiiiisseeee !

« Linda ! »

Elle se rue dans l'escalier.

Quelques minutes plus tôt, le gros a repoussé la porte dans le dos de Linda. Elle s'est tournée vers lui, repensant aux photos dans l'escalier.

— Vous êtes flic, c'est ça ?

— Ouais, à la municipale de Guines. Je vous ai repérées quand vous êtes entrées dans le bar ce tantôt. Puis j'y ai plus pensé. Jusqu'à ce que le commissariat de Calais appelle le patron pour lui signaler que deux gamines s'étaient échappées de l'institut Camille-Claudel. C'est une chance qu'on vous ait trouvées, avec Roger, quoique lui, il voulait pas, mais bon, faut bien faire son devoir, pas vrai ? C'est la chambre de ma fille, elle est chez sa mère. Tu devrais dégotter des vêtements secs à ta taille. Dès que ta copine sera lavée, elle te rejoindra et elle se changera elle aussi. Je vais redescendre vous préparer un truc à manger et appeler mes collègues de Calais. Faut que je m'excuse auprès de ton amie de l'avoir giflée, mais bon, vous êtes des coriaces, pas vrai ? Et le respect, c'est pas votre truc.

— Vous n'auriez pas dû mettre mon amie dans la salle de bains.

L'homme remarque que Linda ne paraît plus effrayée ; au contraire, un sourire inquiétant se dessine sur ses lèvres et ses yeux pétillent. Avec ses cheveux blonds mouillés emmêlés sur son front, elle a l'air d'une poupée démoniaque. Il demande :

— Pourquoi tu dis ça ?

Alors Linda hurle de toutes ses forces. Un cri sorti de ses entrailles qu'elle réitère trois fois de suite. La porte de la chambre s'ouvre et le policier voit surgir un démon recouvert de glaise qui serre un marteau rouge de sang.

— Qu'est-ce que…

Anne-Lise ne voit que son objectif, sa proie, la chose à abattre, et elle est énorme. Jouant sur la surprise et la rapidité, elle frappe de toutes ses forces l'oreille du gros. L'homme perd aussitôt connaissance et s'écroule sur le parquet. Cela fait un bruit terrible, suivi d'un silence de cathédrale. Anne-Lise lève les yeux sur le sourire victorieux de Linda.

— Tu m'as sauvée, petite sœur, tu m'as sauvée !

— Oui…

Linda s'approche d'elle. Anne-Lise pense qu'elle va se jeter dans ses bras, mais elle lui demande :

— Et l'autre ? Tu l'as tué ?

— Je ne sais pas. Il est en bas…

La blonde se précipite dans l'escalier, tout excitée.

— Je vais le faire ! Je vais le faire !

Les yeux d'Anne-Lise furètent de tous côtés, comme si un nouvel ennemi allait surgir. Une ombre venue d'ailleurs, un monstre de son esprit. Il rôde là, autour d'elle, dans cette chambre d'adolescente aux coupes de gymnastique étalées sur une étagère. Elle sursaute : le gros vient de bouger et un gémissement fuse d'entre ses lèvres. Elle s'éloigne prudemment et ferme la porte de la chambre avant de redescendre les escaliers à toute vitesse. Elle se précipite vers la porte d'entrée, marche dans la boue et envoie le marteau le plus loin possible.

L'orage s'est apaisé, la nuit est presque bleue, on entend le gazouillis des oiseaux annonciateurs de l'aube. Le chien continue d'aboyer sa rage. Lorsqu'elle retourne à l'intérieur, elle cherche son amie des yeux. Elle entend sa voix :

— Je vais m'occuper de toi, tout doucement. C'est quoi, cette vilaine moustache ? Tu crois que je vais te laisser me narguer avec ?

Linda est à quatre pattes au-dessus du corps inanimé de Roger. Armée du cutter, elle est en train de découper la peau au-dessus de sa bouche. Le sang gonfle la moustache, semblable à du jus de groseille. Anne-Lise lui tire le poignet vers l'arrière.

Surprise, Linda se retourne en grognant. Ses yeux de démente semblent lui sortir des orbites.

— Linda ? Qu'est-ce que tu fais ?

— Je m'occupe de lui. Ne t'inquiète pas, après je le finirai.

Anne-Lise lui secoue le poignet pour lui faire lâcher le cutter.

— Aïe, tu me fais mal !

— Laisse-le.

— Mais pourquoi, Lise ? Pourquoi ?

Anne-Lise n'en croit pas ses oreilles. Elle marche vers la porte.

— Si c'est comme ça, je me casse.

— C'est ça, casse-toi, j'en ai pour deux minutes.

Anne-Lise revient sur ses pas et envoie une gifle à son amie, qui porte la main à sa joue enflammée tandis qu'Anne-Lise la met debout.

— Allez, tu viens.

Hébétée, Linda obéit. Elles récupèrent leurs sacs dans la camionnette et partent sur le chemin boueux. Elles ont treize ans, elles sont perdues. Le cœur gris et lourd, comme le ciel au-dessus d'elles.

50

Sur la route, elles marchent tête baissée, chacune plongée dans ses pensées. Anne-Lise tremble d'effroi et de honte, alors que Linda rumine sa colère.

— T'es contente ?

— Contente pourquoi ?

— De les avoir laissés vivants.

— Tu étais en train de le découper. Ça s'appelle de la torture.

— Et toi, tu t'es vue ? Tu les as massacrés à coups de marteau !

— C'était des pervers, ils le méritaient.

— Moi, c'est pareil.

— Non, c'est pas pareil. Je les ai frappés pour nous défendre.

— Pour évacuer ta rage et ta haine plutôt ! Ta folie ! Avoue-le ! Avoue !

Les deux filles s'arrêtent. Les yeux rivés à ceux de son amie, Linda insiste :

— C'est quoi, ton problème avec les salles de bains ? Qu'est-ce qu'il t'est arrivé ? Dis-le-moi ! Je suis ton amie, tu dois me le dire !

— Il ne m'est rien arrivé du tout.

— Lise, il faut qu'on se parle, qu'on partage, et on pourra tout faire ensemble. Je savais qu'en t'enfermant dans la salle de bains, ils allaient te faire souffrir.

— J'ai eu peur, comme toi.

— Tu ne me fais pas confiance. Tu veux que je te raconte la mienne, d'histoire ?

Anne-Lise meurt d'envie de savoir, de comprendre, de comparer, mais elle secoue la tête.

— Non, chacun ses secrets.

— Je ne suis pas d'accord. Je vais avoir quatorze ans dans dix jours, et l'année dernière, juste avant notre anniversaire, j'avais un frère jumeau. Cédric...

Les yeux de Linda se mouillent de larmes.

— Tu imagines ce que ça fait de perdre son frère... son jumeau, en plus ? On dormait dans la même chambre depuis notre naissance, on avait les mêmes jouets, les mêmes repas, les mêmes habits. On s'aimait. Il m'aimait tellement qu'il voulait me ressembler, être ma jumelle. Tu sais ce qu'il disait ? « Les gens n'aiment pas voir quelqu'un de différent, il faut se cacher, intérioriser, ne montrer ses secrets qu'à ceux qu'on aime. » Quand on était ensemble, il se changeait pour être habillé exactement comme moi. C'est l'année dernière qu'il a commencé à souffrir. Cédric était très précieux, bien vêtu, les cheveux peignés, il se mettait parfois un peu de gloss pour faire briller ses lèvres, mais c'était un vrai garçon. Mes parents ont beaucoup d'argent, mais ils ont des idées de gauche et ils ont voulu nous mettre dans un collège public. Il y avait une bande, des racailles, des gros, des Noirs, des Arabes, ils portaient des survêtements, on aurait dit des pyjamas. Le plus gros avait des vues sur moi, je l'ai envoyé se faire foutre, alors ils s'en sont pris à Cédric. En le traitant de fiotte, de tarlouze, comme disait Tony, de tapette. Cédric plaisait aux filles, il avait du style. Ils étaient jaloux, c'est tout. Ça lui faisait du mal. Je lui disais : « On s'en fout, c'est des conneries », mais lui, il était tombé amoureux d'un garçon. Il était persuadé que c'était réciproque. Je l'ai supplié de continuer à se cacher, de rien dévoiler, je lui ai dit que quand il serait grand, ce serait plus simple. Il n'a pas voulu m'écouter. Je ne sais pas ce que c'est ce truc d'amour, mais ça l'a rendu fou. Ses sentiments étaient tellement forts qu'il pensait qu'ils s'étaient communiqués à l'autre garçon, et il lui a écrit une lettre. Dès le lendemain, l'autre l'a lue devant sa bande d'abrutis qui riaient et se moquaient. Mon pauvre frère pleurait comme une fillette. Lui qui était si fort, si puissant… La journée a été un enfer. Ils ne se sont pas gênés, aucun, pour lui cracher dessus et le traiter de petit pédé. Même son amoureux, il est venu lui dire qu'il lui casserait la gueule. Le soir on est rentrés, mes parents étaient absents, c'est la fille au pair qui nous a fait à manger. Cédric ne voulait plus me parler, je souffrais autant que lui. Enfin, c'est ce que je croyais. Le matin, je me suis levée, il n'était pas dans la chambre. Je l'ai trouvé dans le garage. Il s'était pendu à une poutre. Je ne suis pas folle, je suis juste lucide. Les gens qui ne sont pas beaux, les gros, les Noirs sont jaloux des autres et ils leur font du mal. Ce sont eux les monstres. Pas nous, Anne-Lise. Six mois plus tard, j'étais invitée à une boum. Il y avait une trentaine de jeunes du collège. Les garçons ont piqué une bouteille de rhum blanc dans le placard et ils ont voulu faire un punch. J'ai versé la moitié d'un berlingot de Javel dans une brique de jus d'orange et je l'ai transférée dans le punch. Quatre en ont bu. Ils ont vomi partout, la moitié a fini aux urgences et il y en a un, le gros, qui maintenant porte une sonde gastrique. C'est pour ça que je suis à Camille-Claudel. Et toi ?

Bouleversée, Anne-Lise voudrait répondre. Seulement, elle a honte, elle n'a pas souffert autant... Et puis, quand Linda fait le mal, c'est contrôlé et volontaire, ça peut se soigner, alors qu'elle... Son père lui a expliqué qu'on ne pouvait peut-être pas la soigner, mais qu'ils allaient, ensemble, mettre tout en œuvre pour éviter qu'elle fasse du mal à des innocents. Sauf que là, en ce moment, elle peut choisir de suivre Linda, lui dévoiler son histoire et laisser aller sa folie...

Sauf que son histoire, elle ne s'en souvient plus. Elle est là, pas loin, enfermée derrière une porte qu'Anne-Lise ne veut surtout pas ouvrir. Elle sait qu'il lui suffit de le vouloir et qu'alors tout reviendra. Mais l'aura que dégage cette porte, les bruits, les cris qui en filtrent sont si horribles que l'adolescente s'y refuse, préférant mourir ou quelque chose d'approchant : faire le mal. Une masse noire et effrayante bloque l'accès dans son cerveau, et lorsque cette masse se dilue, Anne-Lise cogne pour ne pas que la porte s'ouvre.

Elle serre la main de son amie.

— Linda... qu'est-ce qu'on va faire ?

— Dis-moi ton secret, et viens avec moi. On va aller à Paris, regarde là-bas, il y a un arrêt de bus.

Elles marchent jusqu'à l'abri de béton ; le panneau indique qu'il s'agit de la ligne pour Calais.

— Et après ? insiste Anne-Lise.

— Quand tu m'auras raconté, je saurai que tu es ma vraie amie, ma jumelle, et je te dirai. J'ai un plan...

— On ira mettre de la Javel dans les boissons des Noirs ? On poussera les gros sur des piques en béton pour les tuer ? On va devenir des assassins ? Des monstres ?

La voix d'Anne-Lise est amère. S'en rendant compte, Linda réplique d'un ton cinglant :

— T'es bien une fille de flic ! T'as des principes, c'est ça ? Mais toi, qu'est-ce que tu crois que tu es ? Une folle qui fracasse les gens à coups de marteau !

— C'était pour nous défendre de ces pervers, je ne l'aurais jamais fait sans ça.

— Ce n'étaient pas des pervers. Le gros était policier, il voulait juste que je change de vêtements dans la chambre de sa fille. Et son collègue, il était complètement bourré, t'as pas vu ? Le gros m'a expliqué qu'ils avaient reçu un appel au bar après notre départ et qu'ils comptaient nous ramener au centre. Ils avaient juste peur qu'on attrape froid, et toi, tu les as massacrés !

— Mais… tu as crié !

— Moi ? J'ai crié ? fait Linda, un sourire démoniaque sur les lèvres.

Anne-Lise se prend la tête à deux mains, ses jambes flageolent. « Mon Dieu, j'ai frappé des innocents ! Je suis une bête sauvage, j'aurais pu les tuer, je les ai peut-être handicapés à vie ! La chambre de sa fille ! Sa fille ! » L'adolescente pense à son père, à ses phrases : « Je t'aiderai si tu m'aides. Tu ne dois pas devenir un monstre. »

Elles entendent un gros crissement et le bruit d'un moteur diesel au point mort : le bus est là. Linda attrape le bras de son amie.

— Grimpe, Snoopy, on y va.

Anne-Lise se détache.

— Non, je dois retourner au centre.

— Quoi ? Tu es folle ?

— C'est toi qui es folle, Linda, ne fais pas… il ne faut pas…

— Mais… et ton secret ? Notre amitié ?

Le chauffeur se penche par-dessus son volant :

— Ho, les petites, vous montez ou quoi ?

Linda grimpe en tendant la main vers Anne-Lise. Celle-ci fait non de la tête et s'enfuit en courant.

51

De nos jours

Elle dormit jusqu'au lendemain matin sept heures, où elle s'extirpa du lit, le corps perclus de douleur mais l'esprit déterminé. Qu'est-ce que Solveig lui manquait ! Lise se prépara un café puis alluma son ordinateur. Elle avait quelque chose en tête et sentait que c'était la bonne journée pour trouver des réponses. Le temps que la machine se mette en route, elle jeta un coup d'œil sur son portable. Il y avait deux messages. Le premier provenait de Suaut, transféré par Brigitte. Le brigadier-chef avait terminé ses recherches sur Brunel et livrait son rapport. L'ancien collègue de son père louait une chambre sous son vrai nom à l'hôtel Dumas, près de la gare de Lyon ; Suaut était allé interroger le réceptionniste et les commerces alentour. Brunel passait ses soirées à la brasserie de la Gare. La nuit où Boisfeuras avait été assassiné, il y avait dîné d'un lapin sauce au vin accompagné de frites avant de picoler des bières jusqu'à la fermeture et de rentrer à l'hôtel aux alentours de minuit trente. Suaut avait pu visionner les caméras de surveillance de la gare et de la brasserie : elles confirmaient la présence de l'ancien flic, ainsi que les horaires de ses allées et venues. Il était donc impossible que Brunel soit le meurtrier de son parrain. Encore une piste qui s'écroulait.

Le deuxième message était de Julien Humbert :

Bingo ! ☺☺☺☺ C'est ce genre de trucs que tu voulais ? J'y connais rien en politique, mais j'ai montré la photo à un pote journaliste, il m'a donné les noms des deux gus qui boivent un café avec notre client. Je continue la chasse ?

Les doigts fébriles de Lise firent défiler les clichés, suivis d'articles de journaux que Julien avait photographiés. Elle se pencha en arrière et poussa un long soupir. Enfin, elle tenait quelque chose !

Elle répondit à Humbert qu'il pouvait se mettre en stand-by puis mena ses propres recherches sur le Net. Ensuite, elle visionna une nouvelle fois les premières photos envoyées par Humbert. Elle tapa des adresses, des noms d'instituts, d'écoles, et passa des coups de fil, se présentant sous son grade et demandant des informations dans le cadre d'une enquête. Au fur et à mesure des réponses de ses correspondants, elle prenait des notes. En fin de matinée, elle s'alarma. Elle avait encore tant de choses à faire ! Il était temps de s'occuper de ce qui la concernait, elle.

Après cent pompes en serrant les dents, autant d'abdominaux, une petite demi-heure à taper sur son sac de sable, elle sortit son pantalon de cuir noir moulant qu'elle enfila, ainsi que ses Dr. Martens, puis son Perfecto, qu'elle ferma jusque sous le menton. Elle prit son casque noir, ses gants de moto, ses clés et ses papiers, hésita un moment avant de se décider à laisser son flingue. Elle descendit tranquillement jusqu'au garage pour récupérer sa KTM. La moto fit résonner son feulement, Lise passa la première et sortit tout en douceur sur les bords du canal Saint-Martin. Elle rejoignit la place de la République, l'Hôtel de Ville, puis emprunta les quais jusqu'à Boulogne-Billancourt, où se trouvait la concession Kawasaki de son ami Sébastien Prudhomme.

Une demi-heure plus tard, affalée sur une chaise à roulettes, les pieds sur un bureau déglingué, elle fumait une Camel en sirotant un Jack Daniel's, le péché mignon de son pote.

— Putain, remarqua-t-il, t'as la tête d'une fille qui vient de faire le match du siècle contre Mike Tyson !

— J'ai rencontré de vieilles connaissances, les effusions ont été un peu rudes, tu sais ce que c'est. Tu as réfléchi à ce que je t'ai demandé au téléphone ?

Il remplissait son deuxième verre tout en roulant une clope de sa main libre, un vrai Lucky Luke.

— Tu es sûre que tu veux te débarrasser de ton bébé ? demanda-t-il après avoir léché la feuille de cigarette.

— Je sais que tu ne pries que pour les japonaises. Et c'est pour ça que je suis venue te voir, pour… disons, une sorte d'échange à l'essai. J'ai besoin d'un autre type de machine.

— Là, tu m'intéresses, quel type de machine ?

— Du genre puissant, très puissant… t'as quelque chose ?

— Tu parles ! Je vais te faire découvrir une vraie moto, à te dégoûter des autrichiennes et des italiennes.

— C'est pour tirer la bourre à une italienne, justement.

— Encore mieux.

— Il y a juste une condition.

Lise siffla son verre de whisky. Prudhomme l'imita, sauf qu'il mit un petit moment à savourer sa boisson, puis il claqua la langue et se dirigea vers le tableau des clés. Tout en les détaillant, il demanda :

— Dis-moi…

— Noire, je veux une bécane complètement noire.

Sébastien n'hésita pas.

— J'ai ce qu'il te faut, Kawasaki 1400 ZZR, une beauté noire ! Mais une beauté fatale, elle a failli me tuer en 2004.

— T'inquiète, j'ai pas l'intention de mourir aujourd'hui.

Il se retourna en lui tendant les clés, un grand sourire sur le visage.

— Tu vas la bouffer, ton italienne !

— Tu ne crois pas si bien dire.

Sébastien était tout fier de voir sa copine Lise sortir sur un de ses bébés. Côté moteur, elle pouvait lui faire confiance : l'intérieur de la culasse brillait autant que la cuillère en argent d'un fils de famille. Elle fit vrombir le moteur en douceur, histoire de le chauffer, puis salua son ami de la main et ferma sa visière.

Lise roula à cinquante à l'heure pendant une vingtaine de minutes. Quand elle repéra un pont qui traversait la Seine, elle s'y engagea jusqu'au milieu et se gara, laissant la bécane sur béquille. Le coin était désert, c'était à peine si une voiture passait de temps à autre. Elle grimpa sur le parapet de pierre et agita les bras vers le ciel. D'un côté, puis de l'autre.

— Montre-toi ! Qu'est-ce que t'attends ? Montre-toi !

Moins de deux minutes passèrent. Puis un long vrombissement retentit, crescendo. Lise sauta sur le trottoir et se rapprocha de sa bécane. La Ducati, avec sa motarde rouge sang dessus, passa comme une fusée devant elle. La conductrice tourna trois fois la manette des gaz pour faire hurler sa bête et la dresser sur la roue arrière, à plus de cent !

— C'est parti !

Lise s'assura que les petits écouteurs de son casque audio étaient bien enfoncés dans ses oreilles, puis elle tripota son iPod jusqu'à enclencher l'album rouge des remix de Depeche Mode. La chanson « Road 66 » (de circonstance) commençait par des roulements de tambour sur un rythme digne d'une charge de cavalerie. La musique se mit à courir sous sa peau, faisant palpiter ses nerfs et sa rage, son envie de foncer, de bouffer du bitume… et de l'italienne. Elle enfourcha la Kawasaki, tourna la clé et fit parler les soupapes. Le pneu lâcha douze grammes de gomme au démarrage, poussant un long râle de tyrannosaure. En quelques secondes, elle était à cent vingt kilomètres-heure, la petite tache rouge à l'autre bout du boulevard en plein dans sa ligne de mire.

La Ducati 848 Evo, beaucoup plus légère que la Kawasaki, pouvait se permettre d'arriver à fond aux ronds-points pour faire brûler ses pneus dans un freinage à creuser le bitume et repartir de plus belle. Lise s'en rendit compte en arrivant tel un missile sur la place Marcel-Sembat : elle faillit s'emplâtrer dans une camionnette de livraison, avant de reprendre le contrôle et de suivre la moto rouge en direction de Sèvres. Les deux bécanes filèrent à travers Saint-Cloud ; la circulation était dense et la policière avait l'impression que sa concurrente faisait exprès de ralentir pour l'attendre ou la narguer. « Attends, ma cocotte ! » pensa-t-elle. Elle guettait la ligne droite, l'autoroute, mais elles durent être vigilantes dans Chaville, puis Versailles, où les flics pullulaient. Enfin, la Ducati braqua en direction de Buc. La départementale était pratiquement déserte. Lise tordit la poignée des gaz. La fille en rouge ne se gêna pas pour envoyer la sauce : le long feulement de la Ducati résonna alors que le bolide fusait à plus de deux cents.

Lise se colla au réservoir, les yeux à hauteur du guidon. Les rugissements de son moteur montèrent en puissance, elle était déjà à deux cents et se rapprochait de sa proie. Les deux motardes se retrouvèrent côte à côte et se fixèrent à travers leur visière fumée. La rouge tourna la manette et réussit à gratter deux mètres, Lise n'eut qu'à forcer un petit peu pour la rattraper – impossible de battre une 1400 ZZR en ligne droite. Elles étaient presque à deux cent cinquante à l'heure, la gravité les forçait à mouler leur corps à leur machine, comme si la puissance extraordinaire qui déformait la densité de l'air leur sortait du ventre. La sirène d'un semi-remorque envoya un gyrophare rouge tournoyer dans la tête de Lise : le poids lourd fonçait sur elle, arrivant en sens inverse, et elle ne pouvait se rabattre sans emplafonner la Ducati. La flique fit ce que personne n'aurait osé faire : elle accéléra. Trois cents kilomètres-heure. Elle appuya légèrement sur la poignée gauche, la moto se déporta, le poids lourd eut la bonne idée de se rabattre vers le milieu de la route et elle passa à deux centimètres de son flanc droit, sentant la brûlure du souffle courir le long de son bras. Le camion était loin derrière quand elle ralentit pour s'arrêter. Lise prit le temps de déglutir, son cœur lui faisait mal tant il avait cogné, elle explora la route du regard : la Ducati avait disparu.

Elle enclencha la première, fit pivoter sa machine et revint en arrière pour tomber sur une bifurcation qui allait vers les étangs de La Minière. C'était foutu : il s'agissait d'une succession de lacets au milieu d'une forêt, une aire de jeu idéale pour la moto italienne mais pas pour celle de Lise. Elle profita d'une ligne droite pour tirer le poing vers le bas, sa moto rugit, elle eut l'impression d'être une flèche détachée des vibrations de l'arc. Arrivée au bout de la route, elle s'arrêta, un sourire aux lèvres. Elle braqua et revint huit cents mètres en arrière, pour s'arrêter devant une petite buvette.

Une simple caravane avec un auvent, quelques tables blanches, des parasols Orangina, et une Ducati garée au fond de la terrasse. Assise à une table et le corps brillant de cuir écarlate, une fille blonde lui tournait le dos, son casque posé sur une chaise. Lise se gara contre la buvette et enleva ses protections. Ses doigts étaient gourds à cause de la tension, mais elle avait encore cette impression de liberté dans la légèreté de ses épaules, l'émotion forte d'une chute libre horizontale, comme un faucon plongeant vers la terre. Elle secoua sa longue chevelure brune et s'approcha du snack sur lequel était inscrit : « Chez Domi de Bastia ». Assis sur un tabouret, un gros Black à la coupe rasta et à la barbe blanche mâchouillait une sucette en jouant à un jeu de Bubble sur son téléphone.

— Bonjour. C'est toi Doumet ?

Le Black leva un œil. Il devait avoir l'habitude de la blague, mais quelque chose dans « l'air de sortir d'un coffre à merveilles » de Lise le mit de bonne humeur.

— Pourquoi, t'as quelque chose contre les Corses ?

— Pas du tout, j'adore les Corses. C'est ceux du Nord qui me cassent les couilles, tous des pleureuses.

Le Black avait envie de lui rétorquer qu'apparemment elle aimait se prendre des raclées, avec sa lèvre fendue et ses pommettes enflées, mais son sourire lui plaisait. Il se leva pour se planter derrière le comptoir.

— Même si je devrais pas te servir parce que tu frayes avec ces moins que rien d'Ajaccio, je vais quand même le faire pour te montrer que les vrais Corses ont du savoir-vivre. Qu'est-ce que ce sera ?

— T'as de la bière ?

Il ouvrit son frigo de caravane, un pack de 33 lié par des colliers en plastique trônait sur l'étagère du bas. Lise posa un billet de vingt euros sur la planche graisseuse.

— Passe-moi le pack.

— Tu vas tout boire ?

— J'ai soif. Garde la monnaie.

Il lui envoya un clin d'œil.

— Quelle monnaie ?

Elle traversa la terrasse et fit le tour de la table en posant les 33 dessus.

— Salut, Linda.

— Bonjour, Snoopy.

Elles se regardèrent. Sans animosité ni tendresse, juste des images du passé dans les yeux, des sensations douces, amères ou violentes dans le sang. Lise tira la chaise pour s'asseoir en face de son ancienne amie. Toujours aussi belle, aussi blonde, les racines foncées, les yeux maquillés de vert et d'or, la bouche rutilant d'un rouge de fraise écrasée, ses doigts fins aux ongles longs et vernis de la même teinte cliquetant sur le verre de sa bouteille de Schweppes.

La policière déchira la capsule de sa bière, envoyant un *pssshhiiiiiit* mousseux éclabousser la table, puis vida la moitié de la canette. Elle poussa un râle de plaisir et hocha la tête.

— Dis donc, tu te débrouilles pas mal à moto.

— Toi aussi, petite sœur.

— Je croyais qu'on n'était plus jumelles.

— On peut le redevenir.

— Comment ? Tu as failli tuer une de mes meilleures amies.

Linda sortit un paquet de Vogue, ces cigarettes très fines au goût de menthe, et en alluma une.

— J'étais furieuse contre toi.

— Furieuse ?

La blonde se cacha derrière la fumée de sa clope.

— Jalouse.

Un frémissement désagréable parcourut les épaules de Lise.

— Linda, j'ai une question importante : est-ce que tu as fait du mal à Solveig ?

— Qui est Solveig ? Ta petite amie ? Non, je n'ai pas eu le plaisir de la rencontrer.

— Mais… qu'est-ce que tu veux ?

— Lise… comment dire… Tu te souviens, la liberté, l'argent, la richesse pour pouvoir faire ce que je veux, ne plus dépendre des autres, de leurs lois ? Tout ça, je l'ai eu, pourtant ça n'a pas marché.

Lise savait très bien de quoi elle parlait.

— Ça n'a pas marché ou ça n'a pas suffi ?

La blonde poussa un long soupir, faisant rouler sa cigarette entre son index et son majeur.

— C'est comme dans la chanson de Téléphone, « Crache ton venin », quand ils disent : « Ta prison est en toi ».

Ces paroles avaient toujours touché Lise au plus profond, elle compléta :

— « Le poison est en toi… »

— « Il te faut chasser… »

Un nouveau frémissement, glacé cette fois, que Lise ne put cacher.

Linda précisa leurs pensées :

— Je suis un monstre, tout comme toi.

— C'est pour cela que tu es revenue dans ma vie ?

— Non, tout est parti de Carla.

— Carla, tu l'as revue ? Raconte-moi.

— Pas comme ça, face à face, on se croirait chez les flics. Viens t'asseoir près de moi, comme avant, quand on était en cours d'art plastique avec ce vieux pervers de Jamois qui matait mes jambes.

La main de Lise se saisit d'une deuxième canette qu'elle vida à moitié, puis elle s'alluma une Camel et se leva. Tout en rapprochant une chaise, elle pensait : « Linda, Linda, est-ce que tu vas me faire du mal ? » Mais elle se colla à elle, sur sa droite, comme au bon vieux temps.

— Je t'écoute.

— Tu vois, tu fais ta flique.

— Oui, Linda, putain ! Tu as massacré Brunel, tabassé Paupiette à coups de marteau et découpé deux Chinois en morceaux !

— Il y a aussi ton copain le défiguré, celui qui voulait te faire bouillir.

— C'est vrai, et le gamin des entrepôts de Bondy.

— Excuse-moi, mais celui-là, tu l'avais bien amoché avant…

— Avant que tu ne l'égorges. Qu'est-ce que tu foutais là ?

— T'es toujours la meilleure pour faire des reproches, pas vrai ?

La fierté de Linda était indestructible, Lise le savait ; elle se calma.

— Tu as raison, la meilleure. Raconte-moi… ta vie.

Ces mots arrachèrent un sourire à la blonde.

— Ma vie… Quand on s'est séparées, je suis allée chez ma tante. Puis mes parents m'ont renvoyée à l'institut Camille-Claudel. Toi, tu n'y étais plus, ton père était venu te chercher. J'y suis restée deux années de plus, avec Carla et les autres, Béatrice, Christine… Je n'ai jamais cessé de penser à toi. J'ai pu quitter cet enfer à seize ans, pour aller au lycée à Paris, j'ai fait des études de droit à Assas, je continuais de voir Carla, même si elle était tombée dans la drogue, héroïne, seringue… Puis on s'est perdues de vue, elle était d'Orléans, tu sais.

— Et toi, tu es toujours restée à Paris ?

— Oui, on aurait pu se croiser des milliers de fois. Au pôle judiciaire.

— Quoi ?

— J'ai monté un cabinet d'avocat, mon père a bien voulu me faire donation d'une partie de sa fortune pour m'aider. Du coup, je n'avais même pas besoin de travailler. Je me suis engagée politiquement, je défendais des gens dont la cause me parlait. Ceux qui agressaient des Noirs, des Arabes, des Chinois…

— Putain, Linda !

— Oui, je sais. Ces gens-là sont des ordures, pire que tout ce que tu peux imaginer. Et même si j'ai un problème avec ces putain de Noirs, je ne me retrouvais pas dans leur discours paranoïaque et raciste. Suprématiste. Sauf que ce n'était pas ce qu'ils avaient dans la tête qui me gênait, non, c'était… qu'ils affichaient leur différence. C'est… c'est viscéral. Je souffrais, Lise, si tu savais ! Un mal-être terrible. J'ai décidé de m'occuper de ces Chinois et de ces Noirs en travaillant avec des associations. Je pensais que ça m'apporterait quelque chose. Je savais surtout que ça me rapprocherait d'eux, comme le loup dans le conte de Perrault, pour mieux les… « dévorer ». Tout a commencé par un vieux Black, un peu comme le gars de la buvette, là-bas. Je venais chez lui pour l'aider à avoir des papiers, et chaque fois le plan se mettait un peu plus en place dans ma tête. Pas de témoin, la confiance, le chemin pour disparaître. Un soir, j'y suis allée avec du matériel médical… je voulais arracher cette peau ! Enfin bon, je l'ai endormi. Puis j'ai voulu le découper avec le scalpel, mais il sursautait de douleur, alors je l'ai égorgé, c'était plus simple.

« C'était plus simple », se répéta Lise avec effroi.

— Mais… pourquoi vouloir les découper ?

— Pour mettre en évidence leurs différences. Je viens de te le dire : je voulais arracher cette peau, comme les médecins ont voulu nous arracher nos secrets, notre différence, notre laideur intérieure. Je n'ai pas une haine démesurée contre ces gens, mais parfois ça monte en moi et j'ai besoin de le faire. Sans ça je deviendrais folle, comme toi quand tu as tes crises. Les yeux bridés des Chinois, la peau du Noir, le bec-de-lièvre, et pour ton amie la grosse, j'avais prévu de lui prélever du gras.

Des crises, un besoin… des mots que la policière connaissait. Mais Linda le faisait-elle pour se soigner ou pour se procurer du plaisir ?

— Et après, Linda ? La première fois, quand tu as eu fini ? demanda-t-elle.

— Après, je me suis sentie beaucoup mieux, comme soulagée d'un poids. Je me disais que je ne recommencerais que si l'occasion se présentait. Mon Dieu, il y en avait partout, des occasions !

— Tu assassines des gens. Des innocents !

— Et toi ?

— Je ne tue pas, et je ne tabasse que des pervers, des malades, des types qui ont fait souffrir des enfants, des femmes… Des monstres.

— Des monstres comme moi.

— Comme nous, c'est vrai.

— Et tu le fais pour te sentir mieux, comme moi. Ne t'inquiète pas, je n'ai pas tué tant de personnes que ça. Quelques-unes chaque année, l'hiver, quand les journées deviennent plus courtes, que le froid emplit mon cœur et mon âme.

— Mais… tu faisais ça ici, à Paris ?

— Je vois où tu veux venir. Laisse-moi continuer. J'allais voir Carla en prison, à Orléans, elle avait plongé pour coups et blessures. Elle faisait des allers-retours en cellule depuis un certain temps, et un jour, elle m'a parlé de toi. Tu l'aurais vue, le visage marqué par la haine ! Elle avait rencontré une ancienne grosse de l'institut, au tribunal. Elle était greffière à Paris, au nouveau pôle des Batignolles, elle lui a dit qu'elle t'avait revue, avec ta plaque de lieutenante de la Criminelle. Carla était furieuse, elle disait que tu nous avais trahies. Que si elle te croisait, elle te tuerait. Ça m'a intriguée. Avec mon métier, je n'ai pas eu de mal à te localiser. J'avais la haine, moi aussi, mais, j'avoue, j'étais heureuse de te voir. J'ai eu envie de jouer avec toi, de te provoquer, de te faire souffrir. Toi qui faisais la leçon, tu étais devenue flique ! Et ça te permettait d'assouvir tes pulsions ! J'ai tué ces deux Chinois en espérant que l'enquête te tombe dessus. Est-ce que tu as compris que c'était moi ?

— Mylène Farmer, le scapel : c'était signé. Mais bon, je me suis dit que des tarés dans ce genre, il y en avait des centaines sur terre.

— Tu n'es pas gentille, surtout après ce que j'ai découvert quand j'ai commencé à te filer. Je t'ai observée des semaines durant avant de passer à l'action. Je savais que tu te déplaçais à moto et en combinaison noire, je me suis dit que si je voulais te suivre dans ta vie privée, il fallait que je me mette au niveau. J'ai dû prendre des cours en accéléré.

— Tu n'as pas le permis ?

— Le permis pour quoi ? Je suis une criminelle. Donc, je t'ai observée quand tu t'es rendue sur la scène de crime, puis tu es sortie, l'air bouleversée. Si tu savais comme j'étais excitée ! Je ne t'ai pas lâchée de la journée. Tu es rentrée chez toi avec cette Porsche, et je me suis dit que tu allais peut-être ressortir. Et tu l'as fait, habillée en motarde. Tu t'es rendue aux entrepôts de Bondy, et là… j'ai tout vu, mais je n'avais pas d'arme, je veux dire, quand ils t'ont attachée et déshabillée, je me rongeais les sangs, je te jure, puis tu t'en es sortie, et… Qu'est-ce que tu leur as mis ! Tu rugissais dans la nuit, à demi nue, couverte de sang. J'ai senti un lien entre nous à ce moment-là. Quand tu es repartie, je suis allée voir tes victimes, enfin, ce qu'il en restait. Trois s'étaient échappés en laissant le plus mal en point sur place, celui qui avait cet horrible bec-de-lièvre.

— Et tu m'as encore suivie ? Pour t'en prendre à mon parrain ?

— Qui ? Le vieux flic ? Lise, je pensais que c'était toi.

— Non, enfin, je ne crois pas.

— Ils t'avaient droguée, tu étais devenue une bête sauvage.

— Ce n'est pas moi, Linda. Ne joue pas à ça.

— Ce soir-là, après Bondy, je t'ai perdue. En revanche, les jours suivants, j'ai recommencé à te suivre, et quand j'ai vu que tu passais la soirée avec cette grosse ! Que vous riiez et qu'en plus elle dormait chez toi, ça m'a rendue furieuse. Entretemps je m'étais munie d'un marteau, en souvenir de toi et au cas où je devrais intervenir pour te défendre. Je n'arrivais pas à quitter des yeux la façade de ton immeuble. Quand j'ai vu ta collègue sortir, je l'ai frappée, mais j'ai eu peur : une flique, c'est toujours armé, non ? Je me suis enfuie. J'avais honte, car tu avais de la peine. Mais comme je te sentais en danger, j'ai continué à te suivre, pour te protéger. Quand tu as poursuivi cet homme qui vous avait tiré dessus, j'étais là, tu m'as vue, nos regards se sont croisés. Je l'ai suivi quand il est sorti de la Seine, j'ai repéré sa planque et je l'ai kidnappé. Ensuite je me suis laissé filmer par la caméra de surveillance, en pensant que ça pourrait t'aider si on te soupçonnait de l'agression de Bondy. Mais surtout, que cela vengerait ton ami policier qui était à l'hôpital.

— Tu fais la justicière à présent ? La suite, je la connais, tu étais là quand je me suis fait kidnapper par Bougeard, celui que tu appelles le défiguré. Tu m'as sauvé la vie et ramenée chez moi, et… Non, je ne veux pas entendre que tu les as tués. Mais, Linda, je suis flique… Tu as assassiné ces deux Chinois et ce gamin dans l'entrepôt, et je ne sais qui d'autre auparavant, tu dois payer pour ça.

La blonde faillit s'étouffer en pouffant de rire dans son verre de Schweppes.

— Tu veux m'arrêter ?

— Non, tu m'as sauvé la vie. Mais tu dois te rendre…

— Tu voudrais que j'aille en prison ou chez les fous ? Tu aimerais y aller, toi ?

— Je… j'essaye d'arrêter de faire le mal. Mais toi ? Tu ne te sens pas coupable ?

— Si… J'aimerais arrêter moi aussi, j'aimerais tant. Et je sais comment : en retrouvant mon jumeau, ma jumelle. Toi, Lise. Si je me rends, cela ne fera pas revenir les morts, les souffrances resteront, quoi qu'il advienne. Mais peut-être qu'avec toi je pourrai guérir.

Lise ne disait rien. Le visage de glace, les yeux dans le vague, elle ne voulait pas se rappeler. Linda insista :

— Je t'ai raconté mon histoire et tu as fui. Tu m'as abandonnée, mais je suis revenue. À nouveau avec toi.

On peut s'entraider, la preuve ! Lise, raconte-moi ton histoire, pourquoi es-tu comme ça ?

— Je ne peux pas.

— Si, tu peux !

Les deux mains de Lise se refermèrent sur son visage et elle se mit à pleurer. Linda était désemparée.

— Ce n'est pas que pour moi. Tu dois le dire à quelqu'un. Je ne sais pas, ton amie Solveig…

Lise découvrit sa figure ; ses yeux flambaient de colère.

— Non, Linda. Pense plutôt à ce que je t'ai dit : tu dois te rendre, tu m'as impliquée dans tes histoires, dans tes crimes.

La blonde éclata de rire.

— Tu as peur de perdre ton boulot ?

— Tu te trompes. Je crois qu'on doit tous régler nos comptes avec notre conscience, quitte à en payer le prix.

La voix de Linda redevint grave :

— Je ne te laisserai pas tout perdre à cause de moi.

— Ce ne sera pas à cause de toi, Linda, tu te donnes trop d'importance. Mais si j'avoue mes crimes, tu seras bien obligée de le faire toi aussi, ma jumelle…

— Et si je ne le fais pas… tu me poursuivras ?

Lise récupéra ses gants et son casque.

— Surtout pas ! Je ne veux plus te voir !

Linda lui attrapa le poignet.

— Attends ! On n'est pas obligées de se revoir, mais on peut se parler.

Elle lui tendit une petite carte de visite rose recouverte de paillettes dorées.

— Se parler de quoi ?

Voyant que Lise hésitait, Linda l'implora du regard.

— Donne-moi au moins l'espoir…

Lise soupira et glissa la carte dans la poche de son Perfecto. Elle marcha jusqu'à sa moto. Arrivée à mi-chemin, elle se retourna.

— J'ai encore une question : la greffière qui a parlé de moi à Carla, tu sais pour qui elle travaillait ?

— Non.

— J'imagine que tu ne te rappelles pas son nom ?

Linda fixa Lise, un sourire en coin, et fit non de la tête.

— Et Carla, elle est sortie de prison ?

— Tu comptes aller la voir ?

— Laisse tomber. Dernière chose : pourquoi continues-tu de me suivre ? Tu cherches à te faire arrêter, c'est ça ?

— Je te suis pour te protéger.

— OK, je t'en dois une pour Bougeard, mais là, ce ne sera plus la peine, merci, je sais me défendre toute seule.

— Tu n'as pas compris, petit Snoopy, je voulais dire pour te protéger de toi-même. Je te le répète : je ne te laisserai pas tout perdre, pas avant qu'on ait réglé nos comptes toutes les deux.

Lise grimpa sur sa moto, enfila ses gants et enclencha le contact. Juste avant de mettre son casque, elle hurla pour couvrir le bruit du moteur :

— Arrête de me suivre !

Linda tendit son verre dans sa direction, comme pour trinquer, avec une moue mauvaise.

52

Lise gara sa moto devant le grand bâtiment de verre qui abritait les nouveaux locaux de la PJ et passa les contrôles pour rejoindre les services de la Crime. Dès qu'elle poussa la porte du bureau, la tension qui envahissait la petite pièce la frappa à l'abdomen. Brigitte, Paupiette et Suaut étaient debout près de la fenêtre en train de discuter, le visage fermé. Ils parurent surpris de la voir.

— Qu'est-ce qu'il se passe ? demanda-t-elle d'un ton affolé.

Paupiette lui fit un sourire désolé.

— Lise, on a retrouvé l'arme qui a été utilisée pour battre Boisfeuras à mort. Il y a du sang dessus, le sien, et des empreintes.

Une boule se forma dans la gorge de Lise.

— On les a matchées ?

— Oui, ce sont celles d'une infirmière qui travaille à Sainte-Marie. Solveig Martin. Elle est en congé maladie depuis la veille du crime. Impossible de la localiser, son portable est éteint. On a ouvert une procédure pour dépiauter son téléphone, on ne devrait pas tarder à avoir la liste de ses contacts et de ses derniers appels.

— Et il y a autre chose de bizarre, ajouta Suaut en lui montrant une feuille de retour d'expertise du laboratoire de la Scientifique.

— Je sais, le coupa Lise. Le mégot qu'on a trouvé avec Camilla dans l'immeuble abandonné passage Monplaisir. Il y a l'ADN de Boisfeuras dessus, j'ai tout de suite reconnu la marque de ses cigarettes, des Gitanes. C'était lui qui passait ses soirées à surveiller le passage depuis la fenêtre de l'ancien orphelinat. Je l'avais compris. Comme je savais qu'on retrouverait les empreintes de Solveig sur l'arme du crime.

Elle se laissa tomber sur une chaise.

— Solveig, je vous en ai parlé, c'est ma petite amie.

— Mon Dieu, je n'avais pas fait le rapprochement ! jura Brigitte en s'agenouillant devant Lise.

Paupiette l'imita, posant une main sur son amie.

— Merde… Qu'est-ce qu'on va faire ?

— Il faut la retrouver. Je vous laisse commencer les recherches. Regardez du côté d'une certaine Kasimi, à Montpellier, c'est sa mère, sinon elle a un frère près d'Aix-en-Provence, Jean-Marc il s'appelle.

Paupiette la regarda.

— Et toi ?

— J'ai une affaire à régler.

53

Le plan de Lise était simple : gagner du temps pour essayer de retrouver Solveig avant les autres. Et la protéger. Elle s'arrêta au bout du couloir et pianota sur son portable. Ses doigts sélectionnèrent une photo qu'elle envoya en MMS à Martignon avec le message suivant :

Ceci est une photo où on vous voit boire un coup avec François Malouin, prétendant au poste de sénateur de la circonscription de Paris où se présentait mon parrain. Vous avez mené des poursuites et des pressions à des fins personnelles et, j'imagine, pécuniaires. Ça s'appelle de la corruption. Vous êtes aussi directement impliqué dans une affaire de meurtre. Il faut qu'on parle, j'attends une réponse.

Elle patienta quelques secondes pour s'assurer que le message avait bien été lu, puis se hâta de rejoindre l'immeuble du pôle justice juste à côté. En arrivant dans le couloir où se trouvait le bureau du substitut, elle eut le pressentiment que la rencontre n'allait pas se faire. N'ayant toujours pas reçu de réponse, elle relança :

Alors ?

Cette fois, le message ne fut pas lu par l'intéressé. « Merde, il a éteint son phone ! » Elle se dirigea vers le planton qui s'occupait des rendez-vous à l'entrée du couloir.

— Bonjour, excusez-moi, je suis la lieutenante Lartéguy, M. Martignon est encore là ?

— Il vient de sortir à l'instant, et il avait l'air pressé.

— Et sa greffière ? Elle est partie, elle aussi ?

— Oui, ils sont partis ensemble.

— Vous pouvez me donner le nom de sa greffière ?

— Bien sûr, il s'agit de Mlle Béatrice Lenormand.

— Une dernière question et je vous fous la paix : le substitut travaille avec un huissier, Éric Boisfeuras, il a son bureau ici ?

— Non, il travaille dans le bureau du magistrat, mais lui non plus n'est pas là, je ne l'ai pas vu de la matinée.

— Très bien, merci, bonne journée.

En traversant le grand hall de marbre du rez-de-chaussée, Lise relisait les messages de son pote Humbert ; il lui avait transmis l'adresse de Martignon. Elle courut jusqu'à sa moto et partit en trombe en direction du 8e arrondissement. Elle sonna deux bonnes minutes au nom de Martignon, puis se décida à déranger un locataire.

— Police, lieutenant Lartéguy, je dois rencontrer un de vos voisins qui refuse d'ouvrir.

Dix secondes plus tard, elle était devant l'appartement du substitut. Elle frappa et appela, mais il semblait n'y avoir personne. Heureusement, la porte n'était pas blindée. Quelques bons coups de Dr. Martens en eurent raison. Lise sortit son arme.

— Martignon ?

Elle se retrouva dans un appartement moderne et froid, quelques posters aux murs, genre super-héros fumant une cigarette, et des placards vidés. Lise commença à fouiller. Elle trouva des vêtements de femme, des porte-jarretelles, du maquillage. Un petit bureau faisait office de coin ordinateur. Son regard fut happé par le tube de colle et les ciseaux posés dessus. Elle farfouilla dans la poubelle. Des lambeaux de papier, des photos d'identité, une femme à la longue chevelure brune, des yeux et un visage qu'elle connaissait. Lise alluma le PC. Pas de code de protection. Elle alla directement sur l'historique et fit défiler des horaires SNCF ; il y avait même l'achat d'un billet, un aller simple ! Le train partait moins d'une demi-heure plus tard de la gare de l'Est. Pas le temps de prévenir ses collègues, et puis il fallait qu'elle soit certaine.

Le chef de quai annonçait l'imminence du départ du TGV 6440, Lise sauta dans la dernière voiture en présentant sa carte de flic aux contrôleurs. Comme par un fait exprès, celle qu'elle recherchait avait réservé en première classe, dans une voiture de tête – Lise allait devoir remonter toute la rame. Elle profita de son passage entre deux voitures pour repérer la liste des arrêts, mais elle hésitait encore à appeler sa cheffe de groupe pour qu'elle lui envoie une équipe d'intervention : et si elle faisait fausse route ?

Lorsqu'elle atteignit le dernier sas, son cœur battait à tout rompre. Elle regarda à travers la vitre et la vit, assise à un emplacement où les sièges se faisaient face. Le fond de la voiture était désert. Lise mit un bon moment à se persuader qu'elle ne se trompait pas. Il était inutile de sortir son arme. Elle fit coulisser le battant, la femme leva le visage et ses yeux s'agrandirent de surprise.

— Bonjour, mademoiselle Lenormand. Béatrice, c'est ça ? fit Lise en s'asseyant face à elle.

La femme lui jeta un regard empli de haine. Lise ajouta :

— Mais ça, c'est une identité volée. Tu sais que tu n'es pas mal, comme ça…

54

Si Lise ne s'y était pas attendue, elle ne l'aurait pas reconnu tant l'illusion était parfaite. Le jeune homme pratiquait sa transformation depuis des années. La perruque brune aux cheveux naturels encadrait son visage fin aux yeux maquillés avec discrétion, à la bouche finement peinte d'auburn, dissimulant les pommettes un peu fortes, la frange épousant la brusquerie du front et le volontarisme des sourcils. Son chemisier long à la poitrine généreuse, oblongue et tendue, et son jean moulant des cuisses fines et se resserrant sur ses chevilles chaussées de bottines pointues faisaient sans doute assez bander les mecs pour qu'ils ne se demandent pas si quelque chose clochait.

— Du beau travail de policier, ne put s'empêcher de remarquer Éric.

Sa voix était susurrante, avec un faux accent italien, extraordinairement féminine.

— Merci, même s'il s'agit probablement de ma dernière enquête.

— Nous sommes semblables, finalement, deux monstres de la nature.

Lise acquiesça doucement, les yeux rivés sur ceux du fils de son parrain. Elle entendit la porte de la voiture s'ouvrir derrière elle, et quelqu'un s'installa dans son dos. Éric avait-il un complice ? Puis il y eut le bruit d'une petite musique assourdie : le passager venait de s'enfoncer ses écouteurs dans les oreilles. Elle fit un signe du menton vers le jeune homme.

— Tu es vraiment… très belle, Éric.

Il sourit tristement.

— Tu peux m'appeler Mira. C'est comme ça qu'on me surnommait à Hambourg.

— C'est là où tu allais ?

— Là où je vais.

— Tu as tué ton père !

— Ce n'est pas ce qui me désole le plus. Non, c'est d'avoir essayé de te faire endosser le crime.

— Mais… pourquoi ? J'ai vu ses notes, il s'en était rendu compte, il voulait en parler avec toi. Il t'avait… comprise.

Éric s'emporta :

— Il m'avait comprise ? Quinze ans après ! Tu sais pourquoi je t'en voulais tant ? Parce que toi, il t'a tout de suite protégée, malgré ta monstruosité.

— Mais tu n'es pas un monstre, pas toi. Tu as le droit d'être qui tu veux, d'avoir le sexe que tu désires, c'est ta liberté, et elle, au moins, ne fait de mal à personne.

— J'ai le droit ? Je ne suis pas un monstre ? Lorsque j'avais douze ans, que ma mère et moi nous jouions en cachette à m'habiller en fille, à porter ses talons, mon père nous a surpris. Il est devenu furieux, m'a giflé et enfermé dans ma chambre. J'ai entendu mes parents discuter. Mon père demandait si ça faisait longtemps que j'étais déviant. Déviant ! C'est pour ça qu'il m'a envoyé dans un internat en Allemagne. Il a choisi le plus dur, dirigé par des bigots racistes, homophobes et machistes. J'ai tout de suite compris que j'y vivrais un enfer, que l'on m'assénerait à longueur de journée qu'un homme qui aime un autre homme est un dégénéré, une tare de la nature. J'ai tenu bon, et quelle ne fut ma liberté de devenir majeur et, surtout, de rester à Hambourg ! Là-bas, j'ai pu enfin vivre ma vraie vie, être moi-même, mais j'avais compris la leçon : je me cachais. D'un côté, je suivais des études de haut niveau, et de l'autre, je devenais Mira au sein d'un monde ouvert et interlope. Quand je revenais à Paris, mon père était fier de son fils, mais ma mère me manquait, et inversement. Elle m'a supplié de revenir m'installer près d'elle. Je n'ai pas pu refuser, surtout lorsque j'ai appris ce qu'elle subissait de la part de mon père : les tromperies, la double vie. Pourtant, je ne disais rien. Apparemment, je m'entendais à merveille avec lui, sauf que ma haine grandissait.

— Au point de vouloir le tuer ?

— Non, quand même pas, mais de lui faire du mal, oui. Il m'a parlé du poste de sénateur qu'il convoitait, et d'un juge qui le harcelait. Cela m'a intéressé. Je me suis rapproché de Martignon. Il s'est trouvé que nous avions la même volonté de faire tomber mon père, et la même vie sexuelle et sentimentale hors norme. Nous sommes devenus amants, je lui ai révélé mon secret et il m'a encouragé. Pour lui, je redevenais Mira. Il m'a parlé de toi, de ses soupçons et du fait que mon père te protégeait. Je l'ai aidé dans son enquête en retrouvant Bougeard et son pote, deux tordus, je l'avoue, qui méritaient ce que tu leur as fait subir. Puis à un moment, tout est parti de travers. Mon père, je ne sais pas comment, s'est douté de quelque chose. Il a commencé à me suivre. J'avais des petites habitudes, comme d'aller tester mon physique sur des hommes, dans des endroits où les rencontres les plus improbables se font…

— Le passage Monplaisir…

— Oui, je me transformais et j'allais y traîner. Un soir, je l'ai vu qui m'observait derrière une fenêtre d'un immeuble à l'abandon. Il m'avait suivie ! Ça m'a rendue folle. Il était inacceptable que mon père soit au courant, impossible ! Ma haine est devenue incontrôlable. Je ne pouvais supporter l'idée d'une confrontation, car je savais qu'il y en aurait une. Je devais le faire disparaître, le tuer, me venger. Surtout, éviter cette rencontre. Son regard, ses mots, ses explications…

— Mais il était prêt à accepter !

— C'était encore pire. Car il y aurait toujours eu de la honte au fond de lui, toujours ! Et ça me rendait furieuse. Je voulais l'éliminer sans détruire ma vie. J'ai pensé à toi, à ce que tu faisais subir aux autres lorsque tu te défoulais, à toi dont il n'a jamais cherché à percer les secrets. Si seulement ! Enfin… Voilà, j'ai agi à l'instinct. Je savais que tu avais une petite amie, j'ai attendu qu'elle soit seule dans ton appartement, le matin où tu es partie sur la scène des crimes boulevard Saint-Denis, et je suis allée la voir.

— Solveig…

— À présent je regrette. Je… je lui ai tout dit sur toi, tes déviances, ta monstruosité… J'ai vu comme elle t'aimait, qu'elle ne te trahirait pas. Alors j'ai raconté que je voulais t'aider, que je te connaissais depuis l'enfance, que j'étais un pénaliste réputé et qu'il fallait faire disparaître les preuves. Je lui ai dit que tu cachais certainement des choses dans ton appartement. Et elle savait, Lise ! Elle savait, pour toi ! Elle m'a montré la pochette et les barres de fer. J'ai pris des photos de tes dossiers et j'ai emporté une des barres en pensant qu'il y aurait tes empreintes dessus. J'ai demandé à ton amie de ne pas t'en parler, mais elle était tellement bouleversée qu'elle m'a dit qu'elle allait partir, quitter Paris, loin de toi. Elle m'a dit que personne n'aurait de ses nouvelles avant un moment. Ensuite les choses se sont enchaînées. Tu… tu m'as facilité le travail, en quelque sorte. Martignon m'a fait part de l'incident du boulevard Saint-Denis, quand tu as failli balancer ce mec dans la cage d'escalier, il m'a dit que le procureur avait demandé à mon père de te virer, et je me doutais qu'il y aurait des étincelles. Le soir même, je suis allée rôder au passage Monplaisir, en espérant qu'il vienne. Je l'ai vu derrière sa fenêtre, à fumer ses clopes, puis il est parti, pour revenir vingt minutes plus tard. Il a marché droit sur moi. La rue était déserte. J'étais terrorisée, je ne voulais pas… Mon Dieu, pourquoi est-il venu me voir ? Pourquoi ? Il me faisait signe de ne pas m'inquiéter et il a prononcé mon nom : Éric. Je l'ai frappé, frappé, frappé… Je ne savais plus ce que je faisais. Ensuite, la réalité m'a rattrapé. Mon Dieu, tu l'aurais vu… J'ai pris peur, je n'ai pas osé laisser l'arme : et si tu avais un alibi ? J'ai traîné son corps jusqu'à un endroit discret.

— Dans les poubelles.

— Tu ne peux pas comprendre, c'était plus fort que moi.

— Ensuite, tu as instillé le doute dans l'esprit de Martignon, mais quand je suis venue vous voir dans le bureau pour vous parler de Brunel, tu as senti que je reniflais quelque chose. Tu as profité que la greffière fasse tomber son sac pour lui voler son permis, afin de préparer ta cavale. Puis tu as pensé à Solveig. Et si elle me contactait et me racontait ta visite à mon appartement ? Tu as donc récupéré les coordonnées de Bougeard dans les dossiers de Martignon et tu as appelé cet enfoiré pour qu'il me fasse la peau. Il m'a kidnappée le lendemain même, mais ça a mal tourné pour lui.

— Comment en es-tu venue à me soupçonner ?

— Quand je me suis rendu compte que la barre de fer avait disparu, j'ai compris que Solveig l'avait donnée à quelqu'un. Il ne me restait plus qu'à chercher qui enquêtait sur moi. Grâce à Martignon, aussi : je l'ai fait suivre et mon enquêteur m'a envoyé des photos où on te voit dans ta « transformation ». Si tu cachais ce secret, tu pouvais en cacher d'autres. J'ai mis un petit moment à te reconnaître, avant de me rappeler que quand on était petits… on jouait ensemble à la poupée, tu ne te souviens pas ?

— C'est pour ça, d'ailleurs, que ton frère ne m'a jamais aimé : je lui faisais peur.

— Comment ça ?

— Je t'ai menti. Quand je suis allé le voir pour lui demander des informations sur toi, je pensais qu'il t'en voulait après l'accident de Jade. Il a refusé de m'aider. Il avait l'air contrarié. Il m'a même dit que Jade attendait que tu viennes t'expliquer.

— Il a dit ça ? Camille ?

— Tu aurais pu m'arrêter avant ?

— En fait, je n'étais pas certaine, je pensais qu'une autre personne était impliquée. Et quand j'ai eu la certitude que ce n'était pas elle, eh bien, il ne restait plus que toi.

— La motarde à la combinaison rouge ?

— Exactement.

— Je ne vois toujours pas comment tu es arrivée jusqu'ici… Ah oui, tu me l'as dit, Martignon. Tu as fouillé chez lui. Tu sais que ce n'est pas très déontologique ?

Lise ne releva pas le sarcasme – les criminels voulaient toujours comprendre comment ils s'étaient fait piéger.

— Dès que la barre de fer est réapparue, j'ai compris que l'assassin paniquait. Tu l'as transmise dans la matinée, c'est ça ?

— Non, hier soir. J'ai payé un gamin pour qu'il l'apporte au groupe d'enquête sur le passage Monplaisir en racontant que je l'avais trouvée là-bas et que je désirais rester anonyme. Bien sûr, j'étais comme tu me vois maintenant. Je comptais gagner du temps : je savais que le résultat des empreintes tomberait dans la matinée et je pensais que tu serais inculpée.

— Je vais appeler mes collègues pour qu'ils viennent nous récupérer à la gare de Mulhouse.

— Non, Lise, tu ne peux pas faire ça !

— Je n'ai pas le choix.

— Mais tu vas plonger toi aussi. Je vais leur raconter ce que tu as fait à Bougeard l'année dernière, on a son témoignage, il y aura une enquête…

Le cerveau de Lise ramassait les morceaux et les assemblait – cela allait mal se terminer pour elle. D'autant que Bougeard et son acolyte avaient sans doute été tués par Linda la nuit où Lise n'avait pas d'alibi. Il y aurait trop de soupçons autour d'elle, d'autres affaires pouvaient ressurgir… Il allait falloir qu'elle devance les suspicions de ses collègues, ses amies, de Solveig, et qu'elle avoue, tout simplement, quitte à en payer le prix.

— Je sais. Et si j'avais décidé de plaider coupable à mon tour ?

— Tu vas leur dire quoi ? Que tu regrettes ce que tu es ? Ou bien que tu regrettes ce que tu as fait ? Lise, je n'en vaux pas le coup, tu vas détruire ta vie. C'est ce que tu veux ?

Il avait raison… Une victoire à la Pyrrhus : elle résolvait l'enquête et payait le prix fort. Peut-être était-ce ce qu'elle souhaitait : payer pour ses fautes et qu'Éric paye pour les siennes. Pour la police, pour son père Paul Lartéguy, pour son parrain.

— Éric, dis-moi au moins que tu regrettes d'avoir tué ton père. Je comprends la douleur que tu ressentais et le poids du secret, mais si tu t'étais confié à lui, cela aurait pu tout changer, non ?

— Ce n'est pas comme tu le crois. Toi aussi tu te trimballes tes secrets, ta culpabilité, tes regrets. Parce que tu aimes tes proches. Mon père, je ne l'ai jamais aimé. Jamais. Tu comprends ? Que l'on aime ou que l'on haïsse, il y a un moment où on se retrouve face à un mur. Il faut choisir : agir ou fuir. Je n'en pouvais plus de fuir.

— Je ne veux plus me sauver, moi non plus.

— Tu te trompes, on peut se sauver, mais sans avoir à fuir.

— Très drôle.

— Oui, c'est drôle. Tu penses que si tu ne révèles pas tes fautes, ton monde finira par s'écrouler. Moi, je pensais l'inverse. Je croyais que si mon père apprenait la vérité, je ne le supporterais pas. Que cela me tuerait. Alors, j'ai fait pire que fuir, c'est vrai, mais si tu savais le fardeau que cela m'a enlevé… Non, Lise, je n'ai aucun regret, mais toi, pose-toi les bonnes questions. Qu'est-ce que tu vas faire ? Détruire ta vie juste afin de soulager ta conscience ?

— Tu ne comprends pas. Je veux arrêter de souffrir, moi aussi.

— Tu souffriras encore plus, mais d'une autre manière. Mon père m'a sans doute aimé, mais trop tard. Au contraire, ceux qui t'entourent auront mal pour toi. Tu portes un fardeau, toi aussi, mais pas celui que tu crois. Tu penses qu'en allant crier à la face du monde que tu tabasses des ordures, cela fera de toi une meilleure personne ? Non ! Demande-toi plutôt pourquoi tu fais cela, frapper, cogner, hurler ta rage. Pour ma part, je suis né ainsi, torturé, banni : une femme dans le corps d'un homme. C'est à la fois un don de Dieu et une souffrance. Voilà ce que je voulais que mon père comprenne il y a longtemps, lorsque j'avais dix ou douze ans. Non pas qu'il « accepte » que je porte des collants et des chaussures à talons, mais qu'il comprenne pourquoi. Je l'ai vu dans ses yeux, quand il s'est approché de moi pour la dernière fois. Ils disaient : « Je t'aime, mon fils, que tu sois déviant, pervers, travesti, je t'aime et je te pardonne… » Je n'ai pas pu le supporter. Il n'avait pas compris et je… l'ai frappé de toutes mes forces. C'est ce genre de regard que tu veux ?

— Je ne comprends pas…

— Tu comprends très bien. Tu imagines que les gens savent que tu es une gentille fille, une sœur aimante, que tu payeras ta dette et en seras soulagée ? Qu'on dira : « Ce n'était pas un monstre, elle avait un cœur, une dignité » ? Non ! Tu resteras la folle, le monstre qui jette de l'eau bouillante sur ses victimes ! C'est ce que tu veux ? Ou alors est-ce que tu désires que les gens sachent qui tu es vraiment ? Qu'ils comprennent pourquoi tu es ainsi ? Pour cela, il faut leur montrer tes blessures. Leur dire ce qu'il t'est arrivé. Parce qu'il t'est arrivé quelque chose, c'est évident.

— Tu voudrais que je me confie à toi, là, dans ce train ?

— Et pourquoi pas ? Il suffit que tu le dises à une seule personne, et ensuite, je suis sûr que tu seras d'accord pour me laisser partir refaire ma vie ou plutôt continuer ma vie en Allemagne.

— Je ne peux pas, tu es un meurtrier. Tant pis si je plonge avec toi.

Lise avait sorti son portable et pianotait dessus. Incapable de se résoudre à finir ses jours en prison, Éric insista :

— Écoute, j'ai eu Martignon au téléphone ce matin, il m'a dit que les empreintes sur la barre étaient celles de Solveig. J'aurais dû me douter que tu étais assez professionnelle pour ne pas laisser de trace. Mais je ne voulais pas impliquer ton amie. J'ai une lettre sur moi, dans laquelle j'avoue avoir tué mon père. J'explique avoir pris la barre chez toi pour te faire accuser. Je ne parle pas de ta « passion ». Si tu me laisses partir, je posterai cette lettre. Je disparaîtrai, je te le promets. Martignon ne dira rien… si tu ne dis rien. Quand il apprendra qu'il a été manipulé par un meurtrier…

et je pense que tu as dû découvrir qu'il travaillait pour des opposants politiques à mon père... il fera disparaître les dossiers sur toi, sans même que tu le lui demandes.

— Non, je suis désolée, j'ai décidé d'arrêter les mensonges.

Elle appuya sur la touche pour envoyer le message à Brigitte.

— Lise, je te jure que tu le regretteras.

— Trop tard.

La petite musique des écouteurs dans son dos augmenta : la personne derrière elle avait ôté son casque. Lise reconnut le morceau. Elle tourna la tête au moment où une voix disait :

— Il n'est jamais trop tard.

Une décharge électrique l'envoya au tapis. Alors que les dernières paroles de la chanson résonnaient encore à ses oreilles : « C'est une belle journée, je vais me coucher, une si belle journée qui s'achève... »

Il y eut une sonnerie de guerre, une secousse comme un tremblement de terre, puis d'autres plus localisées, sur son corps.

— Mademoiselle ! Mademoiselle ! Réveillez-vous !

Elle était allongée dans le couloir de la voiture, dans une étrange atmosphère de calme. Le train était arrêté. Elle se redressa, aperçut le jeune homme au-dessus d'elle qui tentait de la réveiller.

— Qu'est-ce qu'il s'est passé ?

— Une femme vous a agressée avec un Taser, puis elle est partie avec sa complice, celle avec qui vous parliez. Je suis gardien de la paix, je rentrais chez moi.

J'étais là-bas, à l'entrée de la voiture. J'ai voulu m'interposer, mais elle m'a menacé avec une sorte de scalpel. Elles ont tiré la sonnette d'alarme et se sont enfuies dans la campagne.

— Quoi ? Quand ?

— Il y a quelques minutes. Elles sont là-dehors.

Lise sortit son arme et se précipita jusqu'à la portière ouverte. Et les vit, en plein milieu d'un champ labouré. Une silhouette était en train de s'écrouler sur les genoux et une autre courait vers la lisière d'un bois. Elle s'élança. Éric tomba sur le côté, les yeux grands ouverts, la gorge tranchée débordant de sang, sa main serrant une lettre. Ses aveux ! Désemparée et furieuse Lise hurla :

— Lindaaaaaaaa !

Elle tendit son arme devant elle. La silhouette rouge était à plus de cent mètres, en plein dans sa ligne de mire.

— Linda ! Arrête-toi ou je tire ! Je te jure que je tire !

Vêtue de sa combinaison de cuir, cheveux flottant au vent, la blonde s'arrêta et posa les mains sur ses genoux pour reprendre son souffle. Puis elle se redressa et ouvrit les bras en croix en criant :

— Tire, Snoopy ! Tire !

Elle éclata de rire et reprit sa course.

Lise laissa retomber son arme. De toute façon, elle ne voyait rien, tant ses yeux étaient remplis de larmes. La main d'Éric serra sa cheville. Elle se pencha sur lui.

— Éric, tiens bon ! Je vais appeler les secours.

— Lise, sauve ta vie. Sauve-toi. Pour ton père et… le mien…

55

Un mois plus tard

L'affaire du meurtre de Pierre Boisfeuras était close : le jeune gardien de la paix présent dans le train avait témoigné de la tentative de la lieutenante Larteguy d'arrêter l'homme déguisé en femme et la fille en combinaison de cuir rouge. Il raconta que cette dernière avait égorgé sa compagne avant de disparaître dans les bois. La lettre d'Éric décrivait ses motivations ainsi que les circonstances du meurtre de son père ; elle disculpait Lise et Solveig. Brigitte reconnut avoir reçu un message de sa collègue lui disant qu'elle demandait une équipe d'intervention afin d'appréhender le suspect en gare de Mulhouse.

À la suite de soupçons de connivence entre ses affaires juridiques et des hommes politiques, Martignon fut muté à Perpignan. En accord avec le procureur général, et en échange de sa discrétion ainsi que du retrait d'éventuelles accusations à l'encontre de certains membres de la PJ, Martignon ne fut pas inquiété quant à ses relations, à la fois professionnelles et intimes, avec le coupable du meurtre du directeur

Boisfeuras. En l'absence de faits nouveaux et dans l'attente que la motarde en combinaison rouge se manifeste, les poursuites concernant les meurtres des Chinois du boulevard Saint-Denis, du jeune homme de l'entrepôt de Bondy et de l'ancien policier Gilles Brunel furent mises en « pause ». Quant à Jeanne, elle avait disparu. Si bien disparu que l'équipe de Lise pensa qu'elle avait conclu un accord avec la direction des services contre le retour de certains dossiers.

Les membres du groupe de la Crime de la capitaine Brigitte Lancier reçurent une prime exceptionnelle pour leur dévouement et leur investissement. Les brigadiers Suaut et Camilla montèrent en grade, les officiers Paulette Slawy et Lise Lartéguy passèrent capitaines. Camilla reçut la médaille de la bravoure de la police nationale. Un congé exceptionnel de deux semaines fut octroyé à toute l'équipe.

Solveig s'était retirée chez une amie d'adolescence dans le village de Trets, près d'Aix-en-Provence. Par l'intermédiaire de son frère, Paupiette l'avait informée qu'elle risquait d'être soupçonnée du meurtre du parrain de Lise à cause de ses empreintes retrouvées sur l'arme du crime. La jeune femme s'était isolée du monde durant les six jours précédents et ignorait tout de cette histoire de meurtre. La visite de cet avocat dans l'appartement de son amie l'avait tellement bouleversée qu'elle avait fui, pour pouvoir réfléchir ou se « sauver » de Lise. Ses sentiments s'étaient emballés lorsqu'elle avait appris que Lise était en danger à cause d'elle. De cette foutue barre de fer qu'elle avait confiée à l'assassin – ce qu'elle avait appris par la suite. Elle était rentrée à Paris. Lise n'était pas encore revenue de son escapade en train.

Tard le soir, après une dernière réunion, Lise avait rejoint son appartement. La jeune infirmière dormait dans son lit, ou faisait semblant. Lise s'était allongée tout doucement entre les draps blancs. Solveig s'était retournée vers elle pour l'embrasser et mélanger ses larmes à son sourire. Au matin, elles s'étaient expliquées. Lise lui avait tout dit, tout ce que Solveig soupçonnait déjà. Elle avait parlé de l'enquête, de la motarde en rouge, de son adolescence – de cette nuit dans cette ferme près de Calais. Puis elle avait évoqué sa maladie, les soins, la Méthode développée par son père, qu'elle appliquait religieusement. Jusqu'à l'année précédente, lorsqu'elle avait tenté d'arrêter, se sentant trop coupable de mentir à Solveig. Et les conséquences que cela avait eues : ses crises, sa mauvaise humeur, et cette fameuse nuit dans les entrepôts de Bondy. Depuis, Lise ne ressentait plus ni haine ni rage, comme si elle était… guérie.

Elle avait parlé à Solveig de ses envies de tout avouer, de sa sensation d'avoir trahi la police, sa Maison, la Maison de son père et de son parrain. Solveig l'avait rassurée : son père l'avait mise là, voulait-elle détruire ce qu'il avait construit ? Si Lise avouait et cessait ses virées, qui punirait comme il se doit ceux qui échappent à la justice, torturent, violent et abusent des faibles ? Bien qu'« insoumise » pacifiste, Solveig était guidée par l'amour et la justice : pourquoi Lise payerait-elle le prix fort pour les blessures de son enfance ? Victime autant que bourreau, Lise était peut-être guérie et ne recommencerait pas. C'était fort possible. Pourtant, il restait une étape à franchir.

Les deux filles avaient réservé deux billets pour l'île Maurice et une location au bord de la plage, à Trou aux Biches. Avant de partir, Lise avait appelé son frère Camille. Il les attendait, toutes les deux, dans sa maison de Boulogne. La jeune Lartéguy avait un peu le cœur dans la gorge en sonnant, Solveig lui serrait fort la main. Quand la porte s'ouvrit, les larmes jaillirent. Camille resta digne, se mordant un peu la lèvre du bas, lorsqu'il embrassa sa sœur.

— Bonjour Lise, Solveig.

Son ton était las, mais soulagé.

— Louna n'est pas là, ça ne va pas trop en ce moment, elle est chez une amie.

— Et toi, ça va ? demanda Lise, un crabe déchiquetant ses poumons.

Camille feignit la joie.

— Très bien, je bosse au ministère de l'Intérieur, à l'anti-terrorisme, alors…

— J'imagine…

— Oui, c'est vraiment bien…

— Et Jade ?

La voix de son frère devint froide.

— Elle est là, elle t'attend.

Le crabe s'attaqua au cœur de Lise. Elle s'avança vers le salon, sa nièce fit rouler sa chaise vers elle en tendant les bras, Lise la souleva pour la serrer de toutes ses forces en pleurant.

— Mais pourquoi, pourquoi tu m'as laissée ? s'écria l'adolescente.

Lise eut l'âme brisée. « Pourquoi je t'ai laissée seule sur ce toit ! Pour que tu me cherches, pour que tu aies peur et que tu te casses la gueule ! Pour que ta vie soit un enfer ! » Elle pouvait à peine parler, les mots hachés par la douleur et la honte.

— Jade, je…

— Tata, pourquoi tu n'es pas venue me voir après l'accident ? Pourquoi tu m'as laissée si longtemps sans toi ? Je… je voulais te remercier.

Lise manqua de souffle, la tête lui tourna alors qu'elle repoussait doucement sa nièce pour la regarder dans les yeux.

Elle était si légère.

Elles étaient si légères toutes les deux. Elle jeta un coup d'œil sur son frère. Jade le vit.

— Papa m'a raconté tout ce que tu as fait pour me sauver, tu as risqué ta vie ! Et moi, je ne t'ai pas écoutée… Et après, tu as disparu de nos vies.

« Nos vies… »

Son frère reniflait, serrant les lèvres pour les empêcher de trembler. Il avait cru que sa sœur n'était qu'une égoïste, une super-flique qui ne pensait qu'à jouer les héroïnes, à tel point que son jugement avait été altéré et qu'il s'était livré à la pire des trahisons. Comme il le regrettait ! Les suites judicaires de la fusillade dont il avait été victime avec son peloton fin 2016 l'avait amené à visionner les vidéos des événements. Il avait vu Lise monter sur sa moto mais, contrairement à ce qu'il avait longtemps cru, elle ne s'était pas lancée à la poursuite des criminels ; elle était redescendue immédiatement pour courir vers lui et le soutenir jusqu'à ce que les secours arrivent. Lise ne comprenait pas ce revirement à son égard, mais ils étaient liés par les liens du sang, c'était ce qui importait.

Un peu plus tard, Jade partit geeker avec sa meilleure amie dans sa chambre. Camille fit du café. Puis ils s'assirent tous les trois autour de la table de la cuisine. Lise tendit les doigts pour enserrer ceux de son frère.

— Merci.

— Sans la famille…

— On n'est rien, c'est ce que disait papa. Et… maman ?

— On ne va pas parler d'elle, pas aujourd'hui. Tu sais, c'est peut-être sa méchanceté envers toi qui m'a fait douter, changer… Je l'aime, mais… je t'aime aussi, toi, ma sœur.

Lise regarda sa chérie et son frère, les yeux déjà partis dans l'autre monde, celui des douleurs de l'enfance.

— Il faut que je vous avoue quelque chose…

Solveig le savait : le moment était arrivé. Camille leva un sourcil inquiet.

— Ce n'est pas pour m'excuser de ma méchanceté, du mal que je vous ai fait subir, Camille, Solveig, et des tas d'autres personnes. Ce n'est pas…

Solveig posa une main sur la sienne.

— Tu n'es pas obligée.

— C'est pour moi…

La gorge nouée, Camille acquiesça.

Lise sortit son portable ; on aurait cru un petit soldat buté qui partait en mission, cachant sa peur sous une attitude concentrée. Elle expliqua :

— Une troisième personne doit écouter.

Elle prit dans sa poche une carte de visite rose recouverte de paillettes dorées, envoya un SMS, attendit une réponse, puis composa le numéro d'appel et brancha le haut-parleur avant de poser le téléphone au milieu de la table.

Les deux autres ne dirent pas un mot – cela paraissait très dur pour Lise.

Elle commença à raconter.

56

La route serpentait entre de petites montagnes pelées, le soleil écrasait le ciel et avalait la moindre parcelle d'ombre, l'air chaud brutalisait les oreilles, la peau et les poumons en s'engouffrant à travers les fenêtres ouvertes de la Peugeot. Une de ses mains aux ongles de rapace serrée sur le volant de bakélite, sa mère fumait, le pied poussant toujours plus fort sur l'accélérateur. Derrière, la petite fille se laissait fouetter par les effluves des citronniers, des figuiers de Barbarie et des oliviers de cette région d'Andalousie.

Elle avait huit ans, une peau de lait très douce, des cheveux noirs et luisants, comme enduits de cirage, et elle dévorait le monde de ses yeux bleus aussi lisses que des billes de porcelaine ayant séjourné dans de l'eau fraîche. Son cœur battait plus fort, sa poitrine aspirait deux, trois, quatre fois plus d'air depuis que sa maman avait décidé de l'emmener en vacances avec elle. Anne-Élisabeth admirait sa maman : quand elle chantait en sous-vêtements dans la cuisine, quand elle mangeait de baisers son jeune frère ou que son rire résonnait, faisant tinter les atomes de l'air. Parfois les yeux de sa mère glissaient sur elle, emplis d'amour, avant de se métamorphoser en ceux d'un dragon ayant avalé de travers une goulée de braises lorsqu'elle se rendait compte qu'il ne s'agissait pas de son fils mais de son aînée, Anne-Élisabeth, cette concurrente, cette… fille !

Malgré tout, Anne-Élisabeth avait, de ses grands yeux affamés, réussi à s'abreuver à ces instants de chaleur qui ne lui étaient pas destinés. Sans râler, sans se sentir lésée, car elle était persuadée que son tour viendrait, que ces longs bras l'enlaceraient, faisant exploser dans sa poitrine mille papillons ivres. Il y avait bien son père, qui la couvait, l'adorait et la couvrait de baisers, même s'il n'apparaissait que quelques soirs par mois ; il venait alors poser ses quatre-vingts kilos fatigués au bord de son lit, sa grosse main enveloppant son front et massant doucement ses cheveux, des larmes cachées derrière ses iris bleus, celles du temps qui file, du couple qui se délite et des enfants que l'on néglige.

— Je t'aime tant, ma petite Lise.

— Pourquoi maman ne m'aime pas ?

— Laisse-lui du temps…

S'il avait pu lui dire : tout est de ma faute, elle ne te voulait pas et je l'ai forcée à te garder pour la garder. L'embrigader, comme elle disait. Je l'aimais, je croyais qu'elle changerait. À présent, elle me le fait payer à travers toi.

En forçant Maria à l'épouser, il la sauvait de la dèche, de ses amis bizarres, de ces rêves trop gros qui finissent toujours en dépression, en tentative de suicide ou en clinique de désintoxication. Maria était un chat sauvage, indomptable et méchant ; à vingt-cinq ans, emplie de haine et de rancœur, elle avait compris que la vie espérée l'avait oubliée. Mariée à un flic, engrossée par un Breton, violée par la beaufitude ! Pavillon de banlieue, femme au foyer, supermarché, horaires de bus ! La vie aurait dû la transporter dans un carrosse d'or aux rideaux voilant ce monde sale et puant. Sa vengeance consisterait à ronger sans fin les petits fils de l'amour et de la tendresse – à commencer par cette saleté de gosse ; quant à son mari, elle le tromperait avec ses amis – et à faire osciller le pendule de la culpabilité dans le cœur de son homme. Dès qu'il lui avait parlé de travailler – un poste de secrétaire chez les flics ! –, elle avait mis en route un deuxième gosse, s'évitant de passer de la prison au cachot. Quand Maria avait remarqué que son mari s'inquiétait d'Anne-Élisabeth, elle avait compris qu'elle tenait là son levier, son entrée dans la chair : il ne lui restait plus qu'à remuer lentement, très lentement la petite lame de fer, rougie par le feu de la méchanceté, dans la plaie de ses remords.

La voiture s'enfonça dans la grande cour de la pension Del Pavo. Un corps de trois bâtiments de plain-pied qui formaient une tenaille autour du puits blanchi à la chaux au centre de la cour. La pension était située sur un promontoire de pierre et de terre séchée qui dominait les collines alentour. Au loin, on apercevait les masses blanches de villages d'où dépassait l'invariable clocher.

Un homme, si grand et si maigre qu'il titubait, s'approcha de la voiture. Ses cheveux d'un blond terne étaient longs et il portait une djellaba qui pendait sur lui. Il posa sur la portière une main aux doigts infinis terminés par des ongles recouverts d'une crasse qui dégageait une odeur de truffe noire.

— Maria, tu es là !

— Dieu merci, Jean-Charles ! Je n'en pouvais plus de cette route, de cette frontière, de cette vie, si tu savais, si tu savais !

Sa mère parlait très vite, comme asphyxiée. Elle mit une main sur celle du grand sec en dévorant ses doigts des yeux. Un sourire aux dents jaunes comme de la peinture étira les lèvres de l'homme.

— Ne t'inquiète pas, Maria, tu vas très vite pouvoir te détendre. Les voitures sont bannies de cet endroit, va te garer derrière la petite colline là-bas. On va décharger tes affaires, laisse aussi la gamine, ça grimpe et c'est en plein soleil.

Anne-Élisabeth se rencogna dans le fond de la banquette : la voix de l'homme exhalait la même puanteur que ses mains, avec en outre une forte odeur de matière fécale mélangée à de l'ail ranci qui piquait les yeux et donnait mal au cœur.

— Elle me fatigue, si tu savais… Si tu savais comme je suis fatiguée. Laisse-la ! Ça ne lui fera pas de mal de marcher un peu.

Maria descendit de la voiture et déposa ses bagages sur la terre poussiéreuse.

— Je vous ai apporté des cadeaux, du vin et des chocolats de chez Hédiard.

Le grand aux cheveux gras ne l'aidait pas : il se contentait de contempler l'air chaud de ses prunelles molles et foncées. Maria le fixa en retenant son souffle.

Bientôt l'indolence de l'opium l'emporterait elle aussi.

Seuls les yeux d'Anne-Élisabeth dépassaient du bord de la vitre. Elle fixait un chien efflanqué au regard implorant qui avait la même couleur que la terre d'ici. Il était allongé sur le côté, ses pattes étirées, sa tête au museau de lévrier pointé dans sa direction, et les grosses billes noires et liquides de ses yeux quémandant le pardon. La petite fille fit claquer sa langue comme elle le faisait avec les chiens de Boulogne. L'oreille du chien frémit et Anne-Élisabeth vit sa lèvre se retrousser et les canines briller dans un grognement.

Sa mère remonta dans la voiture, le moteur se remit à gronder.

Après avoir garé la 403 grise entre une Bentley argent et une Jaguar décapotable aux sièges décatis dans une cuvette où le soleil faisait bouillir l'air, la mère et la fille entamèrent une longue marche sur la colline. Les yeux brouillés par la poussière, le souffle court – ses poumons avaient la température d'une forge –, les pieds martyrisés par les cailloux, Anne-Élisabeth suivait tel un petit chiot, sentant confusément qu'une aventure était en train de débuter et qu'elle allait y participer aux côtés de sa mère.

Maria avait dit à son mari qu'elle avait besoin de repos, qu'elle n'en pouvait plus – justement, d'anciens amis tenaient une maison de repos dans le sud de l'Espagne. Paul Lartéguy n'avait guère eu le choix : cela faisait trente jours qu'il était missionné par la préfecture de Paris en Corse, afin de soutenir la lutte antiterroriste le temps de la période estivale. En vérité, il s'agissait de suppléer aux périodes de congé des policiers insulaires. Son ami Pierre Boisfeuras et lui s'étaient portés volontaires avec, à la clé, une prime de trente pour cent de leur salaire.

Maria avait plié bagage en emmenant sa fille Anne-Élisabeth ; Camille, le petit dernier, avait été confié à Marie-Claire, la femme de Boisfeuras : le couple avait un garçon presque du même âge.

La petite fille avait un mauvais pressentiment : il n'y aurait pas de lien animal entre sa mère et elle. Chaque fois que Maria tournait la tête dans sa direction, son regard la survolait, comme si elle la cherchait et ne la voyait pas, ou alors des soupirs exaspérés sifflaient entre ses lèvres. Elle avait même refusé de laisser Anne-Élisabeth porter son sac afin de ne pas s'en inquiéter. Elle marchait d'un pas alerte, essayant presque de semer la fillette. Mais comment semer quelqu'un qui s'est volontairement enchaîné à vous ?

L'enfant aimait Maria comme on aime une mère, une femme, une icône, une actrice, un mirage... À défaut de connaître les vrais sentiments maternels, Anne-Élisabeth les idéalisait telle une groupie. Elle buvait ses moindres mots, détaillait ses gestes, ses postures, étudiait ses humeurs à travers ses mimiques, se gorgeait de ses odeurs ; mais elle avait depuis longtemps cessé d'essayer de la toucher, car chaque fois sa mère sursautait, comme frôlée par une méduse.

Lorsque sa mère dormait, la petite fille posait sa main tremblante au-dessus de son bras nu. Elle voyait l'électricité statique relever les poils bruns, elle croyait ressentir un fluide, un pouvoir, une chose liquide qui mercurisait son cœur, l'alourdissant tendrement, et aussi, un peu... tristement.

Il ne fallait pas frôler Maria, sinon elle sursauterait et ses yeux cracheraient des pics à glace.

Parfois, elle rêvait que sa mère était morte et qu'enfin elle pouvait ramper contre sa poitrine, sa joue frottant sa joue, ses lèvres…

Elles passèrent près du puits ; sa mère ne marchait plus, elle glissait sur le sol jaune en direction de l'entrée. Anne-Élisabeth s'arrêta auprès des bagages que personne n'avait ramassés. Le chocolat Hédiard, fondu, gouttait sur le sol. On aurait dit du sang de fourmis.

— T'es française ?

La fillette sursauta. Sous l'auvent de bois de la maison, une ombre aux cheveux clairs l'observait. Elle ne savait pas si la question lui était adressée – en tout cas, elle tentait de s'en persuader – et ne répondit pas, commençant à ramasser les sacs et cherchant sa mère des yeux.

— Je t'aide pas, j'ai pas droit au soleil. Tu parles pas ?

Elle fit quelques pas et déposa le carton contenant les chocolats et le vin sur le plancher à l'ombre, surprise de la chaleur amassée dans l'obscurité de l'auvent. Elle se rendit compte que le garçon qui lui parlait avait dans les quatorze ou quinze ans.

— Si.

— Si quoi ?

— Si, je parle.

Il se mit à rire, mais d'un rire atone – un rire de bulle de bande dessinée : « Ha ! Ha ! Ha ! Ha ! » Sautant du tonneau sur lequel il était assis, il s'approcha. Pieds nus, un débardeur sale sur ses épaules rondes, un pantalon trop court sur ses maigres jambes, les cheveux paille, le visage anguleux, les yeux gris clairs. Anne-Élisabeth frissonna quand ils l'examinèrent, pourtant elle renvoya un sourire poli. Comment ce garçon faisait-il pour avoir le regard si dur ? Elle fut obligée de retourner sous la fournaise aveuglante de la cour, jusqu'au sac qui contenait le lapin en peluche que son père lui avait offert.

Sa mère avait disparu, son père avait consenti à ce qu'elle soit emmenée au milieu du désert… plus seule que jamais, elle se sentait observée par le garçon. Son regard n'était pas méchant ; il était malsain. Elle était terrorisée.

Des cris résonnèrent, puis une petite fille de cinq ou six ans sortit en courant de la pénombre de l'entrée. Le chien se leva, comme propulsé par des ressorts, et fonça à l'intérieur de sa niche. L'enfant fouettait l'air d'une longue et fine branche.

— *Taï ! Taï ! Taï !*

Elle se précipita sur la niche et enfouit le bâton à l'intérieur, essayant de faire mal à l'animal, tout en continuant de crier :

— *Taï ! Taï ! Taï !*

Anne-Élisabeth comprit immédiatement que la gamine n'était pas « normale ». Elle avait le front trop large et le regard curieusement amorphe. Déçue, la petite tourna ses talons nus sur le sable et reprit sa course en direction de l'enclos des chèvres, sur la gauche du bâtiment. Elle cherchait à les frapper par-dessus et par-dessous la barrière de bois quand une voix retentit, venant de l'étage :

— Apolline, non ! Tu vas faire tourner le lait !

La fillette s'immobilisa avant de repartir en claudiquant, la tête rentrée dans les épaules, persuadée qu'on ne la voyait pas. Elle stoppa net quand elle aperçut Anne-Élisabeth. Ses yeux s'emplirent de fureur et elle marcha sur elle pour la fouetter de sa branche. L'enfant de huit ans se protégea tant bien que mal de ses bras, la douleur cinglant sa peau enflammée par les coups de soleil. Elle arracha la branche des mains de la fillette. Celle-ci abattit en beuglant ses poings sur Anne-Élisabeth, qui tomba dans le sable et se couvrit la tête en pleurant.

— Assez ! Assez, j'ai dit !

Aussitôt, la petite se recroquevilla derrière Anne-Élisabeth pour qu'elle lui serve de protection. La voix du garçon redevint calme :

— C'est ma sœur, elle est tarée.

Il éclata de rire.

Maria sortit de la maison. Elle s'était débarrassée de ses chaussures à talons, portait une ample jupe foncée et un soutien-gorge de couleur chair. Ses longs cheveux dénoués gonflant autour de son visage radieux, sa grande bouche souriante qui aspirait la vie, son ventre plat miroitant de mille gouttelettes de sueur… Que sa mère était belle ! Le garçon la regardait, effrayé ; il s'était rencogné dans l'ombre.

— Anne-Élisabeth, rentre les sacs, allez, il me faut mon argent.

Elle retourna dans la maison, et plus jamais Anne-Élisabeth ne vit sa mère sourire de cette façon. Profitant que son frère avait disparu, la petite lui flanqua des coups de pied dans les tibias en poussant des « Tiens ! Tiens ! Tiens ! ». Elle savait comment faire mal, et Anne-Lise dut la repousser, les larmes aux yeux, pour, les bras encombrés de sacs, trottiner jusqu'à l'intérieur.

Sa mère marchait à travers la maison, accompagnée de son ami Jean-Charles qui organisait la visite. Anne-Élisabeth se colla à leurs basques sans lâcher son barda. L'intérieur évoquait une chapelle abandonnée : les rideaux étaient tous tirés et, si on y brûlait moins que dehors, on y cuisait à l'étouffée dans une odeur écœurante d'encens et de bizarre fumée qui picotait le nez. Une succession de grandes pièces s'étiraient à partir d'un axe formé par un hall dans le coin duquel reposait un porte-parapluies en pied d'éléphant. Des canapés recouverts de tissus rapiécés, des matelas pliés contre le mur, une musique indienne passant en sourdine, des adultes marchant d'une pièce à l'autre en silence – un vieillard, deux couples de jeunes, une femme aux cheveux courts et aux bras tatoués, un quinquagénaire au look de surfeur et au corps gras et bronzé. Une des pièces était munie d'une double porte fermée, et quand une personne y entrait, elle devait en plus franchir un lourd rideau de velours. La cuisine, à l'extrême droite du corps de bâtiment, était le seul endroit éclairé par le jour ; une femme et un homme y travaillaient, des employés de maison qui ne parlaient pas français. Ici, l'odeur était encore plus insoutenable.

— On a des toilettes sèches à l'extérieur, expliquait le grand sec à sa mère. On va vous donner une chambre en haut, les enfants ont leur propre vie, ne t'inquiète pas, Mafalda et Leon les surveillent et s'en occupent. Tu as l'argent ? On avait dit en liquide.

Maria fouilla dans son sac et en sortit un tas de billets froissés que l'autre s'empressa d'empocher dans sa djellaba. Il donna des instructions à la grosse femme qui lavait la vaisselle en désignant la petite, puis s'adressa à sa mère en français :

— Allez, viens, je vais te faire goûter notre spécialité.

Anne-Élisabeth les regarda entrer dans la grande pièce et refermer la double porte dans leur dos. La domestique, Mafalda, essuya ses mains sur son tablier en soupirant et vint se pencher au-dessus de l'enfant. Tout en lui parlant en espagnol, elle la conduisit près de la fenêtre ouverte pour lui désigner un ensemble de cabanons de plage situés à une centaine de mètres et autour desquels bruissaient des nuages de mouches. Elle fit à plusieurs reprises « non, non, non » de la tête, ouvrit la porte d'un placard et en sortit un pot de chambre qu'elle lui montra en se désignant elle-même afin de lui faire comprendre qu'elle s'en occuperait. Ensuite, elle lui servit un verre d'eau fraîche tout en parlant à l'homme qui épluchait des pommes de terre. C'était un être rugueux d'une soixantaine d'années, un œil à moitié fermé, la moustache jaunie de nicotine. Il hochait la tête machinalement, se levait, faisait craquer ses genoux, puis se rasseyait pour continuer d'éplucher.

Mafalda l'emmena ensuite à l'étage pour lui montrer la chambre où elle dormirait avec sa mère. Une vaste et belle pièce aérée qui, par miracle, donnait sur le côté opposé aux toilettes sèches. Anne-Élisabeth voyait dans un trou au loin les capots de métal glacés par la clarté du soleil. Après avoir posé les sacs, elles redescendirent et Mafalda la mena dans une salle sombre où un grand écran de téléviseur diffusait des dessins animés.

Le garçon et Apolline y étaient, semblant bouder, surtout la petite, dont les cheveux tombaient, emmêlés, sur son visage. Mafalda se pencha pour la recoiffer et la fillette en profita pour la gifler méchamment. La bonne quitta la pièce en jurant et Anne-Élisabeth se retrouva seule avec les deux enfants. Elle se retourna, cherchant sa maman du regard, avec une grosse envie de pleurer.

— Non ! cria le garçon à l'intention de sa sœur.

Anne-Élisabeth comprit, en voyant le regard noir d'Apolline, qu'il l'avait retenue de se jeter sur elle. Cela ne l'empêchait pas de grogner et de frotter ses poings contre les bords du fauteuil, la haine dans les yeux.

— Assieds-toi et regarde les dessins animés, y a rien d'autre à faire ici.

Le garçon ponctua sa phrase d'un nouveau rire froid.

Coyote poursuivait Bip Bip dans un décor qui ressemblait horriblement à celui qui entourait la maison.

— Comment tu t'appelles ? demanda-t-il.

— Anne-Élisabeth.

— Beth, Beth, Beth, répéta-t-il, avant de rire à nouveau.

— Et toi ?

— Amaury. J'ai pas le droit au soleil. T'aimes prendre des bains ? J'adore ! Ça au moins, j'y ai droit.

— Pourquoi t'as pas droit au soleil ?

— Je suis un vampire. Ha ! Ha ! Ha ! Ha !

Anne-Élisabeth ne comprenait rien ; en plus, malgré le fait qu'il aimait se baigner, il puait. Sa transpiration était acide, d'une odeur noire.

Il répéta, sans la regarder cette fois et en haletant de manière grossière :

— Alors ? T'aimes ça, prendre des bains ?

Elle en eut la chair de poule, d'autant que, juste à côté d'elle, Apolline s'était mise à trembler, les yeux débordants de larmes, les poings serrés à éclater ; elle se rua sur la nouvelle venue pour la rouer de coups en criant :

— Pas le bain ! Pas le bain ! Pas le bain !

Anne-Élisabeth se prit un méchant coup dans l'œil et dans une dent, qui fit un bruit en se décollant de sa gencive et saigna sur son palais. Elle repoussa la petite de ses genoux, et finit par lui envoyer un coup de pied dans le ventre. Apolline fut propulsée vers l'arrière et son frère l'attrapa par les cheveux pour la retenir. La gamine tourna la tête, poussa un cri d'horreur en le voyant et se débattit telle une chatte affolée alors que le grand la couvrait de gifles. Les biceps gonflés par l'effort, les dents serrées d'où suintaient des insultes, il la frappait le plus fort possible.

Anne-Élisabeth s'enfuit en courant.

Même en haut, dans la chambre à la porte fermée, elle entendait les cris de la petite. Pourquoi personne n'intervenait ? Elle se recroquevilla sur le lit et se mit à mordiller l'oreille de son lapin en peluche.

Vers vingt et une heures, on vint la chercher pour le dîner. Elle retrouva les deux enfants dans la cuisine autour de la table. Le vent s'était levé, fort et sifflant, éparpillant les mouches autour des cabanes et chassant l'odeur vers les collines. Elle s'assit prudemment sans quitter des yeux le frère et la sœur. La fillette avait le visage rougi mais mangeait avec appétit, sans montrer la moindre animosité. Le garçon dévisageait la petite Française d'un air rêveur. Lorsqu'elle avala sa première fourchette de tortilla, il lui dit :

— Elle est belle, ta mère.

Elle suspendit son geste.

Il se mit à rire, comme à son habitude, et Anne-Élisabeth sentit le malaise qui s'empara de Mafalda à ce moment-là. La cuisinière la regarda d'un air soucieux, puis soupira et s'activa d'un coup. Une vieille 4L arriva devant la fenêtre, avec Leon au volant. Mafalda réunit ses affaires, rangea un peu de vaisselle, déposa du fromage et des fruits sur la table, puis appela :

— *Señor* Jean ? *Señor* Jean ?

La double porte s'ouvrit et le grand sec apparut. Il avança jusqu'à eux, suivi de quelques « invités » – on aurait cru une armée qui venait de se réveiller, ils traînaient des pieds et ne disaient mot. Mafalda intima aux enfants de finir leur dessert, puis discuta quelques minutes avec Jean-Charles en lui montrant le contenu du four et du frigo : elle avait préparé à manger pour toute la tribu. Enfin, elle partit. Anne-Élisabeth fut ravie de voir arriver sa mère.

— Je suis morte de faim !

Maria ne remarqua pas le regard brillant de sa fille. Anne-Élisabeth la détailla avec angoisse. Sa mère avait perdu de sa légèreté… c'était cela, elle était lourde ! Toujours en soutien-gorge, mais les épaules rentrées, la bouche tombante, les yeux vitreux. Et sa voix : une intonation qui semblait sortir d'une tombe.

— Les enfants ont fini de manger, expliqua le grand sec. Au fait, je ne t'ai pas présenté Amaury et Apolline. Une de leurs mères doit être par ici, à moins qu'elle ne soit partie la semaine dernière, ha, ha, ha ! Apolline est une enfant du seigneur, comme ils disent dans la région, elle est née simple ; quant à Amaury, le pauvre, quand il avait dix ans sa mère avait laissé une casserole d'eau bouillante sur le feu, il a tiré le manche et s'est brûlé tout le ventre, et même le reste. Tu verrais ça, le malheureux n'a plus rien, mais j'espère en faire un bon petit pédé ! Pas vrai, Amaury ?

Le père éclata de rire, tandis que son fils lui jetait un regard haineux, avant de rire à son tour de cette manière factice et effrayante. Il feignait même de s'étouffer, en jouant sur les aigus et en se tapant sur la poitrine, les yeux froids et la bouche hilare.

Jean-Charles se pencha à l'oreille de Maria avant de lancer à voix haute :

— Et les fous portent chance, pas vrai, les amis ? Allez, au bain, les agneaux !

Anne-Élisabeth sentit une décharge électrique frôler son bras tant le corps d'Apolline venait de se crisper. Ses yeux roulaient dans leurs orbites de manière inquiétante. Son père le vit et lança :

— Apolline, ne commence pas avec ça ! Tu vas aller au bain avec ton frère ! Tu veux qu'Anne-Élisabeth t'accompagne ?

Bien que ne supportant pas sa fille, Maria avait l'instinct maternel planté par des crocs dans son ventre.

— C'est quoi, cette histoire de bain ? demanda-t-elle d'une voix indolente.

— La maison est sur une source et l'ancien propriétaire a fait aménager un bac dans la cave. Les gosses adorent y aller.

— Je rêve d'un bain glacé ! s'exclama Maria. Et il est hors de question qu'Anne-Élisabeth se lave toute seule, je la connais, elle ne frotte pas assez.

— D'accord, mais les miens y vont d'abord, sinon Apolline va encore faire une scène pour y échapper.

Il prit le poignet de sa fille et la souleva pour l'emmener, alors qu'Amaury se levait tel un chat pour le suivre.

Des cris stridents s'élevèrent : « Non, pas le bain, noooooooonn ! », aussitôt suivi du bruit d'une gifle, d'une porte qu'on ouvre et qui se referme en claquant. Le père remonta, alla dans le salon, et lorsqu'il réapparut dans la cuisine où une dizaine d'adultes amorphes s'employaient à mettre la table, une musique très forte envahit la maison – Bob Marley qui chantait « Could You Be Loved ». Le maître de maison claqua dans ses mains.

— Alors, qui veut un verre de sangria ?

La musique était assourdissante et les adultes s'agitaient et reprenaient en dodelinant les paroles. Les cigarettes s'allumèrent et Anne-Élisabeth resta un petit moment près de sa mère, la tête à portée de sa main droite, espérant une caresse, un frôlement, même un toucher involontaire, mais Maria fit à nouveau comme si elle n'existait pas. Déçue, mais pas abattue, l'enfant décida d'aller regarder les dessins animés dans la salle de télé. La maison était très mal éclairée, et il fallait traverser des puits de nuit pour aller d'un endroit à un autre. Lorsqu'elle passa devant la porte de la cave, son sang se glaça. Ce n'était plus des supplications de rage qu'elle entendait, mais des gémissements de douleur, des pleurs insoutenables d'enfant meurtrie. Son cœur se tordit. Terrifiée, elle retourna se planter sur le seuil de la cuisine, la bouche grande ouverte. Mais aucun son n'en sortit. Devant les adultes qui s'empiffraient, buvaient et criaient en racontant leurs histoires pardessus la musique, quelque chose l'en empêcha. Surtout, elle fixait sa mère en train de rire ; Maria, qui faisait toujours mine de ne pas la voir, l'avait tout de suite repérée et son regard, aussi instantané qu'une balle de fusil, avait dit : « Non ! »

Anne-Élisabeth recula, courut dans les escaliers jusqu'à la chambre, se saisit de son lapin et lui suçota les oreilles en se collant aux grands coussins. Mais même là il lui semblait entendre les horribles gémissements filtrant de la cave. Elle se boucha les oreilles.

Lorsque sa mère vint la chercher une heure plus tard, elle feignit de ne pas remarquer le visage embué de sa fille, lui ordonna de préparer leurs affaires de toilette et l'emmena au sous-sol. En passant devant la pièce de télé, Anne-Élisabeth vit le frère et la sœur prostrés devant un film de cow-boys, ne semblant ni triste ni heureux, simplement : prostrés.

Les murs étaient recouverts de roches humides et sombres, des bougies éclairaient la salle de bains, et un grand bac rond fait de planches servait de baignoire. Un tuyau sortant du mur permettait à l'eau de source de couler directement dans le bac. Deux poupées Barbie reposaient à côté de canards en plastique et de voitures miniatures. Le bac mesurait soixante centimètres de profondeur et Anne-Élisabeth dut se mettre à genoux. Sa mère la nettoya comme on récure une vieille grille de fer. Elle la frotta à la brosse sous les bras, entre les cuisses, sans non plus la blesser, insista sur le visage avec le gant et enfonçant ses doigts dans ses yeux. Le shampouinage était digne d'un arrachage de peau, mais Anne-Élisabeth le subit sans se plaindre. Elle profita ensuite du spectacle de sa mère se lavant en chantant. Celle-ci lui interdisant de la regarder, l'enfant faisait semblant de jouer avec sa propre Barbie, les yeux levés sous sa frange, un sourire gourmand agitant ses lèvres pincées. Venait ensuite la vigoureuse friction de la serviette pour le séchage. Maria lui demanda de sortir, pour finir de se coiffer seule.

— Va étendre les serviettes dehors, et pas du côté des chiottes, je ne sais pas comment ils font pour vivre dans cette porcherie. Il est hors de question que tu y ailles, tu as compris ? Tu vas pisser ici, dans la rigole, et pour le caca…

— Ne t'inquiète pas, maman, Mafalda m'a donné un pot de chambre, je vais faire comme dans *Les Malheurs de Sophie*.

— *Les Malheurs de Sophie* ! Tu vas te mettre à pleurnicher toi aussi ? Comme l'autre débile ?

— Non, jamais, on n'est pas comme ça, nous !

— C'est ça, prends-moi pour une conne.

Maria soupira, lui faisant signe de dégager. La lune était presque pleine, donnant des airs de planète perdue au paysage. Anne-Élisabeth marcha dans l'air froid et venté, trouva un arbre desséché pour étaler les serviettes. Elle espionna ensuite les grands dans la cuisine. Sa mère, revenue, buvait et riait, laissant les mains de Jean-Charles courir sur sa peau ; le tourne-disque s'arrêta, puis ils repartirent tous dans la grande pièce à la porte fermée. Le silence tomba, impressionnant. Anne-Élisabeth passa devant la salle de télévision et vit qu'Amaury l'observait à travers le rideau.

Elle se dépêcha de faire le tour, traversa les zones d'ombre en pleurant presque de terreur, et avala les escaliers à toute vitesse pour se réfugier dans la chambre. Elle colla une chaise contre la porte et s'endormit contre sur le sol.

Beaucoup plus tard, sa mère tapa contre la porte et Anne-Élisabeth s'empressa d'ouvrir. Maria tituba jusqu'à s'écrouler sur le grand lit. Toute excitée, Anne-Élisabeth se dépêcha de la déshabiller et se coula sous les draps contre elle. Pour la première fois de sa vie, sa mère ne la repoussa pas d'un air excédé.

La petite échafaudait son plan : il ne fallait pas qu'elle se réveille collée comme ça, sinon sa mère serait capable de réclamer une autre chambre pour elle. Emportée par le sommeil, elle lui tourna le dos. Plus rien n'avait d'importance, tant la fatigue et la violence trouble des derniers moments pesaient dans son esprit. Elle avait les fesses contre celles de sa mère et cela suffisait à son bonheur. Elle s'endormit profondément.

Le lendemain, malgré la chaleur qui faisait dégouliner son corps, Anne-Élisabeth resta au lit jusqu'à midi. La pension entière demeura silencieuse la moitié de la journée, puis la voix de l'irremplaçable Bob Marley monta au travers des portes et des planchers, et les habitants sortirent un à un de leur tanière. Une grande tablée de fruits, de fromages, d'œufs frits, de confitures et de café les attendait dans la cuisine. Cela sentait le bacon grillé, les pieds moites et les cabanes sèches. Maria tenta une approche de la salle de bains mais une demi-douzaine de femmes et d'hommes en profitait déjà. La mère et la fille déjeunèrent sans se parler, la tête emplie des percussions et rythmiques du reggae grésillant à cause du diamant usé du tourne-disque. Anne-Élisabeth avait de plus en plus mal au ventre de se trouver dans cet endroit. Dehors, Apolline avait réussi à empêcher le chien de rentrer dans sa niche et le fouettait rageusement avec une tige de bambou. Même si elle n'avait que cinq ou six ans, l'animal n'osait pas se rebeller, terrifié par sa méchanceté.

Après le déjeuner, un couple parla d'aller sur une plage à plus de trente kilomètres. Le grand sec proposa :

— Vous pourriez emmener les enfants.

— Non, non, répondit le couple. Pas question de s'encombrer de morveux.

À travers la fenêtre de sa chambre, Anne-Élisabeth vit la Jaguar décapotable soulever la poussière dans le parking et la suivit des yeux jusqu'à ce qu'elle disparaisse derrière les collines.

Lorsqu'elle redescendit, sa mère était partie « faire la sieste » dans la grande pièce. Elle alla dans la salle de télévision, accueillie par le sourire sardonique d'Amaury et les coups d'Apolline. Elle passa la moitié de l'après-midi à se battre avec elle. Cette fois, son frère ne fit rien pour l'en empêcher. Une vraie tigresse. Anne-Élisabeth avait les joues griffées, la lèvre ouverte, des bleus sur les bras et les mollets enflés. Plus elle la giflait, plus la fillette montait en férocité. Anne-Élisabeth finit par aller se réfugier dans la cuisine, malgré l'insupportable odeur et les mouches qui tentaient de rentrer dans sa bouche. Puis elle se rendit dans sa chambre ronger la deuxième oreille de son lapin. On toqua à la porte, elle se crispa de terreur. Le battant s'ouvrit lentement et elle vit apparaître Apolline, toute droite, les yeux braqués sur elle et la bouche tremblant par saccades.

— Qu'est-ce que tu fais là ? Tu n'as pas le droit ! Va-t'en !

Anne-Élisabeth était au bord de la crise de nerfs : elle n'en pouvait plus de se battre, de se défendre, de faire du mal à cette petite fille à peine plus jeune que son frère. Apolline prit une grande inspiration, alors que des larmes commençaient à dégouliner de ses yeux comme le sang d'une blessure, et ouvrit grands les bras dans sa direction. Anne-Élisabeth se sentit fondre : ce geste, elle le connaissait. Tant de fois ses propres bras s'étaient ouverts en direction de sa mère alors qu'elle venait de se blesser, d'avoir peur ou froid. Et, chaque fois, elle les avait refermés sur le vide.

Elle glissa du lit et s'approcha doucement, ouvrant les bras à son tour. Elles se jetèrent l'une contre l'autre. Anne-Élisabeth eut l'impression que le cœur d'Apolline pénétrait le sien tant il tapait fort contre sa peau. Elles se lovèrent dans le lit, la tête de la petite contre la poitrine de la grande, comme un enfant contre sa mère. Anne-Élisabeth lui caressa les cheveux en lui chuchotant des mots doux, des mots d'amour et de confiance. Elle avait l'impression que leurs deux corps se confondaient, que leurs souffles ne faisaient qu'un ; une symbiose recherchée depuis si longtemps l'envahit. Se sentir aimée, réconfortée. Ce qu'elle vivait, c'était son phantasme le plus extrême inversé. Elle murmurait : « Je t'aimerai, je te protégerai, je serai là pour toi », et pour que cela ait encore plus de puissance, elle croyait en ces mots de toute son âme d'enfant.

Elle se réveilla en sursaut. Le vent s'était levé, elle descendit les escaliers en courant. Son dîner l'attendait. Amaury et Apolline avaient déjà commencé. Ils l'ignorèrent superbement. Elle s'installa, se laissa ébouriffer les cheveux par Mafalda et attaqua son gaspacho. Elle avait un peu mal à la tête et voyait que les deux autres n'étaient pas très frais non plus, à force de respirer les vapeurs d'opium. Elle chercha du regard Apolline, espérant réveiller de la tendresse, une connivence. La petite mâchait son pain d'un air amorphe. Mafalda la força à avaler une grosse tranche de jambon noir et une pomme découpée en cubes avant de lui faire boire de l'eau teintée de réglisse. Il était temps : la musique de Steel Pulse s'engouffra dans la maison, alors que les adultes commençaient à sortir de leur cercueil et à investir la cuisine.

Sa mère apparut dans les dernières, les paupières flétries, la bouche molle… elle faisait sale ! Anne-Élisabeth alla vers elle pour lui prendre la main et Maria lui envoya un sourire évaporé. Elle semblait ailleurs. Jean-Charles arriva avec une bouteille de pastis ; lui aussi se promenait à la lisière d'un monde. Il sortit un sachet de toile de sa djellaba.

— Les amis ! cria-t-il de sa voix sourde. Ici, à la pension Del Pavo, nous avons l'habitude d'offrir des animations à nos hôtes. Le lundi, c'est pastis, et comme nous n'avons pas de cacahuètes… Qui connaît la chanson « Lucy in the Sky with Diamonds » ?

Il y eut des « Ho ! » et des « Ha ! ». Le regard de sa mère s'éclaira. La dizaine d'hommes et de femmes présents dans la cuisine ne quittaient plus le sachet des yeux. Le grand sec fit rouler des pilules mauves sur le bois gras. Il commença à disposer des verres et à les remplir de pastis, puis il s'écria :

— Servez-vous ! Et on change de musique !

Il se rendit dans le salon, et la musique tonitruante des Rolling Stones cisailla l'air. La masse d'humains endormis se transforma en une furie festive et bavarde. Anne-Élisabeth croisa le regard inquiétant d'Amaury sur sa chaise, qui attendait.

Le père s'approcha d'eux.

— Les gosses, au bain tout de suite et dépêchez-vous, après Maria doit y aller avec sa fille.

Anne-Élisabeth détourna la tête pour ne pas voir Apolline être prise de secousses. Mais la voix de sa mère s'éleva :

— Non, j'irai demain, et puis Anne-Élisabeth est assez grande pour se laver toute seule. Allez-y, les enfants, allez vous amuser. Ce soir, c'est une soirée pour les grands, on ne veut pas vous voir traîner.

Elle disait cela en regardant sa fille, comme si elle savait qu'elle les avait espionnés la veille. Anne-Élisabeth frissonna : aux derniers mots de sa mère, les yeux d'Amaury et d'Apolline l'avaient littéralement harponnée.

— Maman, non, s'il te plaît, j'irai après, toute seule.

Sa mère avait dû prendre une de ces pilules, car sa voix était devenue criarde et même si elle souriait comme une ahurie, il y avait de la menace dans son ton :

— Pas d'histoires ! Fais ce que je t'ai dit !

Le grand sec ajouta :

— Regarde, en plus Apolline a l'air contente, pour une fois. Allez, et vous avez entendu Maria : on ne veut plus vous voir jusqu'à demain !

Les trois enfants descendirent dans la cave. Amaury arborait son grand sourire de clown sous ses yeux froids et ternes de poisson mort.

Après avoir poussé la porte de la salle de bains, il fallait encore descendre une dizaine de marches pour arriver à la cuve de bois et au grand évier de pierre creusé dans le mur. Le garçon faisait des petits bonds tout en poussant son rire faux alors qu'Apolline restait terrée près d'Anne-Élisabeth. Celle-ci n'avait pas du tout envie de se déshabiller devant lui.

— Qui c'est qui y va en premier ? demanda-t-elle.

Amaury cessa d'un coup ses gesticulations.

— On a l'habitude de prendre le bain ensemble.

— Alors, allez-y, je me laverai après vous.

— Tu ne viens pas ? On fait des jeux.

Anne-Élisabeth sentit la petite qui tirait sur sa manche pour l'inciter à dire oui. Dans de tels moments, elle aimait imiter sa mère :

— Il est hors de question que je me lave devant des inconnus et que je me déshabille devant un garçon ! On ne vous apprend pas les règles du savoir-vivre dans votre campagne ?

— Comme tu voudras… Allez, Apolline, viens, on lui montre.

La gamine faisait non de la tête. Anne-Élisabeth avait l'impression désagréable que le bruit de la petite cascade jouait avec ses nerfs.

— Apolline ! cria le garçon, ne fais pas ton intéressante ! Viens ici que je te déshabille !

La fillette finit par obtempérer, sans cesser de jeter des coups d'œil inquiets vers la grande. Anne-Élisabeth n'avait qu'une envie : fuir. Pourtant, quelque chose dans l'expression de la petite fille l'en empêcha.

Amaury dévêtit rapidement sa sœur. Son rire se brisa dans un silence brutal et ses yeux devinrent affamés. À son tour il ôta son débardeur et fit glisser short et slip sur la roche mouillée. Anne-Élisabeth fut glacée d'effroi : le ventre du garçon était fripé et d'une couleur rose vif. Entre ses jambes, un bout de chair ramollie était cerné d'un fond marron et ridé. Lorsqu'elle releva la tête, elle tomba sur ses yeux déments qui la fixaient.

— Ça fait peur, hein ?

Sa voix avait la froideur de l'air ambiant. Anne-Élisabeth fit non de la tête en reprenant son souffle. Apolline, dans le bain, claquait des dents en les observant.

Le garçon se glissa dans l'eau juste en face de sa sœur et regarda une dernière fois Anne-Lise afin d'être certain que son attention ne se détournait pas d'eux. Puis il se pencha vers la petite en tendant le cou, comme le serpent approche la souris. La gamine se plaqua au bois en montrant les dents.

— Non, non !

— Apolline…

D'un coup, il lui empoigna les cheveux et lui enfonça la tête dans l'eau. La petite se débattit avec une rage extraordinaire, le bac de bois tremblait sur sa base ; Amaury la maintenait, serrant la mâchoire, elle fuyait d'un côté, il la rattrapait et pesait de tout son corps, le visage froissé par l'effort, les yeux enflammés par la passion. Anne-Élisabeth crut qu'elle allait défaillir. Elle se rapprochait pour agir, quand Amaury tourna la tête comme on dégaine une arme avant de cracher :

— Approche et je la noie pour de bon !

Les éclaboussures provoquées par les mouvements des bras et jambes d'Apolline diminuèrent – la petite s'affaiblissait. Son frère finit par la tirer vers l'arrière.

Les yeux d'Apolline étaient exorbités. Il la rejeta contre le bois, elle ouvrit la bouche pour cracher et baver, puis poussa une sorte de beuglement de bête, un cri contre la fatalité, une agonie d'abattoir si intense et froide qu'Anne-Élisabeth en sentit la pression sur son cœur. Elle tendit une main vers l'enfant ; l'espace d'une seconde, les deux fillettes échangèrent un regard. Amaury bondit.

Anne-Élisabeth vit les grosses bulles de vie remonter à la surface, les petits bras mouliner. Amaury ressortit presque aussitôt sa sœur de l'eau. Il ne voulait pas la noyer, juste s'amuser avec la mort. Juste la torturer. À peine ouvrit-elle la bouche qu'il appuya de tout son poids sur sa tête. Lorsqu'elle revint à nouveau à la surface, il n'y avait plus rien d'humain sur le visage d'Apolline. Elle fixait le vide, telle une poupée molle, se contentant de respirer par hoquets, tremblante et terrifiée.

— Reprends ta respiration, petite sœur, la toilette n'est pas finie.

Lui-même était essoufflé par l'effort. Il provoqua Anne-Élisabeth du regard.

— Tu ne viens pas ? Tu as peur ?

Pour la première fois, Anne-Élisabeth sentit la colère monter dans ses bras. La rage tendait ses muscles, faisait bouillir son sang, elle avait la sensation de se transformer à son tour. Ses doigts se fermèrent en poings prêts à frapper, mais elle ne pouvait s'empêcher de trembler. Amaury accentua son sourire et, sans la quitter du regard, posa la main sur les cheveux d'Apolline.

— Arrête ! S'il te plaît, arrête ! cria Anne-Élisabeth.

— Tu veux prendre sa place ?

Elle se tourna vers la petite. Apolline la fixait dans un appel à l'aide qui tordait l'estomac. Ses pupilles l'assiégèrent dans une mélasse d'espoir gluante, sale et douloureuse, dégueulasse ! Si dégueulasse ! Comme la vie, comme l'amour que sa mère ne lui donnerait jamais. Avant que la petite ne la pénètre de son espoir, Anne-Élisabeth n'aurait jamais cru qu'il puisse y avoir quelque part plus de souffrance que dans son propre cœur. Ce regard, c'était celui qu'Apolline avait eu la veille en entrant dans sa chambre, et à présent il lui disait : « Où sont tes promesses, ton réconfort, ta protection ? Où est ton amour ? »

Enragée, révoltée, décidée à se battre, à souffrir et à mourir, Anne-Élisabeth pensa : « Tant pis, je ne peux pas l'abandonner ! »

Elle fit tomber ses vêtements en disant :

— Je te préviens, je ne me laisserai pas faire.

Pourtant, elle n'avait pu empêcher ses dents de claquer sur ses mots.

Elle avança jusqu'au bain pour se glisser dans l'eau froide, tout contre la petite.

— Pourquoi fais-tu ça ? Pourquoi ?

Le sourire du garçon tomba, telle une lame se plantant dans le sol. Il désigna son ventre brûlé.

— C'est trop dur de pardonner, d'avancer, d'oublier.

— Tu répètes le mal que l'on t'a fait !

— On va voir comment tu vas t'en sortir.

Elle fit non de la tête et tenta de saisir les doigts d'Apolline pour se raccrocher.

Amaury lui sauta dessus.

Elle voulut l'éviter, mais déjà ses yeux se couvraient d'eau. Le liquide investissait ses lèvres, sa gorge, ses poumons… Anne-Élisabeth tenta de recracher, ce fut encore pire. Son cœur était devenu une brique qui déchirait ses poumons, elle suffoquait, se débattait, aveuglée, le cerveau sur le point d'exploser. Quelque chose frappait à la porte d'une poigne forte et douloureuse. La mort. Elle la voyait, elle voulut s'enfuir, lui échapper, respirer, mais l'eau venait aussitôt enflammer sa poitrine, son ventre. Ses ongles frottaient de la chair, ses pieds cognaient contre ceux d'Apolline, personne ne l'aidait, elle mourait, elle ne voulait pas !

Puis la lumière revint la frapper, elle recracha, toussa, s'arracha la gorge, mais que l'air était bon ! Ses yeux pleuraient, tandis qu'elle hoquetait tels mille chiots apeurés. La voix d'Amaury pénétra ses sens, à la manière d'une lave coulant sur sa chair vive :

— Ce n'est que le début.

— Non, pitié…

Elle croisa les yeux de la petite. La haine s'y mélangeait à la terreur. Pourquoi était-elle entrée dans cette baignoire ? Pourtant, Anne-Élisabeth lui envoya un sourire de réconfort alors qu'elle la maudissait. Lorsqu'elle regarda Amaury, elle vit la peau déchirée sur son ventre brûlé : elle avait réussi à le blesser. Il y avait de la colère sur son visage. Anne-Élisabeth posa sa main sur le rebord de la baignoire en essayant de se lever. Il la gifla violemment pour la faire tomber, puis l'écrasa à nouveau de sa masse.

Il se servait de son poids, l'étranglant d'un bras et tirant sa tête en arrière pour que l'eau la submerge. Même si elle le désirait, elle ne pouvait pas se laisser aller et attendre que cela cesse. Le combat contre la noyade, contre le manque d'air semblait rendre fou l'ensemble de son être. Tout se révoltait en elle, se débattait, hurlait ! Elle put à nouveau respirer, pour replonger aussitôt. C'était comme une volée de coups contre son âme, la peur de mourir avait pris la forme d'une ombre qui l'engloutissait dans la folie. Elle ne voulait pas mourir. Sa vie passait avant tout, avant le manque d'amour, avant la solidarité, avant la pitié, elle ne voulait pas mourir ! Cela dura d'interminables minutes, étouffer, voir la mort se frotter contre ses yeux, respirer quelques secondes, replonger, hurler à son corps d'abandonner, puis ressortir, et y retourner, sans cesser d'avoir peur, de souffrir, de batailler. Pourquoi refusait-elle de mourir ? Pourquoi ?

Lorsque Amaury la remonta pour la projeter contre le bord, elle comprit qu'elle passerait sa vie à se battre. Pour ne plus qu'on la force à voir ne serait-ce que l'ombre de la mort. Pour vivre ! Telle une bête enragée.

— Allez, Apolline, on se sèche.

Le frère et la sœur sortirent du bain sans un regard vers elle. Ils s'essuyèrent tandis que dans le corps d'Anne-Élisabeth les muscles s'entrechoquaient, que sa tête martelait le bois par saccades, qu'elle pleurait d'avoir eu si peur.

Apolline grimpa les escaliers en courant, joyeuse et ailleurs. Amaury se tourna vers Anne-Élisabeth et prononça d'une voix grave :

— La souffrance engendre la violence.

Elle faisait non de la tête, de peur qu'il ne revienne, comme cette ombre horrible qu'elle avait vue plaquée contre son visage.

— Si, tu verras. La souffrance engendre la violence. Toi aussi tu auras envie de…

Il soupira, désigna l'ensemble de la pièce autour d'eux.

— … de faire sortir cette rage, de connaître les plaisirs de la haine, du mal.

Comme elle continuait de dodeliner de la tête, il pensa qu'elle réfutait ses paroles. Serrant les dents, il ajouta :

— On va voir comment tu vas t'en sortir.

Il poussa la porte et disparut. À présent, Anne-Élisabeth transpirait de terreur.

Elle glissa hors du bain, se roula dans une serviette, prit ses affaires et s'enfuit dans les escaliers.

Dans le couloir sombre de la maison, elle s'habilla au son de la musique de David Bowie, « Ashes to Ashes », qui lui emplit le cœur. L'ombre de la mort était partie. Mais pas celle de la peur. Elle appela en sanglotant :

— Maman ! Maman !

Ses pas tremblants la menèrent dans l'entrée du salon, où des jeunes et des moins jeunes dansaient d'une façon macabre et déstructurée. Sa mère n'était pas avec eux. L'un des hommes, seulement vêtu d'un slip, l'aperçut et se mit à hululer dans sa direction en faisant des yeux ronds. Elle partit en courant, ouvrit la double porte et retrouva sa mère. Allongée sur une natte parmi d'autres corps, dans un espace saturé d'une fumée lourde et noire qui se colla à son palais. Maria la regarda les yeux mi-clos et, dans ce qu'ils laissaient voir, luisait une sorte de liquide sombre, puis ses doigts frémirent et se tendirent légèrement vers elle. Anne-Élisabeth voulut les saisir quand elle se sentit soulevée du sol.

— Pas de morveux ici, c'est nocif !

Le grand sec la déposa dans le couloir avant de refermer la double porte. Anne-Élisabeth sentit une rare colère l'emporter ; elle pleura de rage, d'impuissance, d'injustice. Serrant les poings de toutes ses forces, elle regagna sa chambre et arracha la moitié de la tête à son lapin en peluche avec ses dents. Quand sa mère monta se coucher, Anne-Élisabeth ne se serra pas contre elle. Cette nuit-là, elle ne dormit pas. Son corps bouillait et ses yeux pleuraient sans discontinuer. Ce n'étaient pas seulement ses souffrances qui revenaient, mais les images d'Apolline suffoquant sous ses yeux, ce qu'elles avaient vécu toutes les deux, ce qu'Apolline vivait chaque soir, dans la salle de bains.

Le lendemain, Amaury avait repris son masque de fou inquiétant, et Apolline, au lieu de la frapper, se jeta dans ses bras. Le garçon échangea un regard de connivence avec elle, et Anne-Élisabeth se réfugia à l'intérieur pour ne pas sentir la peur sur sa peau tout au long de la journée. Il fallait qu'elle soit plus forte que lui, plus mauvaise, et surtout, il ne fallait pas penser au soir à venir.

Les deux filles allèrent voir le chien, et tandis qu'Anne-Élisabeth tirait sur sa laisse pour l'empêcher de rentrer dans sa niche, la petite le fouettait de son bambou sur les côtes, le faisant couiner. Elles allèrent ensuite jeter des cailloux aux chèvres et, lorsqu'elles furent appelées dans la cuisine pour boire de l'eau fraîche, Anne-Élisabeth observa comment Apolline couvrait les mollets de Mafalda de coups de pied. Quand cette dernière s'approcha d'elle, Anne-Élisabeth lui envoya un coup de poing dans l'oreille. Mafalda tituba, surprise, en se frottant le côté de la tête ; sous la douleur, des larmes jaillirent dans les rides de ses paupières. Leon se leva de sa chaise, puis il s'arrêta et regarda les trois enfants l'un après l'autre. En chacun d'eux, la malice et la folie flamboyaient. Il porta un regard déçu sur Anne-Élisabeth et se détourna.

Le reste de l'après-midi, elle tenta de se battre avec Amaury, qui prenait un malin plaisir à la dominer, mais elle avait tant de rage dans le ventre qu'elle ne sentait plus les coups. Elle continuait d'attaquer et il fut obligé de lui tordre le bras pour lui faire lâcher prise. Elle partit calmer sa douleur dans un coin de la maison. Elle regardait passer les adultes avec une envie folle de les mordre, de les taper. Le soir, Maria, étonnée de l'absence d'attention de sa fille, la chercha des yeux. Anne-Élisabeth lui renvoya un regard froid, chargé de tous les reproches du monde, mais sa mère se contenta de sourire méchamment. Comme si elle disait : « Bien fait pour toi. »

Au moment du dîner, Amaury vint la provoquer :

— Alors, prête pour ce soir ?

Son corps se révolta.

— Tu sais que ce sera toi ou Apolline ? précisa-t-il.

De nouvelles convulsions répondirent à son regard malsain. La petite fille regardait la grande avec inquiétude.

« Ce sera moi ou Apolline… »

Elle n'avait que huit ans… c'était trop lourd, la peur de souffrir, le manque d'aide, d'amour. Trop dur. Après le dîner, elle s'enfuit en courant dans les montagnes.

Elle courait et elle pleurait pour ne pas entendre les suffocations d'Apolline. Elle se sentait coupable de l'abandonner, elle voyait le regard de l'enfant la chercher vainement, ce regard empli de gratitude et d'espoir. Elle courait, plus vite, encore plus vite, tout en sachant que personne ne s'émouvrait de sa disparition, tandis que la nuit commençait à bleuir le ciel d'une manière extraordinaire. Elle trouva une route, marcha longtemps en reniflant, un poing contre son cœur, espérant comprimer la douleur. Des cris stridents lui parvinrent et elle se retourna. Elle se trouvait dans un désert à plus de trois kilomètres de la pension, pourtant elle entendait bel et bien les cris, le bruit de l'eau… Elle leva la tête vers la nuit et ses yeux se tachèrent de sang. Elle se remit à courir en se bouchant les oreilles. Des heures plus tard, des phares trouèrent l'obscurité. Elle aurait voulu les éviter, mais son corps s'était écroulé de fatigue sur le bord de la route. Un couple d'Allemands et leur fils la recueillirent et l'emmenèrent dans une petite ville. Durant la demi-heure de voyage, le garçon de dix ans assis près d'elle essaya de lui poser des questions dans sa langue idiote. Lorsqu'ils arrivèrent devant le poste de police, Anne-Élisabeth profita de ce que les parents étaient descendus pour le pincer à la cuisse et lui envoyer une gifle. Juste par méchanceté, juste pour laisser échapper un peu de sa rage. Elle se retrouva encadrée d'hommes en képi et en uniforme qui la questionnèrent. Cela lui rappela son père qui l'avait abandonnée !

Ils allèrent chercher une touriste qui parlait français. Anne-Élisabeth raconta qu'elle s'était perdue et donna le numéro de téléphone de sa maison à Paris. Personne ne répondant, elle leur expliqua que son père était policier au 36, quai des Orfèvres. Ils appelèrent la PJ.

Anne-Élisabeth refusa de retourner à la pension. Paul Lartéguy annonça simplement à sa femme qu'il était à l'aéroport de Bastia et qu'il venait récupérer sa fille. Il lui fit part du témoignage de la petite à propos des adultes qui semblaient drogués, de la pièce où ils s'allongeaient pour fumer, des pilules qu'ils prenaient, de l'argent qui s'échangeait.

Longtemps, Paul Lartéguy crut que c'était pour cette raison qu'Anne-Élisabeth avait fugué.

À la pension Del Pavo, ce fut le branle-bas de combat. Le grand sec fit évacuer tout le monde, lui-même sauta dans sa Bentley avec ses deux enfants pour rejoindre Madrid, où il travaillait comme producteur de pièces de théâtre. Maria prit sa voiture et s'offrit cinq jours à Benidorm afin de se refaire une santé, puis elle rentra chez elle comme si de rien était.

Le sujet devint tabou du jour au lendemain. Ni Maria ni sa fille ne désiraient en parler, et le père ne put que supporter ce silence. Sa femme se dissimula derrière ses crises de nerfs, de plus en plus atteinte, au bord de son monde, comme aspirée. Pourtant quelque chose la retenait encore : les yeux perclus d'amour de son mari.

Personne ne fut jamais au courant de ce qu'il s'était passé durant ces trois jours en Andalousie. La seule chose dont le père était certain, c'est que sa fille avait profondément changé. À peine arrivée dans leur maison de Boulogne, elle se mura dans le silence, passant des heures à observer son petit frère en train de jouer ou de lire ses histoires de super-héros. Puis, au bout de deux jours, elle se dirigea vers lui pour le frapper.

57

Le vent soufflait, faisant danser les peupliers et frémir l'eau de la Marne. La Ducati rouge était au bord du chemin, sur sa béquille. Linda avait traversé une clairière d'herbes vertes pour s'installer face au fleuve. Elle avait trouvé un banc le long d'un sentier de promenade et s'y était assise. Son portable à l'oreille, elle écoutait les derniers mots de son amie.

— Voilà, je vous ai tout dit, je dois te laisser, Linda…

La communication fut coupée.

Des larmes perlaient sur les joues de la jeune femme. « Mon Dieu, Lise, si tu savais comme je t'aime. » Elle avait tué pour elle. Même si ce jeune huissier lui avait rappelé son frère jumeau, avec son désir d'être femme, elle ne regrettait rien. Son amie avait tenu parole.

Elle s'approcha de l'eau ; tout était si calme, beau et agréable. Il y avait des champs de blé de l'autre côté de la Marne. Linda aurait voulu y foutre le feu ! Elle fouilla dans sa poche intérieure et en sortit quatre scalpels en acier, chacun à la lame affûtée tel un rasoir recouverte d'une protection de caoutchouc. Elle jeta le premier dans l'eau, puis le deuxième en se répétant : « Elle a tenu sa promesse… » Elle balança le troisième encore plus loin en pensant : « Les blessures de l'enfance ne se referment jamais. »

Ensuite elle regarda longuement le quatrième scalpel. Elle avait promis à Lise d'arrêter de faire le mal si celle-ci lui dévoilait son secret. D'autres pensées se bousculaient dans sa tête : « Le garçon s'appelait Amaury, son père produisait des pièces de théâtre à Madrid et… il avait des brûlures sur le ventre. » Elle remit le scalpel dans la poche intérieure de son Perfecto rouge, puis se dirigea vers sa moto.

Remerciements

Je remercie mes éditeurs et toutes leurs équipes, les libraires, les lecteurs et les blogueurs, les organisateurs de festivals, tous passionnés de lecture. Je remercie surtout les auteurs tels que Dumas, London, Stevenson, Doyle, Andreïev, Pouchkine, Maupassant, et des centaines d'autres d'hier et d'aujourd'hui, tous des conteurs, des raconteurs d'histoires, des créateurs de personnages, de mondes et d'émotions qui m'ont fait voyager, vibrer et oublier, qui m'ont tant apporté et appris à mon tour à faire voyager, vibrer et captiver, car tant qu'il y aura de la curiosité et de l'envie de se divertir dans l'âme humaine, il y aura des mondes à créer, des personnages à faire vivre, des histoires à raconter.

Cet ouvrage a été composé et mis en pages
par Étianne Composition
à Montrouge.

Imprimé en France par CPI
en octobre 2019
N° d'impression : 3035363

S28982/01